光阴磨

苦茶◎著

時代文藝出版社

图书在版编目（CIP）数据

光阴磨 / 苦茶著. —长春：时代文艺出版社，2019.2

ISBN 978-7-5387-5964-8

Ⅰ. ①光… Ⅱ. ①苦… Ⅲ. ①散文集－中国－当代 Ⅳ. ①I267

中国版本图书馆CIP数据核字（2018）第185037号

出 品 人　陈　琛
产品总监　郭力家
选题策划　凌　翔
　　　　　方　伟
责任编辑　姜程程
装帧设计　孙　利
排版制作　隋淑凤

光阴磨
苦茶 著

出版发行 / 时代文艺出版社
地址 / 长春市泰来街1825号　时代文艺出版社　邮编 / 130011
总编办 / 0431-86012927　发行部 / 0431-86012957　北京开发部 / 010-63108163
官方微博 / weibo.com / tlapress　天猫旗舰店 / sdwycbsgf.tmall.com
印刷 / 三河市万龙印装有限公司
开本 / 640mm × 910mm　1 / 16　字数 / 248千字　印张 / 19.75
版次 / 2019年2月第1版　印次 / 2019年2月第1次印刷　定价 / 38.00元

图书如有印装错误　请寄回印厂调换

目　　录

辑一　不敢不笨

辑二　你我都是普通人

辑三　光阴中，那饱满莹润的觉醒

辑四　剔一剔骨头里那点儿俗

辑五　山有山的意思，水有水的心思

辑一／不敢不笨

这世界上，也有一类人是暗藏玄机，灵气大于功夫的，像梅兰芳、黄公望。他们在艺术上自成一格，别人相比，不是不够，就是过火，总不如他们熨帖舒服。何故？我想，无他，全凭暗处的功力，不使点儿“笨”功夫，大约是不行的；因为，灵气，也在积累中生发。一切的努力，都是对自己的不满，都是对完美的靠近。

光　阴　磨

听到一个词儿：磨镜，很古旧。是啊，以铜镜照面，那都是什么年代的事儿了？可那时的镜子，就是拿一块一块铜，人工打磨，一直磨到光亮可鉴，才成镜子的。

啧啧！只有古人才会花那笨力气。

磨镜，还不是最夸张的，据李白说，他亲眼见过有老婆婆拿着一根铁棒子要磨成针！此遇见，当是史上最传奇的一个邂逅。要么老婆婆是仙，要么那孩子会成仙。果然，李白因此顿悟到："功夫"是靠磨出来的。他发奋"磨"书，终成诗仙。

当然了，磨，很有点儿疼痛感的，可疼又如何呢？世间万物，角角落落，哪个不在经受着"磨"呢？在"磨"中痛，也在"磨"中快乐和重生。一个人成长的历程，就是受磨砺的过程。被小病小灾磨，被贫穷困苦磨，被挫折坎坷磨，被悲欢哀乐磨，纵使从小到大，锦衣玉食，万事顺遂，亦免不了被光阴磨，到老来，一马平川，履历平平，竟没有值得回忆的亮点，岂不是另一种痛吗。作家余华的《活着》中说：“活着，在我们中国的语言里充满了力量，它的力量不是来自于叫喊，也不是来自于进攻，而是忍受，去忍受生命赋予我们的责任，去忍受现实给予我们的幸福和苦难、无聊和平庸。”活着就是忍受，忍受就是磨砺，磨哪儿，哪儿不痛呢？

老辈儿人，教人读书，爱说：文选烂，秀才半；教人学诗，爱道：熟读唐诗三百首，不会写诗也会诌。“文选烂”，想来是久之自悟，步步生莲，自是磨烂的；那唐诗熟读，何谓“熟”呢？也不外乎磨烂了，嚼碎了，吸收了，跟自我融成一体了。

这磨，真是要有一股子专注劲儿的。光阴如梭，人生浮脆，专注，好似是一柄锐利的钻头。光阴在磨你，你把光阴打磨成另一个自己。我们老话常说的，日有所思，夜有所梦；梦见了，爬也要爬到。岂不是说专注的功效吗？冥思千回，灵感蹑足而至，忍受成了习惯，秩序悄然重组。你的习惯，加上你行事的秩序，岂不是一个大轮廓的你呀。《老残游记序》里说：“《离骚》为屈大夫之哭泣，《庄子》为蒙叟之哭泣，《史记》为太史公之哭泣，《草堂诗集》为杜工部之哭泣；李后主以词哭，八大山人以画哭；王实甫寄哭泣于《西厢记》，曹雪芹寄哭泣于《红楼梦》。”都是男人的哭啊，因心清，因心痴，因心悟，才有那时代顶尖儿上的长歌当哭，那哭叫我一阵阵心惊。他们把一腔情、整个儿心，投诸于横平竖直的文字和坎坷不平的世道人心，把生命打磨成了一场震撼史册的哭，至今哭声隐隐。

光阴总是磨人，有繁华，必有萧瑟，有红颜，必有色衰；才是美目盼兮，转眼鹤发鸡皮；大自然的脚步，任谁能阻止得了呢。

人在光阴中的自我打磨，却是一种选择。不知谁说的：前半生只知好强争先，后半生才晓退让放宽；前半生只知努力发财，后半生才晓慈善散钱；前半生唯知高处光荣，后半生才晓高处不胜寒；前半生处心积虑用心，后半生才晓无心之道唯圣贤。荣格说：“你生命的前半辈子或许属于别人，活在别人的认为里。那把后半辈子还给你自己，去追随你内在的声音。”前者列举的是活着的表象，荣格的话，是自我生命意识的苏醒。

这让人想起弘一法师。民国十四年初秋，弘一法师到宁波七塔寺清修。老友夏丏尊前来拜访。法师正吃午饭，见面三分情，问要不要同吃。“吃不下，我看着你吃吧！”法师遂不再劝，自顾自继续用餐：一碗白米饭，一碟咸萝卜干。夏丏尊心酸不已，轻声问：“这么咸的萝卜干，吃得下吗？”法师竹箸微顿，回曰：“咸有咸的味道。”食毕，又倒白水一杯，慢慢喝下，样子依旧悠闲。“这么淡，喝得下吗？”法师淡然一笑：“淡有淡的味道。”出家前锦衣玉食，当此时已心素如简，人淡如菊。

这个人称“二十文章惊海内”的大师，做人做得太完美，风骨、才骨、傲骨一样不少，作诗作得雅，起文起得正，又会书画又懂篆印，编曲演戏样样在行。年少轻狂时，也琴棋书画、风花雪月，中年“自以为顿悟”，披剃于杭州虎跑定慧寺，遁入空门，断绝尘缘，超然物外，几乎废弃了所有的艺术专长，耳闻晨钟暮鼓，心修律宗禅理，给世人一片惊愕。其一生恍若两世，也不过是光阴中的自我顿悟与修行。

然而，人，从来不具有光阴的所有权，贫富贵贱，我们只能打磨攥在手里的每一寸光阴。光阴磨人，最难的该是一种坚持了。跟你一道的路上，必有前行者，有歇脚者，有歌唱者，也有讥讽者，别人做什么，说什么，与咱何干呢？唯一要做的，是走好自己的选择，走出原则，做出情调，走出境界。万物走在节气里，你走在自己的路上。跟着光阴走，每一个不曾起舞的日子，都是对生命的辜负。

泰戈尔说："只有流过血的手指，才能弹出世间的绝唱。"

看看供我们使用的光阴，最长不过三万六千余，做太多太复杂的事情，真的不太够；那就先在简单的事情里，磨就一个自己。也许打磨的过程有点儿长，有点儿累，有点儿枯燥；但你要真诚地喜爱受打磨的自己，其他的，勿作声，勿表白，一切交给光阴去说话。

煎得过瘾，熬得痛快

女作家池莉写过一本书叫《熬至滴水成珠》。书里说：“意象是熬出来的，苏醒是熬出来的，人生的春天是熬出来的。”

其实，人生，能不能熬出春天，很多时候，不在煎熬本身，而在你怎样去经历和享受煎熬。

煎熬往往意味着逆境、危机、艰难险阻，乃至无奈、低落、悲哀、痛苦、琐碎平庸的日常；但任何一段光阴，都有绸缎般的美丽，任何一段经历，都有外人无法领略的精彩之处。

煎熬之中，支撑你的不是兴奋、决心或者惯性，是逆境中一颗善于发现的心。万物静观皆自得，要静、要观。“静”中之观，会更敏锐，如同你身处暗夜，能看到别人看不到的一点儿微弱荧光；它足以引导你突破生命的拘囿，达到心灵的自由。

有人说，《水浒传》是一部怒书，《西游记》是一部悟书，《金瓶梅》是一部哀书，《红楼梦》是一部哭书。无一例外的是，这几部书的作者，在俗世的眼光里，无一不贫穷潦倒、一事无成。他们，也曾住草庵，也曾赏野花，也曾“满径蓬蒿老不华”；而思想的“眼”，时时睁着，明镜一般映照着世相盛衰。这些书籍，被后世奉为经典，是因为作者们虽陷于生活的“熬”，却醒于“智者”的观：依循表象，看到本质，透过表皮，触到精神。大智慧者有大痛苦，大煎熬者生大格局。

煎熬，其实是中药汤药的制法，将草药浸水，慢慢煎，细细熬，直至精粹溶于水，成浓浓药汁治病救人。人也一样，在事业里熬，在技艺里熬，在艺术里熬，不能缺的，是那份痴缠、沉迷和投入。熬到一定份儿上，会恍然发觉：这人生，除了凑合，还有惊艳；除了划算，还有甘愿；除了均衡利弊，还有赴汤蹈火，而且，熬着，熬着，痴缠里面有了热爱，热爱里面有了喜悦，喜悦里面有了过瘾的感觉。外人看来好像山穷水尽的泥穴， 你却觉得是花繁叶满的桃源。

林散之，被赵朴初、启功称为诗、书、画“当代三绝”。他一生写诗2000多首，书法被誉为“当代草圣”。他为自己取的号是“三痴生”，三痴，几近疯魔，可谓痴绝。他写诗，时时在推敲，包括病卧时、睡梦中、吃饭时、走路时，兴起便吟；甚至在坐马桶时也沉思，觅得佳句便起身提裤去桌上取纸笔记下，以免遗忘。练书法绘画，几十年寒灯苦学，已成为性情中物。其“痴”，已成为一种境界。

清代小说家蒲松龄说：“性痴，则其志凝。故书痴者文必工，艺痴者技必良。”全部能量凝聚于一点，那一点往往迸射出闪亮的火花。

痴缠成瘾，简单专注，身心潜藏的巨大能量又能得以释放，托举着灵魂飞升，跃到高处去，享受生命的精彩。

煎熬，有瘾。那瘾是一种彻底投入后的浓烈享受；然投入的过程，往往痛苦：“要多大的毅力、多严明的自我纪律，才能勒住意念的缰绳。半点儿消极怠工都会让你前功尽弃。因为那涅槃的极致快乐就在认真单纯的求索后面，就在那必不可缺的苦头后面。”女作家严歌苓阐述的“瘾”，接近于一种走火入魔的状态。

跑步爱好者，有一个共同的感受，跑至半程，是最难熬的时候。起跑的冲劲已消散，双腿沉重，呼吸急促，心脏要爆炸，而终点似乎还很遥远……但这一段煎熬之后，便会享受到严歌苓说的“涅槃般的快乐”：从生活中抽离，进入了一种自由的舞蹈。

卢梭说“人生而自由，却无往不在枷锁中”；煎熬，似乎是用许多不自由，换来灵魂飞升的自由。受点儿苦楚，经历一番刺激，享受它、观摩它、玩味它，你发觉自己早已不跟处境计较什么，甚至充满感谢。因为正是凭借它，你获取了秘密通道，找到了一种纯粹的极致快乐和升的自由。

生命的呼应

清明过后不久，装在鞋盒里的蚕籽忽然发了“芽”，女儿一串惊喜的呼叫，把我们都引了过来，看那些蚕蚁，小小的，有的蠕蠕爬动，有的昂头探顾，左一下，右一下，像在寻食。

我有点儿发愁了，印象里那两棵桑树，还光秃秃没有发芽，给蚕宝宝吃什么呢？

只好又跑去看桑树！

呵！两日不见，桑树竟换了模样，满树芽孢，一树绿！

捋了几枚叶芽，回去给蚕儿垫饥。心里叹着万物之间的“奇缘”：蚕不发芽，桑不吐绿；你一破壳，我便急赶着爆开了满树嫩芽！时光里，它们有着怎样秘密的约定呢？

生命之间的一呼一应，着实令人赞叹。

其实，自然界有许多你呼我应、心心相印的奇迹。一场雨后，沉寂干枯的河床上水流涌动，不久，小鱼来了，小虾来了，水马、泥螺，它们都是从哪儿冒出的呀？

早春，水鸪鸪一叫，雨水节令近了，雪花从此隐匿；雨落簌簌，是应水鸪鸪之邀约吗？

柳树丰茂葳蕤之际，汁液充盈，土里的蝉蛹掐准了时机，正穿越黑暗，一寸一寸靠近。

诗人说，二月初惊见草芽，历经了寒冬磋磨，草和人，初遇新生的彼此，都会发一声惊叹吧？

风中的树，窗外的雪，天幕落雨，林间鸟啼，都会在心里溅起一片回声的；什么时候，我们阻断了与大自然心有灵犀的感觉呢？

当然了，衣食是本，“可囿于其中，终于还不太像人”；那些有趣的人，总会突破功利得失、柴米油盐的实际，将心放置于空蒙的自然，听它呼，听它啸，看它踟蹰，看它冒进，雄浑的回响里，心似乎变成了巨大的乐器。

在《枕草子》里，清少纳言说：“凡是夜里叫的东西，无论什么都是好的。”想来，夜色幽寂中的发声，更能引起心灵的震动；与自然呼应之间，忧伤，都是美丽的。

记得鲁迅先生将自己比作夜行的鸟，发出恶声。这声音，似是尖锐一呼，让沉沉欲睡的人们蓦然醒来，看清独行者的灯盏，发出应答，迈开步子，勇敢跟上去。

在这个人世上，心灵的呼应，其实是发生在莫逆之间的，一声剥啄敲门，唤出狂喜的主人。木门吱呀，月色铺地，此夜定是把盏饮月的良辰。

也有早早铺垫好了等待，那边一呼，我自雀跃；暂时没有消息，便由不得要幻听了：风拍门环，误为剥啄敲门，微风过处，疑是伊人裙裾。

发生在爱人与知己之间的对话，叫作喁喁私语，即使琐碎庸常，也算得人世动人的呼应了。《悲惨世界》一书中，马吕斯与柯赛特相爱，“他们相对微笑，噘起嘴来扮小丑脸，相互交叉着手指，说话你来你去……夜晚，两个情人和鸟雀、玫瑰一同躲在昏暗隐秘处，把满腔心事倾注在各自的眼睛里，在黑暗中相互吸引注视，这时，太空中充满着巨大的天体运行”。

这人世中最旖旎的呼应，和太空中运行的天体一样，神秘，有自己的运转轨迹，吸引，也被吸引。

文学是呼，解读是应。在文字里渐悟、顿悟，受到鼓舞。这呼应之妙，混响着思维与智慧的华彩乐章。

前行是呼，路途是应，“没有路，走得多了，便有了路”，实践，探索，再实践，呼应轮转，人便渐渐被路程送往远方。

时间是呼，长大、成熟、衰老是应。一滴一滴的铜漏，滴走的是时间，滴来的是越来越薄的日子。时光越来越倏忽，唯有珍惜剩下的光阴。

对于写作的人来说，写作是呼，作品被人品味、传递是应。作品在“众”中活，比自己活，更深广，更长远。

生活中，有烦恼事、伤心事、生气事，它们时时接踵而至，搅乱生命中有序的呼应。如何应对？曹雪芹谈自己写《红楼梦》时的困窘“蓬牖茅椽，绳床瓦灶，并不足妨我襟怀；况那晨风夕月，阶柳庭花，更觉得润人笔墨”，因为心中那枚通灵的石头，因为那枚石头引发的雄奇之呼，寻常日子的艰难竭蹶，便袭扰不了他超然的胸怀。

那是奔涌在灵魂里的一种生命呼应。

一尺八寸的禅意

停留在字面上的“尺八”，满满的骨感，无花无叶，尺寸分明。很少有人知道，它是一种竹制乐器。

也难怪。笛、箫、笙、筝、竽，都带了一个竹字头，是身份牌，好似竹子转世，仍能筛风弄月。尺八呢，只是一味地清俭枯涩，一味地土气古拙，像人群里一个苍茫老僧。

可是，它的声音，真是奇绝啊。

那是一个晚霞黄昏，我跟一位学音乐的朋友盘桓于一个石头巷，一支幽幽的乐曲，从人家围墙内徐徐送出，清绝、空旷，似晚风穿越松林，拂得人内外净凉。那奇特的音质所描绘的，仿若人踪灭，鸟飞绝的境界，寒旷缥缈；一道渐淡的弧线，勾出空中铃音隐隐的痕迹。

这声音丝丝入骨，又入得太深，钳住了一样，不容呼吸。千年的孤独与哀愁，无端笼上来，又无可触摸。我有些伤感，有些怔怔。

我问，这是什么乐器，朋友说，尺八。

可是春雨楼头的尺八？

朋友说，是。春雨楼头尺八箫，何时归看浙江潮，芒鞋破钵无人识，踏过樱花第几桥。苏曼殊的诗里，闪回的，就是尺八的影子。

真的看到尺八，已是几年后。偶然看见一个电视访谈节目，正是介绍尺八的前世今生。那尺八看来，就是一段带根儿的竹子，微弯，有包浆如玉。正面四个孔，背面一个。

尺八起于何时，介绍说是由秦汉的羌笛、竖笛演变而来，一直流传于宫廷民间。唐太宗时，为统一律制，命乐官吕才重定乐律。吕才根据律笛中黄钟笛的一尺八寸为标准，故将此竖笛规制为“尺八”。尺八，虽起源于我国，却在宋代失传。如今盛行于日本，流传于世界。

尺八的第二世，是日本人给唤醒的。他们将尺八吹出了禅意，曰“吹禅”。一曲《虚铃》，模仿禅杖上铜铃声而作，至今仍在世界范围内风靡。

画面切到日本演奏家冢本松韵，他因感恩中国笛子演奏家赵松庭的教诲，立下个心愿，把尺八归还中国。从1999年起，他每年两次，到中国传授、赠送尺八，不取分文。

冢本出镜，缓缓地说，艺术都是相通的，吹尺八，类似书法，有“楷、行、草”三种技法。书法，如果事先想好字的形状和构造，照着描，反写不好；即兴创作和表达才是最佳状态。尺八，如果你先端一个‘要吹好’的意识，却吹不好。如果你放弃杂念，回到原点，从这里开始吹第一个音，之后的音会源源不断送出来。那个原点，类似书法中毛笔和白纸将触未触的瞬间。

这是一种用沉进去表达的状态。

这种说法，让我心里一震。自然，它符合“万法自然，不事雕琢”

的禅宗义理，我则从中悟出了做事的精义。书法、尺八也好，做事、生活也罢，要臻于佳境，都须把自己放空，要一个专注和静心。若事先给自己画了框框，定了调调，“要吹好”之类，已偏离了“书写”和“吹奏”的纯粹。喧嚣和浮躁，会干扰做事的效果和成色。

任何事，沉进去，比定调调更重要些。

昨晚听到一个禅修故事。一位学僧问禅师：“师父，以我的资质多久可以开悟？”

禅师说：“十年。”

学僧又问：“如果我加倍苦修，需要多久开悟呢？”

禅师说：“得要二十年。”

学僧很是疑惑，又问：“如果我夜以继日，不休不眠，只为禅修，又需要多久开悟呢？”

禅师说：“那样你永无开悟之日。”

学僧惊讶道：“为什么？”

禅师说：“你只在意禅修的结果，又怎么有时间来关注自己呢？”

这个故事，宛如尺八吹禅，临纸泼墨，当你真正想要成长时，要做的是，褪去浮躁，放下焦虑，沉潜下来静心做事。

禅语说，心自清澈、天地感通。是说尺八，也是说世间一切。

不敢不笨

如今，我们的时代，似乎不兴“笨”功夫了，那种一夜暴富、不劳而富、一举成名的好事，似乎更令人艳羡。事事讲求机巧，走路一律小跑，开车绝对抢道。

我们要的是速成速效，谁还缺心少肺、一点一滴地下那个笨功夫呢？

抛卷想到了杜甫，他有一句：语不惊人死不休。这真够笨的——不讲效率，不讲通融，不跟自己让步。太决绝了点儿，他这背后，并非只为追求惊人之语吧，此为一种坚守。一个诗人，不能在恶劣的生存条件下，坚持严肃的写作态度，还谈什么时代的代言人呢。

这种笨，不仅一个杜甫。前些日子看到一位作家对中国古文的比喻，很逗。他说，读古文仿佛置身博物馆，先秦文章是青铜器，楚辞是陶罐，魏晋文章是汉瓦，唐宋文章是秦砖。他还说，庄子是编钟，老子是大鼎，李白的诗歌是泼墨山水，杜甫的诗歌是工笔楼台，苏东坡的小品是碧玉把件，三袁、张岱仿佛青花茶托。

读完，我笑了。李白是“仙”，天才的成分更足一些；所以他的诗，就像一时兴起飞流直下的泼墨。除此，你看看，那些有分量的文章，哪个不是饱含着点点滴滴的汗水、丝丝缕缕的才思织就的？没有一点点刻意守持的“笨”功夫，青铜啊陶罐啊汉瓦啊秦砖啊，怎么制出来？

读过一点儿《文心雕龙》，会约略想起刘勰对史上几个名人写作景况的描述：“相如含笔而腐毫，扬雄辍翰而惊梦，桓谭疾感于苦思，王充气竭于思虑，张衡研京以十年，左思练都以一纪，虽有巨文，亦思之缓也。”

司马相如含笔写作，直到笔毛腐烂，文章始成；扬雄作赋，用心太苦，因而梦寐不安；桓谭因苦苦构思而生病；王充因著述过度用心而气力衰竭；张衡研讨《两京赋》，耗时十年；左思推敲《三都赋》，历时十二载。创作才能，下笔有快慢，天分不同；但是当“笨”成为一种态度，一种守持，天分什么的，就不能当道了。

贾岛，那个苦吟诗人，天分就不太好吧。大白天的，推推敲敲，竟撞进了文坛祭酒韩愈的车队！他写起诗来，甚于孕妇难产，“两句三年得，一吟泪双流”，瞧这笨功！后来，听说，现代作家里面也有雷人之“笨”的。白先勇写《游园惊梦》，便如托尔斯泰写《安娜·卡列尼娜》，六易其稿；其同辈王文兴更慢更细，写小说一日只写三百字，后来打对折减产至一百五十个。

我们大陆作家，2011年，有一个汪衍振，忽然声名鹊起。他被媒体关注却是因他“笨”，被称作“中国最笨历史作家”。汪衍振用21年时间，写了《曾国藩发迹史》《李鸿章发迹史》《左宗棠发迹史》；三部历史小说，总共七十多万字。大家为他算了一笔账，平均一天一百三十字，人称“龟速”。为搞清楚曾国藩初入官场十二年的升迁细节，汪衍振搜阅了近两千万字的珍稀史料，“上穷碧落下黄泉”。用心之苦，用力之深，到了无孔不入、无坚不透的地步。二十一年，汪衍振除最基本的日常外，全部的生活内容就是埋头查资料、核对史料、读书、写作，有时为了一段史实的出处，可以不吃不喝埋头工作，通宵达旦。

汪衍振对自己的“笨”，颇为认可。他认为，笨是一种态度；笨，才会严谨，才会小心。不管多聪明的创作者，一旦涉及创作，都不敢不笨。

当然，有一类人是暗藏玄机，灵气大于功夫的。像梅兰芳、黄公望，他们在艺术上自成一格，别人相比，不是不够，就是过火，总不如他们熨帖舒服，何故？我想：无他，全凭暗处的功力，不使点儿“笨”功夫，大约也是不行的；因为，灵气，也在积累中生发。一切的努力，都是对自己的不满，都是对完美的靠近。

至于怎么努力，无他，就是笨笨地琢磨、笨笨地积累、笨笨地发力。

饶人处，一种人性的暖

宋朝时，蔡州有一道人善棋。每与人对局，总是让对方先走一步。即便如此，他也从没输过。道士有诗云：“烂柯真诀妙通神，一局曾经几度春。自出洞来无敌手，得饶人处且饶人。”

“饶人”即“让人一步棋”，后来慢慢演变成了“宽容、忍让”之意。

饶，在汉语里还有丰足的意思。丰足，无论是物质还是精神，都需以前倾的姿势去进取，也须适当“退一步”来回味。一味向前、向前、向前，马不停蹄，无休无止，定有山穷水尽时。略停停，退后一步，放开视野，让思想回旋一下，世界呈现给你的常常是多情和惊喜。

饶，饶人，都贵在这退后一步。

饶人，不是一种姿态，是一种情怀，是那种立在高处、视野涵容八方的自信，是大智闲闲的游刃有余。

就像那个宋朝的道人，身有绝技，可骄矜，可放旷，可目中无人，藐视四野；但他宽落落地、让人先行。这饶人处，便多了一重人格之“美”。

饶人之处，还在宽容之心。法国作家雨果有句话：世界上最宽阔的是海洋，比海洋宽阔的是天空，比天空更宽阔的是人的心灵。人心，宽阔在哪儿？宽阔在其中有一个饶人处。

唐朝时，狄梁公与娄师德一同担任国相。狄仁杰刚直不阿，遇事敢言，娄师德却委曲求全，“唾面自干”。狄耻于与娄同列，屡屡明里暗里排挤他。有天，武则天问狄仁杰说：“朕重用你，你知其中原因吗？”狄说：“我文章出色、品行端正，不是无所作为依靠别人的。”武则天说：“我起初并不了解你，你受重用，是娄师德的功劳。”于是令侍从拿来十几篇荐人奏折给狄仁杰看。狄仁杰读了之后，惭愧难当。

饶人，不是一种表演，而是一种宽宏的内在。饶人者，目光高远，思绪恒定，心无杂念，因此心间可撑船，可奔马，可容得人性万千；宽了，就厚了，就暖了，自个儿暖和，拢一块儿暖和，抱在一起更暖和。饶人，是一种人性之暖。

饶人，还是一种智慧。

按说，得理不饶人，是不逾矩的，属个人权利；而得理且饶人呢，境界更为超拔。它是一种原谅，一种放下，一种人生大智慧。

人一得理，往往会理直气壮，有声势，要讨个说法，喧嚷，焦躁，振振有词；但是，任何事，过之而无不及。不讲理，是缺点，硬讲理，是盲点。

不管什么时候，留一点儿余地，便可以让棘手的事情回旋自如。这饶人之处，像那雨过天晴，人情与霞光共散成绮，相映生辉。

清朝宰相张英在京辅政，一日接到安徽桐城一封家书，信上说：邻居在圈院子时，把自家的地界也圈进去了，要张英想办法。张英拈须提笔，沉吟一下，写下二十八个字：千里家书只为墙，让他三尺又何妨；万里长城今犹在，不见当年秦始皇。家人读后顿悟，将院墙拆除并后退三尺。邻居被感动，也将院墙推倒后退了三尺。这便是千古流芳的“六尺巷”佳话。

人这一生，走万里路，修百年身，难得的是长风万里；饶人处，便是一叶扁舟，乘风破浪，载你到一个开阔地，那地界，柳暗花明，月朗风清。这正应了左宗棠那半个联：择高处立、寻平处住、向宽处行。

跳　　脱

跳，一个年轻的动作，昂扬、激情、向上。

“跳出三界外，不在红尘中”，这超脱似有点儿过火；但跳起来，跳出流俗，跳出框框，跳出拘囿，你会发现不一样的世界，生活会因一次起跳，变得有层次、有趣味、有格调。

古人“严君平，西汉隐士，卜筮于成都，日得百钱即闭门读《老子》”。严君平，常人一枚，生于烟火，他挣钱的生计是卜筮，但他不为生计累，日得百钱即闭门，跳出物欲、金钱的牵绊，让灵魂徐徐起飞。

有个朋友，喜欢钓鱼，每有空闲，便带上渔具去远近的河塘垂钓。到家风尘仆仆，一身倦意，所获不过三五条小鱼。

妻子不解道：“花一天工夫只钓来几条鱼，你值得吗？与其浪费这些时间，还不如去做点儿更实际的事情。”他淡淡地说：“内心有收获呀，比这几条鱼的价值多得多呀。”他眼神里亮闪闪的光芒，透露出内心的丰足。

在大多数人讲究实际利益的社会里，总有人跳出烟火，沉浸在精神世界里，自得其乐。我另一个朋友每月工资到账，总会为自己买一捧新鲜的百合；还有一个朋友犒劳自己的方式，是买书、买唱碟；一个孤僻的朋友，则在勤奋的笔耕中，获得了对人生的了悟与珍爱之道。

曾读到《人民日报》评论部主任卢新宁为北大学生做的毕业致辞：“我唯一的害怕，是你们已经不相信了——不相信规则能战胜潜规则，不相信学场有别于官场，不相信学术不等于权术，不相信风骨远胜于媚骨。你们或许不相信了，因为追求级别的越来越多，追求真理的越来越少；讲待遇的越来越多，讲理想的越来越少；大官越来越多，大师越来越少。因此，在你们走向社会之际，我想说的只是，请看护好你曾经的激情和理想。在这个怀疑的时代，我们更需要信仰。”

现实“越来越多”的追求，充满了投机和浮躁，而此时，坚守那部分少的，便是跳出了流俗。大道难违，不管社会怎么不公，环境怎么压抑，现状怎么不尽如人意，只要有高素质、真本事和好心态，总会有立足之地、起飞之机，以及可能的辉煌之时。

晚清名臣曾国藩，在当时的著名人物中，被认为是最迟钝愚拙的一位。其一生屡败屡战，一直在逆境之中，然而他立德、立功、立言，达到了古人所说的三不朽。其得力之处，就在自拔于流俗，跳出机巧，坚守拙诚，困而知，勉而行，历尽百千险阻而不屈服。

随着年龄的增长，我们对生活的贪恋和痴求不断增多，忙忙碌碌的我们，为所谓的人生目标，立志不教一日闲过。我们的脚像上了无形的发条，辗转奔波，步履匆匆。久而久之，心都有点儿酸麻了。适当时候，停下来，放下手中事务，跳出生活常规，读书、看景、出门走走，向晚意不适，驱车登古原。偶尔的跳出，使眼前一亮，麻木之心重归温润，浮躁之意被渐渐抚平。

爬上山顶看风景，视野更阔达；跳出框框看人生，会获得意味丰富的启示。每个人心中，都有一团光亮，那是吸引我们前行的梦想。起跳吧！跳起来，跳出去，你会感受到纵身一跃、视野打开时的惊奇。

知止而定

我一点儿也不喜欢我的二姨，从小就不喜欢。

那时，我娘和二姨经常相约着在同一个日子里，一块儿去看姥姥；离开的时候，姥姥又总是根据两家的实际需求，打点些礼物，让女儿们带走。

每逢此时，我的二姨，总两眼放光，将给我娘的礼物，瞟来瞟去地探查清楚。

一次，她见送我娘的礼物有一捆山药芽，就说："这个，我也要。"我姥姥说："你姐家有几分山地，要种些山药，我想着你家没地；既然你要，那就再分给你一些。"

而不久之后，我去她家，见那捆从姥姥家带回来的山药芽，分明已经烂掉，被弃在门外的垃圾桶里。

回来，我跟我娘说这件事，我娘说，你姨攒"家"，就是喜欢往手里搂把东西。

多年以后，我再回想，我二姨家境殷厚，二姨夫又是在外上班挣钱的公家人，那捆山药芽，她讨回去也是没地儿可种的；一捆儿山药芽，她都要不管不顾地争究，哪里只是攒家？

她是：心穷。

我越来越发现，心穷，跟个人的经济状况，实在没有多么大的关系。

我所处的单位里，有一位是领导家属，平日的吃穿用度，自比我们常人高出了几个档次，被同事们私下称作“阔太”。有一次，我们几个一块儿去外地参加一个业务培训，午饭是自助餐。打饭的人堆里，她的身影异常滑脱，三钻两钻，一会儿，盘子里垒着小山一样的食物，巍巍然走出来，招呼我们道：“快快，那边有大虾，快去弄点儿，不然一会儿就光了！”我们大多没去抢，随着队伍慢慢向前。

那盘子食物，被她挑挑拣拣地吃，有三分之二被拨拉在一边，扔掉。

我那时倒觉得她有点儿可怜，一个生活如此优裕的人，竟然呈现一副如此饥馑的穷相；连华美的服饰，精致的妆容，也遮掩不住。

我也曾经在影视剧里看到，大腹便便的老板，在商场试吃的时候穷相毕露；面朝黄土背朝天的农民，吃着自家的粗面馒头却潇洒开怀。

这样鄙视别人的时候，我回头看看自己，有些事上，也免不了穷酸的做法：明明迟到了，在填到表上时，却一次次填了准点；读喜欢的文字，该停下来却一口气读到困意连连，连思考和做笔记的时间都被挤没了；早年的几支基金，因为期盼着更高的红利，一次次错失出手的机会，至今套牢在手里……知其所行，是一种勇气，在其所当止，便是一种风度了。这种风度的精髓处，是从容、是淡定、是不贪。不贪，便脱了穷相，便有了一种气格上的尊贵。

我们的心，可以是个无底洞，被柴米油盐、金钱名利诱惑吸引，永远填不满，永远不止步，也可以是个杨柳岸，放流水远去，拥春色入怀，享受一份清净淡泊的大快乐。

“一箪食一瓢饮，在陋巷，回也不改其乐”，何哉？人间有天堂，天堂在陋巷。其实，天堂，不在陋巷，而在于发自内心的一种满足感，不贪，不随，对着财富和名望说够了，对着安逸和欣悦说够了，“知止”而定，轻轻掩上一扇欲望之门，你的心，便是一个荣华富贵的小天堂。

人活两个我

记得一位作家说，一个人的生命中有两个“我”，一个是行走坐卧的我，一个是能够欣赏行走坐卧的我。两个我，前为客，后为主。后者对前者，是审视，是监督，是把持，而最高的境界，是欣赏。有人无人处，时时让暗处的“我”静静打量明处那个说着、做着、悲欢着的“我”，不是随意地，而是带着审视意味地凝视。

比如说，作家村上春树多年来一直坚持每天长跑一小时，用独处的时间得一份安静和沉默。他撰文说：“至少在跑步时不需要和任何人交谈，不必听任何人说话，只需眺望周围的风光，凝视自己便可。这是任何东西都无法替代的。”

三岛由纪夫却说：“我是诗人，摘去画皮就是俗人，再摘去画皮就是诗人，再摘去画皮就是俗人，再摘去画皮就是诗人。我是怎么也剥不见核心的洋葱。”他不仅去凝视，而且把“外我”一层层剥了皮，反反复复，来来回回。内心看似顽石一样难以破碎，其实如洋葱心儿那般清甜细嫩。

一个人，多情又敏锐地对待自我与万物，对这个世界来说，总归是一种幸运。

《徒然草》里说“若心中有主，则万事不入我心”。这个“主”，便是那个“内我”，内我清醒，有主见，外界的是非恩怨，尘嚣烦恼甚至指责叱骂，便缠绕不住、阻碍不了。

曾经创作《喧哗与骚动》《我弥留之际》等优秀作品的美国作家福克纳，在荣膺诺贝尔文学奖之后，受到肯尼迪的宴请。福克纳却拒绝了，他说：“我老了，不能去那么远的地方跟一帮陌生人吃饭。”他遵从着内我的约定，不为一时的风光荣耀迷惑，牢牢坚守着自己的本心。

孔子曾告诉子贡：人生的更高境界，是内心拥有一种清亮的欢乐。这种君子的欢乐不会被贫困生活所剥夺，即使富贵后也能保持彬彬有礼。

这样的欢乐基于清醒、睿智的“内我”，所以当子贡以《诗经》之“如切如磋，如琢如磨”作比时，得到了孔子的赞赏。切、磋、琢、磨，不就是“内我”的审视吗？

我的面羊

我老家在冀南太行山下，翻过嶂石岩便是山西。逢年过节，到山西那边看姥姥，拜亲戚，总是稀罕她们做的花馍。

做花馍，在我看来，是很浪漫的一种活计。

我的姥姥姨姨妗妗们，一边做着花馍，一边谈论着家长里短的高兴事、稀奇事，悠然，放松，笑语盈堂。然而，她们手下却轻拢慢捻抹复挑，搓、团、擀、剪、切，一压一按、一捏一卷、一扎一挑，盘枣点豆、插面花儿。旁观者眼花缭乱之际，一个个活物生生从手下蹦出来：跳起来的兔、憨威威的虎、绵善善的羊、活溜溜的鱼；狮子、小猪、小鸡、小狗……每个物象，都被施之于智慧，注之于情感。饧好上锅，急火猛蒸，等出锅来，看吧，一个个白白胖胖，鲜嫩灵活。

稍晾一下，点施花红，装饰渲染。素朴平常的日子，忽然间，开了花，荡漾出一波波繁华热烈的味道。

山西山环水绕，盛产玉米小麦，号称中国的面食之根。这个省份，东到娘子关，西到黄河边，南到风陵渡，北到雁门关，每个家庭的主妇，皆以做面食为擅长。据俺姥姥说，往常年，是玉米面；如今，都是麦面了。麦面，没有怡甜快辣的味，没有繁华绮丽的色，只有温馨平淡、从容踏实的质；在山西女人的巧手创作之下，奇异孤绝的形，会一点点被塑造出来，这就使普普通通的馍，带上了一种憨朴天真的雅拙之美。

山西的一位文友告诉我，山西的花馍，已经有两千年的历史了。两千年魅力不减，其真实活力，当是来源于民间那种生动活泼的想象力吧。

作为母亲的长女，姥姥的第一个外孙女，我享受到了姥姥家送“面羊”的礼遇。第一次，接受“面羊”，是在十二晌，也就是出生十一天的时候。想必那时，我尚是襁褓中一个双眼不睁、混沌未开的小孩儿芽芽。除了啼哭、吃奶，余事一概不知。因此，姥姥家全家出动，为我隆重送羊的热闹，我是无缘见到的。此后，在一年一度、年年送“羊”的礼仪中，我一节节长高长大。

民间认为，孩子到十二岁，灵魂长全了，也便成人了；于是在这一年，送羊的仪式，来个高潮兼华美的落幕，叫作“圆羊”。

圆羊，让一个孩子感觉到在这个世界的存在感。那隆重喧哗的场面，饱含亲人多么厚重的一种恩宠啊。

那年，姥姥为我蒸的面羊，出奇地大，光羊头就有二三斤，羊身近两尺长。它神态安详地蜷卧在高粱秆儿篦子上，椭圆的羊头，用梳子梳出了顺溜的羊毛线条，搓面为条，安成犄角；细短面条，安成眉毛；黑豆做眼，麦粒点出嘴唇；拿锥子压成了胡须。

面羊脖子上的红绒绳，串了铜钱，是给“羊主”的，我自然当仁不让地解下来，挂在了自己脖子上。

面羊背上趴着的十二只小羊，几公分大小，玲珑，可爱；我多想一口一个，把它们吞下肚去啊。可是不许，连同陪着小羊的十二生肖面蒸，也不许；要挂起来的，一直挂一年。

我记得那一年，我时常到挂小羊的帐子角，踮起脚尖，去摸它们，直到摸出了一层灰黑的釉儿，像包浆。

最后，那些萌萌的面蒸，都被种到地里去了。

那只大面羊，爹吃头，娘吃脚，奶奶吃个羊尾巴。一个面羊，吃了好几天；面羊吃完，我的十二岁生日热潮，就渐渐平息下去。

若干年后，我又回想起我的"面羊"，不免有好多个疑问。我问山西文友，为什么会是"羊"？他答我，山西人喜欢羊、尊敬羊。炎帝在山西尝百草，救百姓，是让羊先尝的。羊吃了没事，才给人吃。

喔，明白了，这面羊，实际寄托一种民间情感，有一重感恩和爱戴的厚意在其中。送孩子面羊，自然就饱含着将这一美好情感传承下去的愿望。

民间饮食，总有生死契阔的深情；面羊，出于俗，脱于俗，亦是这样一种多情的食物。

一直坐在葫芦里

季羡林仙逝之后，广东潮州的饶宗颐，被推为当代第一国学大师。

饶宗颐，治学博而能深，是著名历史学家、考古学家、文学家、经学家、翻译家、教育家和书画家，他通晓英、法、日、德等多国语言文字，精通梵文、巴比伦古楔形文字等“天书”。其学术研究涉及文、史、哲、艺各个领域，诗、书、画、乐的造诣也极深。钱锺书说他是“旷世奇才”，季羡林说“心目中的大师就是饶宗颐”，金庸说“有了饶宗颐，香港就不是文化沙漠”。

他还是一位百岁老人。

当人问及饶宗颐的高寿之道时，他说，我一直坐在葫芦里。

饶老的“葫芦”说，脱化于元代诗人杨维桢的一首诗：“溪头流水泛胡麻，曾折琼林第一华，欲识道人藏密处，一壶天地小于瓜。”

大意为，达观处世，静守自我，可得身心愉悦。“葫芦”哲学不仅适用于养生，也适用于治学和做人。

饶宗颐在为人、修学中就有自己的“三境界”。第一重：漫芳菲独赏，觅欢何极。意为在孤独里思考和感悟，上下求索。第二重：看夕阳西斜，林隙照人更绿。饶宗颐认为这是一般人不愿进入的一重境界，因为一般人的精神都向外表露，既经不起孤独寂寞，又不肯让光彩受掩盖，只是注重外表风光，不注重内在修养，他们便看不见林隙间的“绿”。其实，越想暴露光彩，就越是没有光彩。第三重：红蕖尚伫，有浩荡光风相候。意为无论如何都要相信，永远会有美好的明天在等候自己，唯如此才会不生烦恼，自主人生，自成境界。

享受孤独，注重内在，静迎浩荡风光，这便是“葫芦”里的人生。成功需坐冷板凳，在他，板凳之冷，恰是宁静；他心甘情愿、心无旁骛地一坐一生。饶宗颐剖析说：“一热闹就不能冷静，不能冷静就不能看问题，不能解决、研究问题。因为一热闹，时间、精神就都向外发泄掉了。” 他崇尚的是“空山多积雪，独立君始悟”。他抱定的是“万古不磨意，中流自在心”。

因为“静”，所以“远”；因为“耐苦”，所以“自在”。像饶宗颐一样静守“葫芦”卓有建树的人，大有人在。

世界堪比瓜小，于花朵中看到菩提，从芥籽里见得须弥，是一个人的修为。外部世界虽然敞阔，内心的旅途却更加遥迢漫长。有时候，我们能够观察外在的、粗浅的活动，但无法看透内在的、隐匿的洞穴，那里面收藏着丰厚奇诡的宝藏。当一个人，不断地向内求索，探幽寻微，一生专注时，自然会获得命运的垂青。

丰子恺，一生自外于名利场，性情安详僻静；相对应的，他的画，虽落笔于烟火缭绕的小民起居，却笔致饱满，婉转自喜，成为漫画中永恒的经典。丰子恺的隔壁芳邻木心曾论中年，说中年如一场长途跋涉的返璞归真，人人都跋涉得尘满面鬓如霜；而丰子恺，却一直不紧不慢地信步于尘世喧嚣之外，那种近乎高贵的消极，或许，只因为他找到了安顿灵魂的“葫芦”。天性，加守持，成就了他的高度。

明代写出《小窗幽记》的文学大师陈继儒，为后人留下了许多处世格言。有一句说：做秀才，如处子，要怕人；既入仕，如媳妇，要养人；归林下，如阿婆，要教人。一个人，经历了生活的皴擦点染，走向不同，身份不同，成就不同，但不管身在何处，最难得的是，安顿好自己，守持好自己，保持一颗质朴清醒的内心。

河南省内乡县衙的“三省”堂，有一副著名的对联：吃百姓之饭，穿百姓之衣，莫道百姓可欺，自己也是百姓；得一官不荣，失一官不辱，勿说一官无用，地方全靠一官。自古宦海浮沉，风高浪险，做官，也算得风险高的职业吧，但守持住“自己也是百姓”这一信念，便安顿好了为官之心，拥有了一个好官的定力。

每个人都有完成自我的方式，也必有安顿自己的最佳位置。

传说观音菩萨的一个眼盲女弟子，听完晚课后准备回家，菩萨说：“天已经很黑了，你打个灯笼回去吧。”荞麦说：“我一个瞎子打灯笼有什么用？”菩萨说：“有啊，别人看见你手中的灯笼可以让开你啊。”荞麦说：“那我就打上吧。”不想半路仍和一个人撞了个满怀。荞麦说：“难道你没有看见我手中的灯笼吗”？对方说：“你灯笼里的灯早已灭了。”荞麦恍然大悟：一切外在的都是靠不住的，一个人需要找到自己本有的光明。

寻找这个“本有的光明”，第一有赖于你澄明通透的心，第二离不开清鲜安静的存身“葫芦”。去找吧，寻找的过程，便是你自度的过程。

心生明月

那是哪一年的中秋呢？十五岁、十六岁，还是十八岁？那时候，山村的中秋节，总是很隆重。忙秋的缝隙里，家家都打月饼；晚间，村里请一场电影。

那晚的电影，似乎不怎么好看，只是一味地热闹着。当空的月亮，却橙黄、圆满，一派清明平和的光，很魅惑人。看看闺蜜，也有点儿厌倦，俩人一拍即合一块儿离了电影场。走不多远，嘈杂和喧闹，便被撇在身后，迎面是一派澄澈的寂静。月光白得有点儿润，光滑的、却又是毛茸茸的，是霜的温度和姿态，可以用手摸到它的凉。侧头看同伴，周身晕染了一层白绒绒的光边，有一种忽然间长大了的妩媚。

我们走过一段田野的小径时，眼前开豁起来，一片平整的灰茫茫。若在白天，可以看到，庄稼们蒙了苍灰的绿，妖娆，颓废，带一股奋不顾身的劲头，往秋深里奔跑。此刻，月光像蛋清，包起它们，抚慰它们安静下来。它们也真静下来了，好似沉睡于世界最幽深最静谧的核心。这慈爱味道的月光啊，它广大无边，包容整个世界：我们头顶那些稀朗的树枝，远处那颗棉花一样蓬松的大星星，立体敦实的房屋，细微清灵的虫鸣，就连我们，也一并被月光一缕一缕融化进它的蛋清里去了。

西天上那道银河还在吗？在呢在呢。伙伴说，看，那不是？只不过，我们现在看，它是横在半空，挂角稍偏的南北向。跟夏夜由北而南的哗哗流淌一比，显然，它是被无处不在的月光河给冲淡了。六月的银河、八月半的银河，像隐秘处的小秘密，在心里洞若观火。这是一种多么深刻的快乐。

就像有次在南山上攀爬，一回头，看到对面山峰上，白云布下了一大片暗影。它竟在缓缓地飘移！循着它往上看，就看到了那蓬硕大的云，雪白的，松散闲逸。衬着山的青，天的蓝，它有一种特殊的优雅。我深深地沉醉了。过不多久再去看，它消失了，山间黯绿的投影也一并消逝。云聚云散，缘起缘灭，只剩一片空旷天空。那片天空，曾生出那么漂亮的白云，是不是只有我看到了呢？不会吧。但也许只有我，对那蓬白云念念不忘到现在。

我们穿过田塍，拐向村庄的小巷。在小巷子里，我跟伙伴道别，踏上自家的青石台阶。我没有即刻进门，站在高处，望望月光里小巷子黑白灰的色调，除了虫鸣之外，周围很安静。月光布置的安静，是透明的，但不空无，有一种薄脆的质感。

我一个人享受着这片透明，小小少年，身上似乎多了一层秋气。我索性再去踩踩月光，它简直有吸纳的力量，招手让我进去。我走进月色。踏在一个实实在在的寂静里，寂静像果冻一样，黏黏的，包裹了我。我再进去，一切来路在我后面闭合。月光包裹住我，犹如一颗琥珀。

房屋的阴影处，是一块一块的幽暗，经了露水，潮润润的，蛐蛐俯身在那，“嚁嚁嚁”地叫得欢实，叫声没有损伤月光的寂静，倒流溢出月光的清明与澄澈。

那天我太享受那一世界的月色，一世界的寂静，一世界里独自一个人的自在自得。

多年以后，我一直喜欢着秋，或许是月明之夜给我的安然；而秋的季节语言，在我就是安静和明朗。我也实在喜欢季节的自然更迭，一季一扇面，折叠打开，不停流转，呈现出生命的本相。仲冬之月，大雪烘出一窝幽蓝，仲夏之月，绿柳轻抚一抹桔青；春天的月，被一枝梨花掩映得有香有色有静气；而月到中秋，一轮月，肥大莹润，放射出秋露的泠泠之光。

你看你看，单单一年四季的月亮，就给我这么多东西；我什么都不去做，就能领受这么丰美的馈赠。很多时候，快乐，不仅仅是那些有目共瞻的事业和成就，更存在于自然界点点滴滴隐秘的馈赠：灰暗街角一朵亮亮的小花，一夜之间忽然明澈起来的秋河，甚至，吹过你面颊的一阵微微的、微微的风。

跑过冬天

岁末深冬，寒意弥漫，日子至此，进入清苍苍老树昏鸦的地界。每走到这一季，我就又加深了一层对古人闻鸡起舞的敬意，他们手心里曾攥着多么坚毅的意志。

而我这类肤浅热爱着晨练的女人呢，每晨一起身，都是咬牙打着精神与床铺痛彻告别的艰难历程。一边穿衣洗漱，头脑里还在经历着硬锵锵的冷空气与热乎乎的软被窝剧烈冲突的左右摇摆。

摇摆着出了门，心就安然了。

天地，虽寒，虽空旷，却有着不同于其他季节的新鲜意味。

比如，经常晨跑的蓝天生态园，就从没有这么样的安静。晨光清辉，冬林漠漠，跟晚间星月下糊涂涂走步，又是不一样的风情。高低错落、胖瘦不一的树，一律是简约、隐忍的淡笔，简单得只剩下了章法、脉络和节奏，那种素朴，是绚烂之极归于平淡的艺术和人生。我真的有点儿词穷，无法用文字描摹那种清健之美，那种迷人。大多时候，人一瘦下来，不免枯瘠，偏偏这些树，褪尽丰腴和繁华，却瘦得如此浑然天成，一派气象；晨光里看去，如此有品格。

石径上，少了春夏秋三季里那热气腾腾、如火如荼的走步人群，倒显得石径宽了、长了。零落几个孜孜不倦、坚持不懈的优质爱好者，甩开脚板、不苟言笑地走，一走就是十圈，九千米啊！啧啧啧！我走不到两圈，就折去了小树林，在体育器械那流连一下，不到二十分钟，便回返。

器械这儿，常年聚集着几个退休老人。就连下了雪，也会有人把雪扫一边去，见惯不惊地继续活动。器械有十几种，健身名目也多，压腿、扭腰、吊臂、抻肩、翻跟头、撞膀子，大家吭吭嗨嗨不亦乐乎。一位名叫王惠的八十二岁老教师，在这儿风雨无阻地坚持了二十年，眼见得他在吊臂的单杠上，单臂向前，二十个来回，不喘气；大圆环上折腰，哗啦一下，折过去，灵活得无与伦比。人说，他周末时跟驴友骑行，附近方圆几百里的景点，都转完了；一道骑行的年轻人攒足了气力，也追不上他。他说自己十几年了，大年初一的凌晨，都是在这园子里度过的，常练的项目一一弄完，新年的太阳，就露了脸。

哦哦，作为不专心的晨跑者，我有些脸红。一边是耄耋之年的长者，坚持不懈；一边是青葱岁月的我们，三天打鱼两天晒网。比照之间，内心很有些愧疚，不免思绪万端。

蓝天园的中心广场上，高山流水，琴声铮铮，老老少少男男女女的人们，列成衣袂飘飘的方阵。“抱球”“分鬃”，刚柔并济，仙人一般舞在寒风里。遑论寒风奈何不得，那架势，百毒不侵都能够了，都是太极的魅力啊！一根意念之线，从身体内部发散到指尖脚跟，舒缓流畅，叫人沉迷。这叫作沉迷的幸福吧。幸福秘方的获取，从来是要有点儿慧心和毅力的，美貌财富地位，与其相比，都是轻的、空的、苍白的。

我的晨练，结束于那个横在半空的单杠，我双手握住悬了片刻，狠狠抻了臂膀，落地踏上归途。刚刚的弹跳慢跑，使浑身热热的容光焕发；刚刚的舒拉伸展，使腰肢柔柔软软，充满了活力。这寒意弥漫的深冬早晨，我用运动跟寒冷交手，竟这么轻易地扳过了严寒，真有点儿不可思议。运动带来的温暖舒适和快乐，实在是好极了。

叠　翠

也许你不曾注意，夏天其实是顺着雨脚来的。几场雨后，叶子像众多的鸟喙，泼辣辣，啄向四周；绿色，像小孩儿手下的绿蜡笔，一点儿也不知节制地涂抹，一天不见，涂染得遍野都是。盛夏的空间，绿色膨胀，眼见得拥挤了。一种安静的喧闹，到处荡漾。现在再看地面和空气，就像翠碧的水彩打过底。你会怀疑，人和牛羊在树荫下待得时间长了，会不会变成绿人、绿牛、绿羊呀。

真弄不清楚。还有那些新蔓子、新枝子，它们都从哪里赶过来的，一下子聚得齐崭崭。这七八个节令的长途跋涉，从寻无影踪的水煮初春绿，一口气不歇地走成如玉的翠碧，绿色终于脱去虚幻，落地民间，成家立业，打江山，踏踏实实绿成了一番伟业。

层层远山，层层绿啊。作为骨骼的山体，看不到了，只有绿色的血肉和毛发。山有陡缓，树木有高矮，可是，高大粗壮的树木是高大粗壮的绿，低矮瘦小的树木是低矮瘦小的绿；绿的间隙呢，又是深浅不一的绿。这些高高低低的绿，漫坡流，流到哪儿，绿到哪儿。

绿把整片树林裹住了，把座座远山裹住了，绿覆盖了许多尘世之内的事物，也覆盖了许多尘世之外的事物，覆盖了许多从天外掉下来的事物。似乎几十里几百里都在绿，似乎几千里几万里都在绿，似乎几百年几千年几万年都在绿。树林里面静悄悄，只有绿的空气在流淌，似乎这世上所有的树林，永远都如斯静悄悄。

远山叠翠，旷古的幽静和清凉。

如果是清晨，阳光初上，该有点儿热意吧，不，那点儿温暖抵不过山间的清凉。所有的树木，杜梨、栗树、荆条、橡树、荆棘、老枣树，倒是脉络分明地透亮着，被过滤过的阳光，却生发出一种寂寥的气息，缕缕发散，如虹、如琴、如水、如寂寞的星空。那种寂寥，让它和外界干净地剥离出来，人世的风也吹不进去似的。

翠的味道，被阳光托起来，涌进身体，宿梦也被染透了，只觉盛夏时光的天荒地老。“幽窗开卷，字俱鲜碧”，哪里还看字，看看窗外贴近的山，心思都是鲜碧的了。山是一部纸页鲜碧的大书。

夏天，就这样绿眉俏腮，也横阔、也细腻地忽而飘过。选个雨日吧，在归来的窗下，将叠翠的远山在内心过一遍，将过往的滚烫在如玉的绿里凉一遍，你发现，你已经真心诚意爱上了夏天，可是，夏天就会远去的，你发现，你爱上的是一个心思翠碧的自己。

金钱的药性

唐朝人张说写过一篇奇文《钱本草》，端的是医家口气，论的是金钱性味。“钱，味甘，有毒，大热”，六个字把缠缠夹夹说不清的钱味、钱性、钱功效，一针见血地点了个透。

钱，质润，善滋补。它是“酸甜苦辣咸”五味中的甜，人人喜欢，个个追求。

它是盘中餐，身上衣，是遮风挡雨的房子，随心所欲的日子。想一想，我们哪一刻离得开钱？上学读书需要它，结婚生子需要它，孝养父母需要它，有病看病需要它，亲戚朋友相聚吃顿饭也需要它。一落到这个尘世，我们就自然形成了对钱的依赖，缺了它的滋养，生命难以维继，更不用说精神需求。

佛教中，曾以毒蛇比喻黄金，但也主张赚取净财，拥有适当的物质生活。《六方礼经》，指导人们如何运用金钱，而《佛陀经》《药师经》等宝典中，佛陀描绘的净土都是黄金铺地、七宝楼阁。

你看，连佛教都不排除清净的富有。

况且，钱，它还能驻美颜，解困厄，让人心情畅达，神采飞扬，笑颜常开。“一箪食，一瓢饮，在陋巷，人不堪其忧，回也不改其乐。”问题是，颜回之乐，根在精神追求，精神之乐与金钱富裕是矛盾的吗？假如有充裕的物质生活，颜回就一定会沉溺其中忘记修身吗？

世界巨富李嘉诚过七十岁大寿，有宾客问他：“你平生最大的愿望是什么？”李嘉诚小声对宾客说：“开一间小饭店，忙碌一整天，到晚上打烊后，与老婆躲在被窝里数钱。”

宾客大笑，李嘉诚亦大笑。笑声两重天。

李嘉诚向往的是“忙碌”后的“安心钱”，付出辛苦，赚得财富。岁月静好，云淡风轻，那是多么安静的幸福。李嘉诚深谙其中甘甜。

然而，钱不仅味甘，滋补，还有毒，大热；倘若一个人被其热性所袭，往往被烧得忘了本性。钱本是仆人，你却让他做主人，位于你前，挟着你，呼风唤雨，吆五喝六，不免显得你人格小于“钱”格，视野小于“钱眼”，灵魂高度只在锱铢之间。

金钱高于人性，人性必然浅薄、轻飘或迷失。

看看当下，我们好多有钱人，几乎清一色面目难看地出现在公众面前。

那个昔日在超市因向男友讨要一只包包，小孩儿般哭闹的女子，如今冲进餐厅兴高采烈地大喊“把最贵的香槟给老娘打开”，只因，有钱了！

那个往日抠抠搜搜、从不买单的白领男，如今也大手一挥“啪”地启开钱夹，露出孔乙己排出九文大钱的优雅舒展，只因，有钱了！

那个三岁的河南小女孩儿因为迟到太久被拒入室上培训课，她奶声奶气地一直说："阿姨，我有钱！"孩子的"金钱万能"意识，谁植入的？

那些在稍微新奇的玩意儿前，失魂落魄的人，那些在昂贵消费品前颠倒失足的人，那些口袋里揣着银弹生猛冲出国境线疯狂扫货的人……

亲，他们都有钱！

什么什么？你在这里嚼什么舌？你想拦着他们消费吗？他们想试试口袋里钱的效力，想享受一下有钱的滋味，你拦得住他们吗？你是谁？你自己有钱吗？

我在众口滔滔的羞赧之下，不免又想起《钱本草》。古人说"服用"钱本草，应均平适量，少者"冷"，多者"热"。盛热之下，必有衰冷，甘热过度，必生有毒玄机。再好的饭，你一天可能吃五顿，却不能吃十顿，再好的衣服，你冬天最多穿五层，夏天只能穿一层。钱，亦如此，达到一定的基数后，就如同空气，你总不能将天下空气，都吸到你一个人肚子里。

空气人人离不了，钱，也真的好。这一生，不论贫穷还是富裕，疾病还是健康，生老病死，永远陪伴你的，是金钱。它撑起你的口袋，也撑起你的自信。

只是，任何时候也不要忘记钱的"格"。它除了让你吃饱穿暖，还能帮你实现高于现实生活的理想。

钱花得有格，有品，人才称得上真富贵啊。

老妞儿，干姜

一个朋友，做菜、拌馅儿甚至煮茶，须臾不离姜。我戏称她“孟姜女”，曾吃过她做的清蒸鱼，鱼肚里搁大量姜片、葱段，上屉蒸，蒸出来撒大量姜丝、葱丝，浇汁儿。热油一泼，姜香催鱼香四溢，风味中正浑厚。拨开鱼肚，看见那些姜块，心里面，忽然暖洋洋的，像得到一种保证；那种保证，犹如凉意四起的白露之夜，初拥棉被，轻、软、暖香，只待一场好睡。好吃、好睡，是福；好吃的东西、好睡的寝具，是赐福的物儿，都该珍惜的。

只是，我仍不喜咯吱咯吱吃那鱼肚里的姜块。

但比起小时候，千方百计挑出汤菜里的姜末，背着大人无声扔到角落里，我已是大有进步了。一大把年纪，该接受的、不该接受的，都尝试过来了，过来才知道，接受不愿意接受的，其实也并非就是一件天大的困难。

有人还用生姜泡茶，说是养生佳品，拣稍嫩的姜，去皮，磨茸，开水冲下去，搁一点儿浓艳的红糖，热腾腾捧在手里。喝一口，暖暖的辣甜，一直暖到胃里去。哎，这不是红糖姜汤吗？是咧是咧，怎么不是呢？小时候发烧了，被娘强制一口气灌下的，可不就是这个辣呵呵的姜水吗？喝下姜汤，盖上被子安静待一刻，一身大汗，起来又活蹦乱跳了。

听说，还有一样饮料叫作“姜汁撞奶”，没尝过。一个“撞”字，倒是透露了生姜生猛、鲁莽、厚墩墩的辛味。猛是猛了点儿，但有关生姜的赞誉，坊间却是铺天盖地：“饭不香，吃生姜”“晨吃三片姜，赛过喝参汤”“冬吃萝卜夏吃姜，不劳医生开药方”。有个典故在老中医那里讲得很多，西汉初年，楚汉相争，汉高祖刘邦身染瘟疫，久治不愈。有人献上“生姜萝卜汤”服之，病情大减。再喝一剂，药到病除。

生姜、萝卜，两样最普通不过的菜蔬，挽手协力，便有防瘟奇效？真耶？假耶？不知。李时珍倒是在《本草纲目》里说：“可蔬，可和、可果，可药。其利博矣。凡早行、山行，宜含一块，不犯雾露清湿之气，及山风不正之邪。”做中药用时，李时珍又说它“味辛、微温、无毒，久服去臭气，通神明，归五脏，散烦闷，解药毒，益脾胃，发散和中。”但生姜虽好，能“御百邪”，吃起来也是颇有讲究的。两千多年前，孔子在《论语·乡党》中说：“不撤姜食。”每食必有姜，这对常年周游列国的人来说，不易呢。孔子还讲不撤是不撤，但也“不多食”，不滥吃，讲究个量。民间养生，似乎更细致些，所谓“上床萝卜，下床姜”“晚吃生姜，赛过砒霜”，讲究个适时。

适量适时，老姜新姜，都是好东西。

姜是老的辣，新姜更甜脆。新姜，挖出来，水色丰盈，身段鹅黄，紫红羽衣，可不就是感性的姜少女吗？宋朝刘子翚《咏姜诗》写得传神：新芽肌理细，映日莹如空；恰似匀妆指，柔尖带浅红。大儒柳宗元也写姜“世人悠悠不识真，姜芽尽是捧心人”。新姜堪比西子，美否？不仅貌美，新姜皮薄肉嫩，汁多，有甜脆意，渣滓少，辣气轻。这一点呢，嘿嘿，颇似少女脾性，甜美，稚嫩，天然的娇艳。苏东坡“春社姜芽肥胜肉”，这是正月十五“上元节”到二月初二“花朝”期间的嫩姜，好吃得受不了，赛过肉，算极品了。

老姜，是嫩姜的熟年。嫩姜水分渐失，就成了老姜。人说，干姜辣味重拙，是谓老辣。不但所有的荤菜，都要靠老姜去腥留香，添厚味；而且，入药者，也非老姜莫属。因那新姜，鲜脆有余，辣味不足；犹如为人，修养不到，道行不深。

新姜一干，成老姜，皮厚肉坚，味道辛辣，是风情泼辣的少妇、老妞儿。姑娘一老，成老妞儿，皮肤不再润，明眸不再清，但灵魂里有了那么一种厚味和支撑，好的学识，辅以生活的历练，平和的脾性，处变不惊的胸襟。“在人生的中途”（但丁语，指三十五岁），浮华和梦想渐渐隐匿，一切从平和质朴中散发出来。嘿嘿，老妞儿，反过来简直就是老姜。

老姜脱去了水分，但味道浑厚宽容，辛辣老到，是情到深处，换作无声操持与呵护；祛除你一路行走的风寒邪气。老妞儿，脱去了青春轻盈，风度卓然，芳香独特，付与你的，是衷肠、是温暖、是助你行走世间的底气和能量。

老妞儿、干姜，互相印证，确是家常的宝贝，只不过，你有没有一双识宝的慧眼呢。心理学家菲尔德曼说：“魅力比年轻更重要。”你呢，可识你家老妞儿的魅力？

千万住进春天里

迎年这事，总是一个大动静，轰隆呼啸像一驾马车，越奔越急，甚至有失控的嫌疑。

我是那个坐在车头的驾辕人，操鞭把舵，掌控着家庭的整场年事。从扬鞭加速，越过颠簸和陡峭，到大年夜里朝向新日子的倾斜，我居然忆不起，一路狂奔，年，是怎样爬过最后几日，化成了年轮。

年初一，马车停住。好似来到一片绿色开阔地，大清洗过后的清亮和明媚，冉冉展开；耳目一新的时空，踏歌而来。新年好光阴，真真叫人欣喜和心疼。

我恍然察觉，都快立春了！

我还没顾上看看门外的风有没有变软、庭院上头的太阳有没有变红；远处的湖冰是不是还板着冷硬的脸，草啊树啊麦苗啊，有没有鼓出一丝春气。

我看看手机上的日历，今年的立春时辰，是在深夜十一点三十四分；往往那时节，我已经抚妥灵魂，昏昏进入了睡眠。

我其实是一个活得很散淡的人，生活里的功利得失，看得不怎么急。我总以为，这部分“实际存在”，不如那部分虚幻的精神陶醉，更叫人迷醉。一个人的自我理解，固然镶嵌在社会的经纬之间，可是，还能有比大自然，更能润养灵魂与精神的东西吗。

我当即从拜年的程式里逃开，一个人到野外，去访春。

我走在一条小土路上。枯涩黄白的草，缭乱匍匐着。所有的树，枝干突兀灰黑，像荷戟的兵。触目所及，一片萧瑟。我看不到春天的讯息。虽然，阳光暖得成了一种抚摸；远处的湖冰，汪汪的，抹了一薄层潋滟水意。

春的格局，还在虚无之中，它像小孩子用木棍搭起来的字，外形是稚拙的，笔触是朦胧的。

我太想看到一种实实在在能够证明春归的东西，毕竟要立春了。立春之所以年年蛊惑人心，就在于寒意尚浓，春意虚无；而从虚无里脱颖而出的那一点儿，总能震人心魄。

所以，它再怎么萧瑟、枯淡，多情的人总会看出它渐渐发散的笑涡。

我拨开枯草，在草摊底部寻到了一尖草芽，萌萌的、锐锐的，像我心里惊叫的那声微弱的“哎呀”！它像一个勇敢的人，充满自信地向这个世界说出它的爱情！而在真正的春天到来的时候，它会像一个凡夫俗子，归于平淡。它把当初的美丽深藏起来，踏踏实实过它的小民日子。

苍茫时空里，一岁一枯荣的草，是时间的赋形。只有当它与你内心的诗意偶然重叠在同一坐标位置上时，你才会看到它的美。

此时的草，是大美。无数草芽的“针”，正一针一线、不慌不忙地把世界织进它的图案里去。

是谁说的呢，幸福到来的时刻，给它加上一丁点儿轻微的苦涩，才会更牢靠地储存。我想，那样的幸福，定是一丁点儿一丁点儿盼到的吧，正像小草一丁点儿一丁点儿织出了春。

如果，盼春，就花似锦，要夏，就雨满楼；事事毫不费力、招之即来，要风得风，要雨得雨，那样的人生不免苍白无趣。

立春的“春”，是若有若无，若无还有；让人牵着一线寻觅的希望，一步步往春深处走去。哪怕寻得辛苦，觅得艰难，但至少，那种有希望相陪的感觉，最有滋味。

当你在绿色渐渐蔓延过来的大地上漫步，走着走着忽然跑了起来，又突然转过身去，你会看到，春天几乎在一刹那间铺天盖地而来。

春风十里，春水流碧，春林葳蕤，你呀，千万千万，让一颗心住进春天里。

世界，如一枚蚕茧

光阴，如板擦，一寸一寸，将旧年缓缓抹去；这一年，我的关键词是：沉默。簌簌簌，我只顾行走，裙裾拖曳。林风眠说："如斯芬克斯坐在沙漠里，伟大的时代一个一个过去了，我依然不动。"

我在心底叹他一句话直指内心。

每周内有五天，我上班，为全县教师的业务进修忙碌，做培训，搞讲座；下班回家，做饭洗衣做家务，惦记女儿的学业；每天和老公在电话上商议、吵架、说家事，晚上阅读、晨起写作；周末驾车上山，看父亲，为他俩送些好吃好喝的，搞清洁工作。

这是我生活的全部。世界给我的这方空间，安宁如一枚蚕茧。

这一年我也遇到了很多新东西：元学习、微信公众号、编程、出版合同……搁在以往，说不定，会热血沸腾或调侃学舌一阵子；现在呀，可不了，人过不惑，唯有低头做事。

从烟熏火燎里抽身出来，解下围裙，写点字，最有意思。我把写作看作一种修行，不太习惯把它当梦，也许梦有点儿飘吧。写文章，是一段旅程，往往，还充满惊险。很多时候，有了素材，有了心情，有了相对完整的时间；但下笔才发觉周围是戈壁荒漠。握笔四顾，一片茫然。郁闷、纠结、膨胀、烦恼，不吐不快却找不到出口。去室外转圈儿，眼睛啥也看不见；从碟子里捏点儿零食入口。滋味？谁知道呢。然山穷水尽之际，往往柳暗花明，灵光一现，冰轮乍涌，天哪！那是多么巨大的幸福啊！总有人问我，一个月挣多少稿费呀？我笑而不答。跟精神上那种微刺激相比，稿费实是副业。每当文末的句号圆满点上，我听见内心的溪流，潺湲而过，是“泉水叮咚、泉水叮咚、泉水叮咚响”的欢快节奏。是啊，写作，是慢的、是孤独的、是浪费时间的，可是，在喜欢的事情上，谁会计算时间呢？

2016年，我开始驾车上路。我这个对时尚颇不感冒的人，四十三岁才混入考驾照的大军，历经早出晚归、日晒雨淋的练车，各色教练或柔或厉的调教，忍受老公在实习期火冒三丈的告诫，终于，我单独上路了。车像铁鸟，流利滑行在路面；过往，迅疾后退，世界，缓缓打开。绿树、原野、小村、石桥，清风拂起头发，阳光晒红脸颊。那些时候，心，是绝对自由的。进入自由之境，哪怕只是短暂一瞬，也需无数磨炼来换取。它真是无可替代的美妙事物。

这一年，我购书三十本，大格局，小情调，皆有。我读《曹操传记》，读出不一样的枭雄。他在赤壁之战后给孙权的书信中说：“赤壁之战，值有疾病，孤烧船自退，横是周瑜虚获此名。”呵呵，这个这个！不过，一场改变历史格局的大战事，他说放，便能放下，也真是力量惊人。我读阿城闲话里的逸趣幽默，读村上春树平淡日子里隐秘幽微的小乐趣。阅读，开启了感知世界的一扇侧门。车马喧嚣的世间，案上桃源，景色宜人。

这一年，年初，我撰文为白血病儿童崔启东发起募捐，筹资两千余元（其中包括我捐的五百元），又为重病的葫芦画家任立辉捐两百元。我是穷人，拿不出来更多。我知道，些微薄捐，实在不能改变他们的境遇，反倒是我，获得了一种心理上的踏实和安慰。良知爱心，有暖光，给施者的温暖甚至大于受者。

在小雪节令，北方一场轻雪飘落。那晚，恰在山中。沿村里小溪上行，处处小桥，处处人家，小桥无人，人家有光。雪夜里，似清冷却又透露团团温暖。棉靴子，厚鸭绒，携满身寒气叩门。进门一帘白雾，擦拭镜片之后，才看见亲友笑意盈盈的脸。

又想起今年六月，我的昙花打苞了。将开未开的夜晚，约朋友二三，灯下等待。花瓣颤巍巍拆开那一瞬，执茶盏的手，全部定在空气中，似一帧帧痴人手势。嘿，与我一样痴者，到底还有，怎不让人心间大乐。

守岁，就是守光阴

除夕守岁。一年里，我们可有哪一日如此郑重地对待过它？

幼时的除夕，我爹会让我娘炒一盘肉菜，他端了盘子，到村东三姑家，跟三姑父一道，把酒话年，夜深方归。这是他劳累的一年里，最快乐最放松也最奢侈的一段时间。娘送爹出了门，便把我们姐弟仨安置在炕上。放个小方桌，切来一盘猪肝、猪肺，大葱香油简单拌一拌，说：“吃。大年夜安安静静的，不许吵不许喊！”有时，她拿来一截高粱秆儿，冲我们说：“来，让大年跟咱说说来年的年景！”

我们疑惑之际，她麻利地剥光了高粱秆儿，露出暄软的瓤，将十二颗黄豆，依次按进秸瓤里；然后把那截高粱秸儿，丢进了水瓮。

娘说：“今晚是大年夜呀！神仙都在。明天，哪个黄豆变胖了，哪个月份雨水就大”。我们好奇，大年夜，竟有这么神秘的力量吗？

在这个夜晚，爹和他的兄侄们，把酒畅谈。我们和娘，守着摇曳的烛光，享受天伦。我们看到，岁，在摇曳的烛火上结成花；我们听到外面的爆竹，把“岁”惊醒，躲进了门旮旯。

我娘，间隔一会儿，就出屋到庭院，收拾一下家伙什。娘肯定去看厢房那些蒸好的大枣馍馍、豆沙包、年糕，还有挂在梁上的猪下水。那些东西，都冻着，硬邦邦的。娘放心地回来，往祖宗案前添了新蜡。

年纪最小的弟弟，终于有点儿熬不住，靠着被垛睡了。我爹回来了。他抖去一肩雪花，从兜子里，魔术般变出个黄澄澄的东西。那是啥？爹说，是橘子。我们真的没见过也没吃过。爹说，剥开好多瓣呢，甜得很。

小弟被唤醒，我们一起享用那个叫作橘子的东西。

这样的除夕，定是有些远了。现在有时看到街上满车成堆的橘子，我会突然置身茫茫，慢慢走回了那个橘子惊艳的除夕夜。

守岁，那才是守岁呢。没有“春晚”，没有大餐，就那么守着光阴。

而时光箭急，才是懵懂小丫，转眼已经不惑之年。人很多时候，在纷繁的生活中奔波、忙碌，像管道里的一滴水，随着大众的水流朝一个方向奔涌。忙吗？也不至于那么忙，只是被光阴吞噬不见——看不到自己，也感觉不到时间，浑然、惘然。

那种在除夕夜可看、可听、可嗅、可感、可触摸的光阴的质感，遗失在哪里了？

有年除夕，我回望一路跌跌撞撞的自己，忽然生起一个念头：让自己静下来，给内心一个出路。我想慢慢试着开始，告诉自己：把写作拾起来吧！我开始慢慢写。心如平湖，神如止水，整个生命沉浸于一种无言的安静。

那最初跟娘一起守岁的感觉，又回来了。我找到了合适的方式，像守岁一样，守护自己的光阴。

以守岁般的恭敬去守护岁月吧：正月开岁，二月绀香，三月桃良，四月秀蔓，五月鸣蜩，六月精阳，七月流火，八月未央，九月授衣，十月获稻，葭月潜龙，腊月嘉年。

全年都是好日子。

怕　花　开

三月中旬到四月，这段时光，真是美得令人痴迷。

处处开花，处处拱绿，色彩一片片洇出，土地无比高贵。每天上班时，骑车走在路上，眼睛总要四处看，忙不过来。一树一树的花朵，扣上姹紫嫣红这个词，显得多陈旧和俗气呀。它们的色彩比任何词汇都灵动丰富。

回到家，一有琐碎时间，我就在庭院里转悠着看。院子不大，从这个圃子的花前，到那个圃子的韭菜边，再到南端葡萄架；我仰着脖子细瞅，有没有芽孢，在我不注意的时候拱出来呢。

今春，我的工作忙起来了，没有专门的时间跑去看花。我就在院子里、在路边，在偶尔从书本教案里抬起头时，抓紧去看。

我在路上看，看完这一树，下一树又迎上来了。树跟树不同，花跟花也不一样的色；就是一样的花树，你有你的姿势，我有我的仪态，就像一个人的魅力，各人的就是各人的，你尽力掩饰它也在，你想抢也抢不走。

想开红的，就一树嫣红，红得掉火星。想开白的，就一树洁白，白得覆了雪。想开黄的，就一树绒黄。有温度、毛茸茸的黄，色似金子，可比金子温暖有情味。你把它形容成金黄，就丢了温度，多了冰冷，我是坚决不同意的。

是迎春，最先打亮了我的视线。她们像嗓音尖细的女子，着明黄衣衫，一出场，就亮瞎了北风的眼。北风絮叨着悻悻而退，好似埋怨自己的戏份还没演足呢，你们就已提前入场。迎春不管，携手连翘，透露着温柔中的坚定。是的，她们外表琐碎温柔，可是内心极有定力。

玉兰，扎着乳白大礼裙，隆重出场，春风的舞台上，矜持有光。玉兰是兰吗？它可不喜欢那种幽人的情怀。她是俗的、喜的、热闹的，有威仪感：裙摆“嘭”地打开，纤手优雅伸出去，给人接住。花的使命就是开放、开放、开放，她怎么舍得浪费好年华。

碧桃，在没有叶子捧场的枝上，红得实实在在，又健康又老实，像老电影里经常下田的庄户闺女，认真穿了大红袢子，喜气洋洋地坐在那里没意见没脾气。

桃花，总像一个幻象，被一小瓣一小瓣的春天围绕，围住细微的人情部分。她呢，倒是全然不顾，春风加上她，便是全然的自由世界。她不知，她替人造出了多少吟诵的由头，简静，妖冶，都在人的眼。她其实是引导你看回你自己，你心中一直企盼的某一世界，被她看透，道破，透了天机。

梨花着月，是带泪痕的孩子的眼；杏花临水，是清美的隐士；梧桐花，是盛红酒的高脚酒杯……

那天外出，在路边等车来，眼睛却不忘左右寻花。花儿，也总跟我心有灵犀，就在路边绿化带林子里，闪出一片幽紫。嘿！我猜是苜蓿吧，一群细胳膊细腿的小姑娘，个个撑一把小紫伞，摇曳在新生的柳荫里！那一抹紫，似藏在心底里最疼的那束弦！看看也疼，不看也疼。我陷在幽幽的疼里，不能释怀。望望没有车来，我跳过去，采了一朵，闻闻，还有香！同在路旁候车的一个半大小伙子，竟也疾疾摘了一朵。我在心底偷笑了，看来，花对人的感召，是不分性别的。

我斜睨他一下，在心里问，她们那种深沉与安静，绚丽与喧哗，你能接收得到吗。只在心里问了一句，就当是替花问了。

这个季节，我的心情，太矛盾了，盼花开，又怕花开，主要是它们一开，就面临着萎谢、颓败。盼的时候，是欢喜的；等开全了，又惴惴的。担心也是白担心，时间一到，花朵毅然辞枝，不认我的挽留。所以这个时刻，我恨不能生出千手千眼来，一一看它们入心，揽它们入怀；可是我又不敢细看，好像多看一眼，花朵就要落去一瓣，美丽就要早走一分。我的矛盾心情，就又添了一层。

这般欣欣的、惴惴的，风一程雨一程，花一程，直到花开全部隐入浓浓的绿，心终于扑啦啦一下，鸽子一样放飞……

疯狂的葡萄

夏天，窗外一册青山摊开，颇能读出些清凉意，怡情爽目，可要是没山哩？看一架葡萄的青枝绿叶在光影里如煮如沸，也是美事。

雨来时，每每天色铁青，风吹猛烈。葡萄枝连同葡萄叶，在架上翻跃不已，这片倒下去，那片压过来，真是绿浪沸腾。

雨水是白亮的，从叶间漏下，顺着葡萄流泻，由缓到急，渐成小泉，映出一珠一珠的翠碧。使人怀疑那甘泉直接源自于葡萄肉，有果味哩。

葡萄架下，沉黯幽绿的一个空间，人进去，染绿了；人从外边瞧进去，葡萄架下的石桌、石凳，连同石砌的井台，都绿绿的像个幻觉；用手一摸，凉是凉的，不过，那绿不是青苔，是给葡萄架罩的。

其实，那葡萄架已经把一个院子全映绿了。葡萄搭架的南半块，是沉绿；露着天的北半块，是明绿。

这棵葡萄是有点儿嚣张、有点儿疯。枝叶，像无数小飞贼，飞檐走壁，身形轻盈。一天不去注意，枝蔓如水般四溢，漫得哪哪儿都是。边儿上，没几天就垂下一道又一道款款的叶帘，往上扶了数次，还是执拗。贴墙的那几枝，终于倒伏下来，糊住了东窗，使那儿像个童话中的洞穴。一把铁锨立在墙根，在一个夜晚被葡萄须子偷偷绑架，解开死缠的葡萄须子，很是费了一番劲儿。

人的劲儿攒在心里，草的劲儿攒在根里。葡萄的根，狂傲有计谋哩！它稳坐地下，牢牢把住一根粗藤，亲传亲授。那老藤，粗陋、拧巴，皮糙肉裂，像个过气的元帅，须发间几分枯寂和孤意，是眼见的。可是，一俟春暖，行动起来可是老将出马，一个顶一疙瘩。它指挥着千枝万叶，东一下，西一下，南一下，北一下，到处跑，向前、向前、向前，枝枝叶叶一个劲儿地向前，都忘了把步子收住了。

扩疆拓土，院子被占据半壁，连同风声雨声也笼住了，阳光月色也笼住了，鸟啼蜂鸣也笼住了。嘤嘤嗡嗡，是蜜蜂和马蜂。葡萄缀满微粒的小绿花朵时，它们来造访过，如今是等着果子熟。啾啾唧唧的，是麻雀和白头翁，不等青葡萄变软变甜，已经啄食吸吮，大快朵颐了。

我常常举一根棍子，在葡萄架下蹦着高儿吓唬它们，太可气了呀！好多葡萄被啄成了半拉子个儿！见我走近，哗地一响，风一样四散，没等我回屋，哗啦一下，又像石子落在了葡萄枝叶的绿浪里。

你看，你看，白天的葡萄架：背景亦有，主题亦有；对白亦有，唱腔亦有；细节亦有，梗概亦有。大家伙儿热热闹闹，唯独，缺的是一方诗意的留白。晚间，星月的微光，无声息缝合葡萄叶子的缝隙，一切疏朗了，圆融了；紧拉慢唱的节奏，便出来了。

可是，葡萄，终究还是掩不住疯狂的。那一珠一珠，硬挺饱满，漂亮得如同昔日理想的——葡萄，那一串一串，璀璨琳琅，紧实得如同才俊超人灵感喷涌的——葡萄，那一嘟噜一嘟噜、处心积虑如同遍地奇思怪想的——葡萄，它们总是有那么一股子劲头，使劲地饱满，拼命地紧实，复仇一般地挺括，把每一个日子爆浆般过完，饱满到了几乎恶狠狠。

美国作家威廉·杨格，一个恨不能天天泡在橡木桶里的家伙，曾说，葡萄是个疯狂的东西，挂在树上时是水果，变成酒以后，就有了动物的生命，使人迷醉。

呵呵，他竟然没有看透葡萄！其实，变成酒以前，葡萄已经是动物的生命。它们跃动、拼搏、昂扬，把平面的日子过得立体饱满、汁液淋漓；它向上的触须，时时打破拘泥与静止，把年轻态的意气风发，播满绿色的空气。

有时我们不是狂野过度，而是走一步退三步，思虑过度，我们缺的是葡萄那般发疯样的行动力。

经霜的白菜，美滋味

“浓霜打白菜，霜威空自严。不见菜心死，翻教菜心甜。”白居易老夫子这首白菜诗，出语可真平民化，老太太都读得通。品一下，只觉诗意淳朴淡静，滋味雅正，津津然，恰是那霜白菜的味道。

大白菜，还有个雅名，曰“菘”，大约是以字会意：因它“凌冬不凋，四时常见，有松之操”。《南史·周传》载：周颙于钟山西立隐舍，清贫寡欲，终日常蔬食，卫将军王俭问他“山中何所食”，答曰“赤米白盐，绿葵紫蓼”，文惠太子问“菜食何味最胜”，答曰“春初早韭，秋末晚菘”。

那“秋末晚菘”，定是经了霜的；上口，添了漫漫六朝烟水之气，凛凛然有寒味缭绕。

但白菜经霜才好吃，去了楞和憨，去了涩和淡，又清又幽，又醇又厚，甜润润、脆生生；形体也好看起来，跟霜前的披散不自持相比，端庄了，静穆了，安然、稳重了。

作为隆冬一季特有的菜蔬，大白菜怎么做都好吃：白菜煸锅煮面条，羊肉火锅下白菜，醋熘白菜帮，凉拌白菜丝儿，白菜大肉炖粉条……上班族，冬天早晨贪个懒觉，眼看到点了，急匆匆拿大葱、白菜炒馒头来吃，馒头丁蓬松松，白菜叶子脆生生，也有味得很。

菜蔬类的西红柿，妖；茄子，媚；土豆嘎里嘎气，可一肚子老实不知变通；辣椒那家伙太野性了，会把你的味蕾啃透；洋葱头，有点儿烈，你跟她一接手，总把你惹得泪水涟涟。色色菜蔬，恰似那初上道的新人，要个性要风格要名要利要运气，事事头角峥嵘，滋味里，多少带出点儿仓皇和偏执的小家子气，唯那不露城府的大白菜，朴素温穆，大气若王侯。

旨趣也有的，就在细品之间，丝丝若有若无的甜润，好似霜风凛冽，秋凉高远，一朵雪花飘啊飘落，悠悠回转。民族唱法，美得极清醇，又带点儿花腔。

白菜的好味道，很大程度上得益于秋霜凛冽。立秋下种，小雪收获，白菜历经八个节气，风声一点点响起来，温度一点点降下去。自然界件件温寒大事，接踵而至，白菜一一等闲视之。直到霜降。霜降以后，大白菜修炼得干干净净，脆脆爽爽；碧玉颜色里，浮躁褪尽见真纯。

也许就是这样吧，成就一棵白菜的，不是之前的温暖好时光，而是霜降后霜寒的瑟缩；不是后来温室里的安乐，而是霜风冷月里的忧患。“拔雪挑来塌地菘，味如蜜藕更肥浓”。

同样，风霜，对于一个人来讲，更像一场沧桑的记忆，饱经足沃之后，垫高了履历的厚度；又是凛冽的烧酒，喝过了，才摊平一颗陡峭严苛的心，心平气和地在世上行走。

辑二／你我都是普通人

花开鸟啼，雪花舞风，都是有它的深意在的。生活的细节，不会骗人。再多么宏大变迁的历史，都会刻度到普通人的生活细节里。它构成的历史，不偏不倚，可以看得见蠕蠕演变的历程。

一声长啸

世界喧嚣，闹到极处，反会呈现荒原般的寂静。这种寂静的底子不好说，又沉闷又热闹，要打破呢，须有一些与众不同的发声。

比如：一声长啸。

啸，有古味。《辞海》上说：撮口为啸。这是一种很耐人琢磨的发声方法，听上去很像今人吹口哨。

啸于今不传也久矣，定然不似吹口哨那般浮皮与简单。清人张潮在《幽梦影》一书中说："古之不传于今者，啸也，剑术也，弹棋也，打球也。"

但啸曾那么风行于文人士子，魏晋阮籍擅长啸，陶渊明啸傲东轩下，洪秀全、苗沛霖啸聚山林，张三丰啸歌山野……声声长啸，成为心灵暗喜与隐痛的一种揭示。

史载，阮籍一声长啸，时人远隔一二里都能听到他的清越啸声。阮籍登苏门山，见道人孙登闭目养神，就上前攀谈。因司马氏当政，他末路穷途，胸臆难抒，便从自己一直说到三皇五代夏商周。孙登仰着头，一言不发，一副超然世外的神情。阮籍再说到儒家的道德主张、道家养生方法，孙登还是不发一言。阮籍讪讪站了半天，长啸一声，返身而回。走到半山腰，却听到孙登的长啸。此啸山鸣谷应，宛若天籁。阮籍的长啸里有世事的郁结，孙登则纯是一派自然的清空之气。

刨除那种奇异的发声方法，我们还是可以常常领略到啸的风姿的。

想起鲁迅，想起他的《呐喊》。那何尝不是勇士拖枪、面对着一间万难破毁的“铁屋子”，一声断喝、一声长啸？他曾沉吟：“得了赞和，是促其前进的，得了反对，是促其奋斗的，独有叫喊于生人中，而生人并无反应，既非赞同，也无反对，如置身毫无边际的荒原，无可措手的了，这是怎样的悲哀呵。”于悲哀中呼啸，鲁迅说自己是夜行的鸟，发出恶声。但正因为有这种反主流的声声长啸，才让沉沉欲睡的人们蓦然醒来，看清独行者的灯盏。

只是，今天，世间还有这样的长啸者吗？河水日夜流淌，生命静于无言，一两声长啸，穿越史册，啸出了风致和味道。

其实，啸，在大地上无处不有。风扣松柯作金石声，似是 “龙吟”，若再迅疾一些，穿过坚挺紧密的枝叶，这就变成了“啸”。天空蓄满雷鸣电闪、风声雨声；古典的山冈上、密林里，昂的一声虎啸，远远传到了山那边；田野的绿幕里漏出几声牛马驴骡的长声嘶鸣；海边飓风带来潮起潮落剧烈的歌吼；一面垂直悬挂、急速跌落的瀑布，发出的啸叫，如此惊心动魄。

虎啸，是威猛的；剑啸，是优雅的；风雨之啸，是神秘的；家畜之啸，让人会心一笑。

而我们这些俗子，日日为柴米油盐的俗事奔忙；心尖尖上，爬满了岁月的青苔，沾染了烟火的油垢。茫然之间，心，常常迷失，信仰，摇摇欲坠。

那么，到山水之间去，去走一走。身旁有林泉可以明志，视野里有烟霞可以为侣，猿声鸟啼隐约在耳，山光水色晃漾夺目。肺里的废气，渐渐排空，心里的污浊，渐渐散逸，你会不由自主地，面向烟山万万层，中气十足地长啸一声……

一声长啸，好似一个幽深入口。你入将去，“初极狭”，但你不要放弃，你要走，复行数十步，你会豁然开朗。心静下来，这才恍然悟得：一刹那的工夫，历史便过去了；一弹指的工夫，这一辈子便定格成一声长啸了。

一声啸，那么短，又那么长；一声啸，那么长，又那么短。

生命中的瑞雪

当我写下题目中那个“雪”字时，窗外的雪，正在撒青白盐粒子，细细碎碎，敲着嶙峋的藤架。

写字之前我已跑出去一趟，看了看雪瘦瘦的模样。它们真不像我期盼中的雪啊，肥嫩，硕大，在风中噗噗盛开，清凉地覆盖一切。

可是，没关系。瘦就瘦吧，这也恰像我的写作，文笔弱、意蕴瘦，瘦弱得撑不开六角花瓣。

但，每一次落笔，如同每一场雪落，给心灵的清凉和安静，是一样的呀。

怎么说好呢？就像一扇轧然开启的纸窗，突然就想跟你说说这写作的事儿。因为，它让我相信，凡俗的烟火之中，是存在着一种盛大而清美的欢喜的。凌晨，啪地拧亮台灯，一片黄晕，洇开晴耕雨读的一天。

搬个小板凳，坐在几前，思绪，变成文字，一行行，一行行，像种子播撒。播满一屏，便是手绣的一畦青菜，蓬勃，鼓噪，俯仰生姿。窗外，是墨黑的晨，瞥一眼，只觉心里暗喜，沾了时间的光一般，生命凭空多出这么一截；而这一截，宛如跟故人对面，采菊焙酒夜光杯，与君对酌雪纷纷，多么享受。

这清醒、甜美，让人踏实的黑啊！

我真是迷恋晨起写作的啊，简单的洗漱之后，银亮的屏前，喜悦而端然。总是在那时，心里的构思，如月亮慢慢浮出水面，一寸寸，升上山垭口，洒一片清辉。我手忙脚乱地临摹，写、画、哗啦哗啦地敲击，尽可能让“那轮月”圆满而莹然。可是，总是有缺憾呀。也许，越是喜欢，越要克制，不可声嘶力竭大咧咧。我只好安慰自己说，这样已经很好啦！

我没有囊括天下的大襟抱、大自由、大手笔，我只是以“我手写我心”。有一点，我是清楚的：此手非彼手，此心非彼心，我就是独独的这一个、这一个而已。什么惹了眼写什么，什么拨动了心弦写什么，而惹了我眼、拨动我心的，也没什么军国大事幽独玄机，都是日常的心情，日常的风物，日常的人事和道理。

那又怎么样？日常不等于平常。如果写的是日常，写出来，仍是日常，你在我文章里，读到的仅仅是日常，那我写这个还有什么兴味？别人还读我的文章做什么？出于无聊吗？

花草鸟啼，雪花舞风，都是有它的深意在的。谁说不是呢？生活的细节，是不会骗人的。再多么宏大变迁的历史，同样会刻度到普通人的生活细节里。它构成的历史，不偏不倚，可以看得见蠕蠕演变的历程。只是，这世上追求功名利禄的人，很多；记录细节的人，很少。

我来做个记录者好了。记录那些为了美好生活和尊严而做出的想象和努力。

这一年，我就是这么过来的。上班，是教师，做培训，搞讲座；下班，是写手，读写，浸润了几乎每一个晨昏夤夜。要是你也喜欢文字就好了，只喜欢一点儿也行。这样，每个清晨，在播撒文字的间隙，我会凝一下神，给你一个遥远的张望。你看，又有一首诗，朝着你的方向走去，又有一朵花打开了自己，你的花瓶里，要不要灌满清水，插上一枝？

又一场瑞雪降临，我想，让它们慢慢飘、慢慢飞，在时光里，走一会儿，惦念一会儿。就像写作，慢慢写就好了，快，或慢，不都在时间里吗？

两壶粗茶的幸福

父亲极爱喝茶，却对此极不讲究：不讲究茶道，不讲究茶叶的质量，连稍微讲究些的茶具也没有。他的所谓茶具，是前几年我送他的一个塑料口杯，容量很大，能装八百毫升。作为地道的庄稼人，喝茶这样的雅事，对父亲来说，似乎太奢侈了，很遥远。可是，茶对于他，是一半以上的生之乐趣，那一半，便是做活。庄稼地里忙的时候，他整日长在地里，那杯茶就晒在阳光浓郁的地头。等地里的庄稼一收回来，一杯茶，便又跟他辗转在村户人家盖房垒圈的工地上了。

那只杯子，被他粗糙的手天长日久地摩挲，晶亮的有机塑料，已经发毛浑浊；杯子里，一如既往地盛着我们当地最廉价的猴王牌茉莉花茶。几叶粗茶，在水里漾啊漾，一开盖儿，飘出一阵淡淡的茉莉香气。这样的茶香，陪伴着父亲简单又简单地生活。

父亲天天喝茶。每天，杯子里的水，添了一次又一次。可是，茶叶只换两次。他的日子，从喝茶开始。喝茶，从凌晨开始。无论严寒酷暑，在鸡叫三遍时起床，烧水，泡茶，是父亲雷打不动的习惯。新日子朦胧到来的肃静里，父亲，已经将水壶坐在火炉上，水壶里渐渐咕噜咕噜，像猫慵倦的呓语。不久，茶香满室，父亲最幸福的时光到来。他坐着，嗅着茶香，大口畅饮，也算牛饮的那种，咕咚咕咚的，让茶水涌进他的胃。一个清晨，喝完一壶，直到茶被冲泡得没了颜色。

父亲大清早喝茶，以睡眠时间换取了茶香与茶思，很另类，也貌似很高雅，其实这只是他的一种习惯。他把宁静或者思考放进一壶茶里，这壶茶成了他的大幸福。什么享受都可以省，不可省的，是清晨那壶茶。

父亲吃完早饭，下地或者上工时，就倒掉杯子里的茶叶渣子，捏上一撮新茶叶，重新续水。这撮茶叶会陪他一整天，常常被他的汗水和劳累反衬着，这杯茶显得更为芳菲和甘甜。

早年的时候，缺粮，父亲吃红薯坏了胃，总是胃酸烧心。厉害的时候，吐酸水吐得抑制不住。为了又省钱又治病，我的母亲和姑母齐心合力地想了许多土办法，庙会上私医生的白草浸膏，吃了好多年，但只治得一时，管不了根本。父亲说，他的胃舒服起来，靠的是茶。要是有一段日子，不凑巧，喝不上茶，父亲胃酸烧心的老毛病，就会悄悄返回来困扰他。但我知道，父亲喝茶的目的并不在此。茶已成为他的生活之道，一日三餐，宁可无汤，不可无茶，有时候，饭汤不合口，就以茶当饭，照样津津有味。

父亲是种庄稼的好手，他手中的农具，都是些愣头愣脑的家伙，可是整理出来的田地却细致有章法，麦田、菜畦、油菜地、南瓜沟，平展展的，没有一个坑洼，土畦又细又匀，看不见一个土坷垃。每块地都像剪裁过，棱是棱、角是角；春夏秋三季，色是色、香是香。站在地头望，美不胜收，真是让人佩服一个叫作“锦绣江山”的词语。我想，那个词语该是无数像父亲这样的庄稼人用心拾掇出来的，而他那些农具俨然母亲手里的绣花针，能绣出人间最美的画。

庄稼地弄得再精细，也带不来多少收入，越来越多像父亲一样的农民，开始离开土地，向城市讨生活。我的父亲却不以为然，对待土地，他的态度很执着，一如爱他的粗茶，须臾不离。爱的习惯不可更改，种地一如喝茶。

我暗地里想过好几回，茶道茶艺，定是好东西，有着深远的道理。但万事万物都可以剔除附赘，寻求本质，依我看，茶道的本质无外乎让人在茶香中静心，清志，摒弃烦恼，留住自在。像我父亲这样“幸福”地喝茶，有时为解渴，大多是牛饮，似乎上不得台面。但谁能说，嗜茶如命，不是对茶最大的尊重？不讲究、不修饰、不造作、不刻意，不是最朴质的茶道？或许，这就是流落在民间的茶道。

辣到骨子里

清代文学家李渔，曾论蔬之美，曰：一清，二洁，三芳馥，四松脆。

可是呢，大蒜、生姜、洋葱头、辣椒之类，最首要的特征却是：辣。辣几乎掩住了菜之四美。辣的感觉，总是那么锐利、热烈，然而铿锵之后，却咀嚼出深深的奇香。像一种人，个性浓烈，擅长感染，灵魂里却有着高于常人的远意。

民国有几个老男人，跟这些辣菜，宛然有一比。

刘文典，安徽合肥人，文史大师，研究庄子的专家。他学识渊博，学贯中西，通晓英、德、日多国文字。任北大教授时，他讲授的课程古今中外，无所不包。他与鲁迅是师兄弟，个性里都有点儿“辣”，但又辣得不同。他的辣狂放邪气，是大蒜之辣：辣肠辣胃，辣心辣肺，愤怒、莽撞，不负责任。

刘文典在北大讲堂上宣称："古今真懂《庄子》者，两个半人而已。第一个是庄子本人，第二个是我刘文典，其他研究庄子的加起来一共半个……"

他狂且狂，但赤诚、豪爽、立场鲜明，这也有点儿像大蒜，骨子里流动的是猎猎胡风。这个百年狂人，大骂蒋介石，竟至动脚将蒋踢倒；痛批鲁迅，引起舆论哗然，真是大蒜素过剩，嶙峋辛辣，血气方刚。

鲁迅之辣，我们都是领会过的，他是朝天椒的尖辣，雄健放达，尖刻凌厉；像闪电，能一瞬间劈开味蕾，击疼民族味觉里那迟钝、黑暗、麻木的部分，甚至喝醒最偏僻角落的细胞。他的辣，源于一颗火辣辣的心，源于辣椒型的毛笔头。那笔头简直像一把刀，将"所有公理正义的美名，正人君子的徽号，温良敦厚的假脸，流言公论的武器，吞吐曲折的文字"，一刀刀剔去。

这个瘦小干巴的辣椒男，性格急躁，爱发脾气，树敌无数，辣倒不少人；但他的辣，是正义之辣，不含个人恩怨，一贯长驱直入的辣，对于"怨敌"，"让他们怨恨去，我也一个都不宽恕"。

这辣，让人想起大北方乡村屋檐下悬挂的干辣椒，红彤彤的壮丽；多年以后，那种持久的暖意，隔空传来，辣味犹存。

胡适，这个拥有三十多个博士头衔的大师，温和，敦厚，有一种类似老姜的襟怀。有人赞胡适为春风长者，这种人格，当是老辣的另一味：辣味是平的，厚的，无棱无角，暖心暖肺。胡适呵护晚辈，不溺爱，而是慈中有严。像老姜点点辣，敲击血脉和心坎。他可以毫不客气地指导人家如何做学问，有时也疾言厉色地教训人家如何处世为人。被他教训一顿，受教者不但不怨，还会觉得满心温暖。

这点也像老姜，浑厚宽容，道行深深，可作药，祛风驱寒，治病救人。

这三个老男人，都辣。辣味不同，底蕴相似，那辣，是心肠、是肝胆、是学识、是远见，芳香独特，风度卓然。辣的灵魂不是辣，是奇香。他们以奇香的灵魂，将大师格调，标举得高入云天。

俺娘那些老话

那年，考取县城中学，临走头一晚，俺娘说："往后吃饭睡觉，要跟同学老师在一块儿，人在人中间，要靠别人抬。人抬你，是人尊重你；如果你做的事，叫人看不起，就没人抬。自己抬自己，抬不起来，谁见过搬着自己屁股上树的人哩？"

临上车，娘说："妮儿要记住了，自家的东西是宝贝，能救急；救自己的急，也要想着救别人的急。救别人急的那些东西，是为你攒人缘，你要感谢它。别人的东西，是人家的，不要去爱见。啥金贵东西，都比不上一个人不爱财。"

俺娘说的那些话，一点儿也不漂亮，琐碎，甚至唠叨；竟然也一点一滴渗进心里面去了。以至于到现在，别说觊觎人家的好东西，就是别人馈赠，接受时也总觉不自在。"施比受更快乐"，这个感受的痛切，大概就有娘唠叨的效力。

同样，遇到有人在各样场合吹捧自己，抬自己，总替他担心，担心他抬自己抬得累。

小时候，有人逃荒到我们村，挨门挨户讨口吃的。有人家看讨饭的过来，赶紧关门拉栓。我娘却不，舀了热汤，拿了干粮，让我们送到门外。娘说：“不要小看人，人不遭难，谁会拉下这个脸？凡事打个颠倒，就知道咋办了。”

娘是眼里有活儿的人，很少闲下来。即使走亲戚，在别人家，也不生分，屋里院里，放下扫帚拿起簸箕忙不停。娘说：屋里院里，谁家不是这一圈儿？顺手就干了。逢春夏，娘带我们去看姥姥。一看姥姥不在家，摘下墙上的锄头，径直下了地。娘说，那些地块，她做梦都想去看看的。

我娘有一点点小浪漫。晚间，她忙完了活计，喜欢看书，她读舅舅、小姨的课本，也读下乡知识青年阿姨的《格林童话选》。读过了，就讲给我们听。兴致上来，还唱样板戏的段子。她说，一个字，就像一颗仁丹丸，让人清醒，字能帮你长脑子。

那年秋天，我回家帮着割谷子，娘说：“别割光了，地头上留几棵看门。”我问：“给谁看门呢？”她说：“给地呀。”我说：“地又不稀罕。”我娘说：“长了一地谷子，一棵不留，地也难过，看人家明年不给咱长喽；再说，那一群家雀儿，都在那边瞪眼看着呢。”

我愣了一下。我们只在口头上说，善待生灵啊善待万物，却不想，娘一边说，一边在做着。

俺娘说的那些话，没有一句大的，都细微，具体，却像一缕缕微茫的光，映亮我们内心的角角落落。

大人物的小心思

灯下读到一段曹孟德，我窥见了大人物的小心思。这位乱世枭雄，有匪气，有戾气，“对酒当歌”里，还有那么一股仙气，却在小心思里，透出了一点儿人间暖意。

曹操死前，著《遗令》，内容全是琐事安排。一生戎马，临别人世，他最急切说的话是：“爱妻爱妾们平时都很勤劳辛苦，我死了以后让她们住铜雀台，不要亏待她们。”

后面的话更有点儿不可思议：“余下的熏香分掉，不要用来祭祀，免得浪费。各房的女人闲着也是闲着，可以学着编丝带、草鞋卖钱。”

孟德还说：“我一生不觉得对不起谁，唯独不知到了九泉之下，如果子修向我要妈妈，我该怎么回答。”曹操夫妻俩曾经闹别扭，一气之下将子修妈妈轰到了乡下，后来去请也请不回来。

曹操临终前放心不下的还有小儿子曹干。曹干三岁时，生母陈姬就去世了，这时也才五岁。

曹丞相的遗言，很让一些名人雅士看不起。苏东坡就是其中之一。苏轼说，像曹这样，临死前哭哭啼啼，“分香卖履，留恋妾妇”，这算什么事呢？

可人之将死，其言也善，谁又没那一缕柔情百转真性情呢。千百年后，正是一缕真性情，才让曹操摘去“白脸”面具，成为一个真切的人。

大人物有大情怀，也有寻常人的小心思。

崎岖人世，别具怀抱的诗意小心思，是漫漫人生中一个幽默微笑。

数遍历史，再怎么诗意的人，都不能脱离开一笼烟火的熏染。当年，杜甫离家背井，被叛军掳至长安，感叹的是“烽火连三月，家书抵万金”，一封家书，传递的是亲情牵挂、人间至暖。长安那轮明月下，浮游着杜郎万般儿女情：香雾云鬟湿，清辉玉臂寒。遥怜小儿女，唯解忆长安。此时，杜郎望月，念的是远方妻儿的安康；叹的是，儿女尚小，不能分担妻子的苦。

乱世牵挂，至痛至切至暖啊。“挈妇将雏”，小心思之一；若无一腔婉转柔情，哪有如此深刻诉说。

苏东坡也一样，其命也多乖蹇，其心也多豁然。即便在政治喧闹的起伏沉降里，依然保有一份天真稚拙小情怀。他初贬黄州，常与朋友出去游玩。出去时，有一项必玩儿的活动——“挟弹击江水”，想来该是我们幼时常玩儿的打水漂吧：拿一块小瓦片或者石头，抛出去，让它贴着水面一跳一跳地漂，激起一串串浪花！作为一个年过四十五岁、华发满头的中年人，游戏玩得不亦乐乎，不天真吗？

他还有更天真的，居然会用竹箱去装白云！一天，苏轼走在路上，看到白云从山中涌出，像奔腾的白马，直入车中；他将竹箱子打开，将白云灌满，带回家，再把白云放出，想看它们变化腾挪。他诗中有这样的句子：“搏取置笥中，提携反茅舍。开缄乃放之，掣去仍变化。”

他诗中白云“掣去仍变化”，是真呢是幻呢还是他逗趣呢？但成人极少能保全的天真，他一直都有。正是这种小情怀大境界，陪伴他走过一程又一程，甚至很淡静地，“一蓑风雨任平生”，“也无风雨也无晴”。

父亲的惊蛰

惊蛰前后，南风跟北风接手，联袂布下贵如油的春雨。有时也有雷声，“轰隆隆——”滚过天边，应景似的，呼应节令。

在北方，惊蛰无雷，很常见。这个关头，即便没有雷，“惊”，也少不了，万物惊觉，人心惊喜。惊喜，是年来初遇、别后重逢的喜意；而惊觉，是软风细雨，悄没声唤起的新开始。

春雷，没有夏天雷“咔——嚓”的刺耳，它多一点儿浑厚，少一点儿尖利，像父亲年轻时的吼。幼年时有好几次，父亲的雷霆震怒，几乎将我震晕；我被施了定身法一样，惶惶然定在那里，不知该进还是退。若能变个小虫子，我肯定会寻个地缝儿钻进去，蠕蠕消失在他眼皮底下。

而我知道，虫子们是不怕雷声的。蟋蟀啊，蜗牛啊，青蛙啊，蜥蜴啊，关门闭户睡了一冬的虫子啊，惊蛰雷，对它们，是醒神的起床号。

洞穴里，地缝里，泥土下面，它们被一串强大的声波撼醒，抻抻腰身，打打哈欠，揉眼，起身，僵僵地爬出来，伸脑袋一看，恰被一股甜美温润的小南风撩了一下，

呀嗬！雪花下树，叶子上树，连窝边草都茸茸绿了耶！

春天，在惊蛰节令里，显出江山初定的雏形。

我娘他们，对惊蛰雷，有一种特殊的感情。他们普遍认为，春天第一声雷，有着神奇的力量。

那时田野的地头田埂，长着绿发一样的野蒜，肥白的根，在泥土里到处游弋。雨水之后，野蒜率先冒了尖儿。不过十天，便婷婷如碧，嫩得一捋就喷辣汁儿。它们齐整又聚堆儿，是我们喜欢薅的一种猪草。薅满一篮子，就可以跑着玩儿。捂了一冬厚袄、厚棉裤的孩子伢儿，乍换春装一身轻，谁不想撒个欢儿呢？

等把野蒜弄回来，娘却说，野蒜这东西，没响雷不能吃，猪也不给它吃，会中毒。

我说，咱不是吃过野蒜玉米饼子吗？多好吃哎！

娘说，还没经过雷震，吃了会烂肠子。惊蛰雷响过，褪野毒哩。

呵！难不成雷声也是一味药，可以涤荡邪性，漂白良知吗？

多年以后，我的母亲过世了，关于惊蛰雷的奇效，渐成一则将要遗失的传奇。

老屋里，只剩下父亲。他一个人，形影相吊地做饭、喝茶、吸烟、回忆，筹谋农事。我每次回去看望他，都竭力劝说他，跟我们去住，他不肯。他固执地待在老屋，被一层暮年的“锈”和一种孤独，紧紧包裹。

水一样的寂寞，在老屋里荡漾。

老屋的每一件家具，都还是三十年前的面孔，一如既往地用那个时

代淳朴的眼神看着我。沙发上，铺着的，是娘编织的毛线垫子；床沿，搭着娘做的绣花床帘；墙上两大玻璃框照片，有我们家族所有人的旧时记忆，我的青春、女儿的幼年，都留在那里；桌上马蹄表里的老“母鸡”，还在一上一下地啄食……

父亲当年动不动就爆发的雷霆火气，却不复出现。或许是生活境况的改观，卸去了他心上的一些重负，或许人老心软，本就是一种自然规律。

我有时想知道，到底是什么，使父亲冰雪般严苛的脾性，一点点融化如水，从此进入了温软季节。我记得，我生日前两天，他还专门电话给我，让我别忘了给自己做点儿好吃的。我简直骇异，这在之前，是不可想象的事。

他向我们絮叨的话题，不外是村里谁谁走了，谁谁又生病了；南园该施肥了，西沟的山地，该耘一遍了。随着一辈故人的离去，他的内心世界，正在慢慢萎缩，更大的寂寞，正在走近。

只有农事和节令，像一道惊蛰雷，促他从寂寞里一跃而起，走向田野，跟春光融汇。

也许不分老幼贵贱，人都脱不了寂寞，而把寂寞打开一个口子，让春光涌进来的，是惊蛰雷，是雷声一样的力量。它让心上萌出新芽，抽出新枝，立起一个春。

非职业钓者

青史垂名的钓者，几乎都是业余的。也就是说，钓鱼本身，在史册上只简化为一个模糊的姿势，那些钓者，“意在钓，不在鱼”。有个王思任干脆说“空钩意钓，何必鲂鲤”。鱼不鱼的，都是小事，你看那青山脚、绿水畔，蓑衣箬笠、长竿垂纶，一帧“钓”的剪影，就足以迷死人了。

当然，垂钓背后的故事，恐怕一鱼篓子装不下。一个钓者，历史从来不是因他能钓多少鱼而记住他的。

史册流芳的钓者，我敬仰的，不是姜太公，是严子陵。这人有风骨。他在富春江上悠闲垂钓那会儿，同学刘秀，正在洛阳坐着江山。新手皇帝，来不及喘息地前进、前进、前进进，实在累了，就想请老同学来帮着料理一下，可严子陵一个咯嘣不打就给顶回去了。他只钓鱼。一江的明月星斗，一江的波光涛声，是他待见的生活。

也许，严子陵在古来钓者中，只算“隐于野”的小隐，但得势之时，为“名利”隐，他比儒家士子失意落魄之际、才归隐的文化人格，高了一个格局。他是最本真的钓者，钓得一脉“山高水长”之风，内涵香透了两千年史册。

还有个奇怪的事情，好像是个文化人，就跟钓有瓜葛。唐李白和杜甫，也钓得些非职业渔夫的名气。杜甫，虽多数时间忙于“粮食和诗歌”，几乎一辈子颠沛奔波在路上。诗歌里便生出了一缕缕人间烟火的和暖：老妻画纸为棋局，稚子敲针作钓钩。细节化的日常，叫人心里泛起一点淡然的丰足。李白跟你说钓者的话题，则是豪气干云：我从此去钓东海，得鱼笑寄情相亲。就是在“行路难”之际，他也做着缤纷瑰丽的梦，“闲来垂钓碧溪上，忽复乘舟梦日边”。碧溪做梦倒还罢了，钓东海结局如何，史书已无从查考。

苏轼是我热爱的诗人。他喜美食，也喜钓。仕途动荡我心安闲，苏轼修炼得一副旷达脾性，“湖上移鱼子，初生人不畏，自从识钓饵，欲见更无因”。同是垂钓，王安石那边心情舒畅，钓，真正是他休闲生活的一部分，“珠蕊受风天下暖，锦鳞吹浪日边明”。

南宋另一诗人陆游，晚年回绍兴养老，忽然间就迷上了垂钓，大有做一个职业渔夫的意向，“一竿风月，一蓑烟雨，家在钓台西住。卖鱼生怕近城门，况肯到红尘深处？潮生理棹，潮平系缆，潮落浩歌归去。时人错把比严光，我自是无名渔父”。似乎还有点儿睥睨严子陵的深意，我感觉有点儿狂傲。

女钓手，史上似乎不多见。第一个，是春秋时的许穆夫人。这个美女原名姬，生在卫国，不仅艳若桃花，还文采飞扬，能歌善舞。不简单。美女作家。向她求婚的人，多得要挤破门框，最强大的两个对手是齐国公子和许国公子。选谁呢，姬姑娘很冷静，要把婚姻和国家利益联系起来，决意嫁到离卫国较近、国力强大的齐国去。只是她的伯父卫惠公那个糊涂老头，却将她嫁给了许国的穆公。这就一手策划了姬姑娘的不幸婚姻。婚后，许穆夫人抑郁寡欢，常常跑到野外散心，把对故国的思念，酿成诗歌。她在一首《竹竿》的诗中，写垂钓生活，“籊籊竹竿，以钓于淇。岂不尔思？远莫致之。泉源在左，淇水在右”。那曾经的淇水河畔的钓鱼嬉游多么快乐，如今，我只身远嫁，面对的是只是满城风絮，钓到的只有两鬓霜花，我钓的是鱼吗？满满的，分明是忧伤啊！

有一场神奇的垂钓，想必会震翻所有的职业和非职业钓者。《庄子·外物》篇任公子钓鱼：为大钩巨缁，五十犗以为饵，蹲乎会稽，投竿东海，旦旦而钓，期年不得鱼。天哪，他用五十头犍牛做钓饵，人在会稽，钓钩撒到了东海。钓到的鱼，制成鱼干，浙江以东岭南以北的人，全都吃腻了。这一钓，真是够生猛、够传奇、够超群了。老庄，只有老庄，他老人家设的这个钓局，又哪是人世间钓者所能企及的呢？

寻找一种白

老话说“一白遮百丑”。白，占去了美的半壁还多。有优质的素颜雪肤，恭喜你，百般瑕疵也掩瑜不得。眉眼细弱，不打紧，乃安宁娟好；眉目松阔，不担心，那是疏朗清明！口角小，樱桃一点；口角大，明媚清晰！

那些形容古典美女的词语：朱唇皓齿、细腰雪肤、玉指素臂……皓啊、玉啊、素啊、雪的，无非个白！

古“四美”，各有风韵：西施俊俏、貂蝉妩媚、昭君雍容、杨贵妃天生丽质。她们都有最基础的元素——不假脂粉的白！曹植《洛神赋》里，甄妃“芳泽无加，铅华弗御”。宋玉叹邻家女孩儿：眉如翠羽，肌如白雪。

美人，就是这么白！

外国美人也崇尚“白”。麦当娜着黑色夹克，倚灰色水泥墙。暗淡的装束和背景，清淡的白色肌肤。山水画的味道，一缕缕飘逸。

男人白，也经捉摸。小白脸儿。白面书生的那种白，月白风清的那种白，读你千遍不厌倦、青瓷质地的那种白，配以清奇出尘的书卷气息、仙风道骨的隽秀骨骼，简直人中俊杰了。

舞台上的曹操，也是白面，但那是经过丑化的民间眼光，走了形的白。实际是，曹操身长七尺，细眼长髯，朱眉白面，容貌魁伟。况加上他“揽申、商之法术，该韩、白之奇策，官方授材，各因其器，矫情任算，不念旧恶”。御军三十余年，手不释卷，登高必赋，长于诗文、草书、围棋。生活节俭，不好华服。与人议论，谈笑风生。不仅“姿”美，深入内中的“仪”也令人赞叹。

在这个年代，白面、不白面的男人，大都“释卷”忙生活了，“诗文、草书、围棋”？嘁！一点儿男子气概，拗不住一肚子精细算盘。即便风神姿美，多半已被物质负累消耗一大半。

女人呢，倒是讲究美的，不遗余力，跟自己的年龄格斗。皴、擦、涂、抹，营养护理，无非想把自己变白了，鲜花一样娇，蛋清、猪油一样白。最好。有机会去美容院里躺一刻，涂膜漂洗焕肤嫩肌，把原版撤掉的心都有一点点！

年轻人，风华正茂，面孔上，竟也没那种粉团团的和谐、安神的白。替人家想想：十年寒窗熬过来，脸绿，发枯，爹娘都不大认了；为一份工作，弄到头破血流面无人色了；好容易抓来高薪优酬，职场风云、厚黑关系又让人把头皮揪掉了。下了班，狼奔豕突，不是忙着疯狂采购，就是忙着见面相亲。买全了，相够了，十分心力用到十二分！

回到家，一张屏，灰着阴冷的脸，等人爬上来，那些错综复杂的关系网，你不去织补谁织补。

唉，如今的白，很泛滥，很稀缺，但是，再到何处去寻淡静悠长、天地祥和的那种白？

老字号的大格局

我所在的偏僻小城，很多人随口一说，就能数出几个老字号。老字号，似乎已超越了商品的概念，跟记忆缠绕在一起，成了一种怀旧的情结和氛围。

统计说，目前我国百年以上的老字号，有一千六百多家，北京的同仁堂、全聚德、王致和、东来顺、六必居，上海的恒源祥，杭州的楼外楼，天津的狗不理，广州的陶陶居，山西的杏花村……

这些耳熟能详的品牌，在风云变幻和经济大潮一次次冲刷下，中流砥柱般，风雨不倒，岿然屹立。它们都有着各自立身的经营信条和方式；最让人感喟的，是那一缕温情的慈悲心。

北京“同仁堂”，落成于1669年，这个百年老店，深深影响着几个世纪的中国人。它与普通百姓的故事，更是深入人心。

清朝时，逢二月，北京城要掏泄水沟，使出行很不方便，市民一不小心就会跌在污泥中。同仁堂派出大量人力，花很多钱，在所有掏沟的地方，挂上白纱灯为行人指路。

每年青黄不接的季节，同仁堂又忙着设粥场，施舍棉衣，救济穷苦百姓。

时光流转，1984年《经济日报》刊出一篇感谢文章。事情起因是一件小交易：顾客要购买一分钱的天仙腾，同仁堂店员前后跑了两趟，认真地抓药。本以为大药房不屑于小生意，然而同仁堂不求利益、一切以顾客的需求为重。这位顾客被深深感动，回家写了文章，予以盛赞。

同仁堂店中有一楹联：修合无人见，存心有天知。心怀敬畏、心怀慈悲，助人之乐，拔人之苦，这是同仁堂文化之“魂”。

中国第一家养生馆鹤年堂，成立于明朝永乐三年，已历时六百余年。鹤年堂的门口，几百年不变地立着一口大缸，他们把精心调制的养生饮料“甘露饮”倒在里面，谁来了都能喝。由于药用效果非常好，养生茶、甘露饮的口碑，明朝时已名扬天下。永乐帝朱棣曾下令大量配制，在郑和下西洋时，作为国礼馈赠给所到国家的皇帝及上层人物。

鹤年堂传至王氏家族时，正值中国的动荡时期，掌门人王保新，医术、文采俱佳，且关心国家大势，时常思考国家的出路。一日，变法先驱谭嗣同到鹤年堂看病，二人成为至交好友。1898年9月28日，谭嗣同变法失败，六君子被押往菜市口斩首。王保新拿了当时名贵的麻醉剂，希望能减轻他们行刑时的痛苦，谭嗣同虽没有接受，但非常感激王保新的情义。谭嗣同死后，王保新料理了他的后事，特别请了师傅将砍下的头颅缝合归位，然后运回谭嗣同湖南老家。

人们常说，和气生财，这个“和气”不仅指面上的春风洋溢，更是指心中一团煦暖的春意思。这番春意，一点一滴地润泽着企业，使之繁荣滋长，繁荫遍地。

北京牛街有一家做年糕的，人称“年糕钱”。刚做年糕生意时，掌柜钱宝文每天都要推着独轮小车走几十公里，因为石景山有位孤寡老人“猫眼婆婆”和读书人郭庆瑞特别喜欢钱家的年糕。生意做大以后，钱家年糕供不应求，但他依然让人推小车沿途叫卖，给居住在郊区的老顾客送上几份。

老北京的“西来顺”，是一家高档饭店，却以炒麻豆腐最出名。每有客人点菜，跑堂的必定推荐这道便宜到家的炒麻豆腐。有一回，一位老者来吃饭，点了一个醋熘木须，一个素烧茄子。跑堂的提醒他：这俩菜分量多，您一个人吃不了；要不这样，每个菜给您上三分之一，只收三分之一的钱，不浪费，又能吃好，好不好？老者点头。三分之一的菜是炒时略加大菜量，再单拨出来三分之一。老者一尝茄子说“口过了”，跑堂的马上让大厨重新单炒了三分之一份的茄子。老人一尝，赞道：“够口了！”非常满意。

这样的商家，怎能不深入民心，繁荣兴旺？

老字号，之所以活在国人的记忆里，是因为，它们不光是讲质量、讲经营，更重要的是，生意的各个环节都有一种慈悲意识。这种充满终极关怀的企业文化，看似平淡，实则震撼。它无限拉近品牌与人心之间的距离，那份善良真淳，是一种大气度，大格局。

拜年路上三套车

幼时，跟着大人走亲戚拜年，多是靠腿走。实在走不动，爹就背一会儿。

后来，门前洋槐树，被爹刨倒，晾干，破成木材；再把木匠四姑父请过来，砍、削、锯、刨，一组合，一棵树变成了一辆散发着苦涩木头味的排子车车盘，三十多元买来车脚，放上去，拉上就能流利地跑。这辆车，农忙时，拉粪、拉土、收粮食；正月里拜年，便是我们的专车。

逢出门，爹就会把那辆排子车，早早备好。车脚打足了气，车上铺了花褥子，等我们姊妹仨，花花绿绿、欢喜雀跃地上了车，坐好、脱鞋、脚丫埋在褥子里，你靠着我，我揽着馍馍篮子。

坐好了没？好了。出发！

乡野的土路上，蓝天和大野，树枝和白云，都缓缓后退；走亲戚的人们，衣着簇新，来来往往，步行的，拉车的，抱小孩儿或背小孩儿的。如果有一辆自行车亮晃晃驶过，就吸去了一大溜羡慕的眼神儿。有人嘀咕说："看人家能哩！俩轮子一前一后，车子也不倒！"

路上遇山神庙、土地庙，走亲戚的人们就拿出一挂鞭，燃得噼里啪啦。往往有小孩儿，怄着父母要搭我家的车。爹娘痛快答应，也不管认识不认识。小孩子被大人掐着腋窝，放到车上，两家人一边聊天一边赶路。孩子们先是陌生着，一会儿便在车上打闹成了一团。

等我上初中时，家里买了第一辆自行车。小胳膊小腿的我，不久便学会了骑车；可我爹手脚笨拙，平衡能力也不太好，总是骑得歪歪扭扭。为学会骑车，爹请两位正值盛年的表哥过来帮他。表哥捉着后架稳住，让我爹骑上去，再捉住后架跟着跑。两个哥轮番上阵，累得汗流浃背。最终，我爹仍无法自如地上下。上车时一脚踏地，一脚踩蹬子；下车时，找个麦秸垛，凑近往那儿一靠。

好在，那时村子里处处都有麦秸垛。

这之后走亲戚，便是我爹骑一辆自行车，车大梁上载着弟弟，骑稳后，我娘小跑几步，抬身一蹿，坐上后架。我呢，骑车载上妹妹。

两辆自行车，一前一后，轮辐飞速闪耀，轻盈穿越寒风。妹妹和弟弟大声叫喊着，为各自的"司机"鼓劲儿助威，欢声笑语惊飞了枝上的鸟儿。

有次，到了姥姥村，我爹才发现街口没有麦秸垛，只好向着街边闲话的人们大喊："大家快注意呀，我——过——来——了，快帮我——掌住车子！"几个人听见喊叫，一拥而上，抓住龙头，把弟弟抱下车。真是让人心惊啊。

一晃二十多个春天过去，如今回乡拜年，路上蠕蠕跑的是各色轿车。到老家，再看吧，巷口麦场、大路小路边，到处亮晶晶的，全是车。

正月初二，我回到老家，见邻居二歪奶奶在南墙根下的太阳地里坐着，苍颜白发，笼在一团橙黄里。颤巍巍地，忽然朝着我问："你家的车，是宝马吗？"

嗬！这八旬老人口里冒出来"宝马"，吓我一跳！我连连摆手说："不是不是！奶奶，俺们上班儿挣工资，买不起宝马。"

"噢。我就说啦，什么马啊驴啊，俺那个喳喳叫的孙女儿！每次回来都跟我唠叨，说'奶奶，你别急！有好对象等着我哩，我一准叫咱门外停上一辆宝马'。"

原来如此。

午饭席间，跟表姊妹们把酒闲话，我疑惑道："咱村四面山，一出门南山碰着鼻尖儿。路窄田小，再说一天八趟公交，干吗家家买车呀？"

我妹说："不买怎么行？有男孩儿的人家，谁家不买？小楼、小车、小婆婆，人家姑娘才可能看得上。小子多，闺女少，讨个媳妇儿是白嘴说话的吗？"

我不言语了。可不，这几年，本就男女比例失衡，再加上山里姑娘只要有可能，就会飞出去，哪怕打工也要留在城里。有男孩儿的人家，只有不断"栽梧桐树""引金凤凰"。

酒过三巡。我爹忽然向席间的小辈们打问电动小轿车的性能和价钱。我爹也有意买车吗？

果然。

我爹的意思是，下田、赶集、走个亲戚，这轿车，又挡风又挡雨的，还能拉点儿东西。方便又舒适。

几个人附和着说，电动车呢，还环保，只是电池耐用不耐用，得找个行家问一问。

又说了半晌，车的话题最终落到担忧上："算上农用车，家家都有两辆以上了。车一多，排废气，山里会不会起霾呢？"

年　　怯

我小时候，是个愣丫头。夏天，去地里薅草，敢挑起活蛇吓唬小伙伴；过年时，热衷于放鞭炮，像男孩儿那样，对那种一惊一乍的刺激，很享受。

家里大人，大约也是把我当男孩儿养的。爹是独子，奶奶盼孙心切，但落到手里的却是个丫头。她老人家也不急不恼，照样当宝贝。每次，爹拜年走亲戚，奶奶都要在北屋叮嘱："带上大妮儿！"而我们这里，只有男孩儿才被带着跑来跑去拜年走亲戚的。

大年初一凌晨，鞭炮声震得黑蒙蒙的寒冷，一片一片碎掉。我像个小尾巴，紧紧跟在爹的后面。他大步流星走在前面，享受着年节的热闹和肃静，很少顾及后面跑着的孩儿。孩儿呢，一路小跑，紧跟慢跟，像个甩不掉的小尾巴。

去给爹的舅家拜年，慈祥高寿的老姥娘，总是很高兴，将趴在爹后面磕头的我，拽起来，赏上五角钱，外加一挂小鞭。我尚不知道五角钱的概念，它可以用来买一斤多猪肉！或者扯一段花布足够做一件小花褂！我兴奋的是那挂小鞭炮！回来的路上，爹好言好语地想哄着我交出那鞭炮，我识破了他的狡猾，脆生生地答："不！"

细细的一百响的小炮，足够让我兴奋一个上午。

可是，谁知道，谁能知道呢？那么勇猛的丫头，心里却藏着深深的怯意，并且一直延续至今。

过年，真是隆重威严的一个仪式啊！它高于平常的日子许多许多，甚至大人们跟素日完全两个样子。爹很活泼地在院子里，跑来跑去放爆竹，那不是我们好玩儿的游戏吗？那么严肃疲劳的一个爹，一过年就变成了孩子，让我很吃惊。我娘呢？蒸了花馍，又蒸包子，炸果子，做豆腐，蒸年糕，一天一个项目。那些好吃的东西，东一荆筐，西一荆筐地放在西屋，惹得我们这边转转，那边转转。

我们哪曾这样珍重一天一天的平常日子呢？不管东家西家，怎么都一下子变得这般奢侈呢？

更让我不解的是，除夕那天，大人就把扫帚啊、绳子啊、刀斧啊之类的东西，严严实实藏起来，大门外的碾子，院子里的石磨，用麻袋片、旧席子给蒙起来。为什么这样呢？追着问，大人会忙得不屑解释：别多问，一边玩儿去。

我们心里怯怯的：他们到底怎么了？

除夕的灯下，我娘，爱拿一根高粱秆儿劈开，露出暄软的瓤，按进去十二颗黄豆，泡在水缸里，然后跟爹说，明天看看这些黄豆，就可以知道哪一个月份雨水大了。她说，准着呢，每一次泡豆子，都是从上数第七八颗，泡得最胖了。

我眨巴着眼睛听他们说豆子和下雨的关系，实在弄不清这其中有怎样的奥秘，心想，一定有一个神秘的东西，掌管着这件事，想来想去，它是什么模样呢？心里有些畏惧。

临睡前，再一次被告诫：明天是大年，要早早起、吃饺子。爹一放炮，你就准备起床。不准大声说话，不准弄出大动静，洗脸水倒在泔水桶，不准泼出去，不准拿扫帚，不准拉抽屉。

啊！这不准，那不准，哪儿哪儿都是讲究。爹娘、奶奶，好像有说不完的“不准”，究竟，准我做什么呢？我得用心思，在他们层层限制的狭窄区域里，找到一片欢快的水域，来安放自己过年的快乐。

大年初一，爹先放了起床炮，又在门外，放了开门炮。村子里，已是炮声大作，密不透风，我慌里慌张穿上新衣，想跑出去看看人家放炮，被爹一把揪了回来，放在地上，喝道：“你这孩子！稳着点儿。”

我只好蹲在灶火边，看他用芝麻秆儿烧火，煮饺子。我想帮他拉风箱，他瞪我一眼，非常暴怒的那种瞪。在我做了他们认为非常错误的事情后，就经常见到这种眼神。我心里一怕，赶紧歇手了。

原来风箱劳累了一整年，也是要以隆重待遇过新年的。它的待遇就是：别去动它，让它歇着。

我恍惚觉得自己又做错了什么，心上一片羞惭。好想对所有的禁忌说：“对不起呀，我不是有意不让你们过年的呀。”

吃饺子前，得先吃几口年糕。不爱吃，但是大人说：“吃！小孩子就没有权力不去吃。你必须得吃。平常日子，不乐意的事情可以耍耍赖，但是，过一个好年，这样就不行了。”

吃完饺子，娘开始供神：点灯儿，上供。屋子内外，点点明亮，影影绰绰，神秘得不是一般情景。一般小孩子，都跑来跑去帮着端盘子。可是，每当这个时候，我就跟着爹出了家门，小跑在拜年的路上。想想，那些神圣人物降临我家，我却没有安心等待，真是有点儿不好意思，好像久不上门的小朋友来了，我却自顾自玩去了。

拜年回来，见大人小孩儿们，都出门来了，小孩儿们放鞭炮，追着玩儿；大人们笼着双手，在阳光底下说话，打牌，真是少有的安闲啊！平常的日子，从没见过。大家都穿着新衣，即使是粗布，也是新簇簇的。叔叔伯伯头上的白毛巾，干净得晃眼；婶婶大娘的花袄，花叶交错。

所有的人，都从没像今天这么尊贵，想吃饺子吃饺子，想吃熬菜吃熬菜，想说说闲话，想打牌，也没人拦着，都还穿着最整齐最好看的衣服。可是唯有我怯怯的，总要担心它的不长久。

多少年以后，才悟出，美好的时光，它真的就是不长久。初一过后，一点一点，慢慢地，生活回到寻常轨道上去，开始寻常生活。寻常日子，才是常态，才是真实。世上一切享受，都不永恒，永恒的是，甘于平淡的心态。

悟出这些的时候，不知怎么，心里，仍是怯怯的，怯怯的。

为生命提鲜

我的东邻，是一个胖乎乎的大妈，下岗失业二十多年了；家里有个病歪歪的老头子，常常吃药打针挂吊瓶。可你看吧，她像个“笑仙”，啥时候都乐呵呵的，没一点儿潦倒的气味。她家，虽然屋小院子狭仄，但连不起眼的角落里都收拾得利利索索；病老头儿被她侍弄得整洁清新，光鲜得体。

一次她挽留我吃午饭，说要蒸柿子窝头，炒香椿鸡蛋。我惊讶，数九雪天，就是大棚培植的香椿也不到节令啊，还有柿子，哪里去寻！她一笑，说：“呶，柿子在房顶的棚里。”她拉开冰箱门给我看：一小袋一小袋的香椿、荠菜，码得整整齐齐。她告诉我，那都是春天采的，一些送人，一些留着自己吃，提鲜。

我惊讶于她“提鲜”的优雅，谁说满身烟火就俗气呢？再粗糙的生活，有这“提鲜”的心情，生活便总有一种鲜亮的色彩。

告辞时，她送我两小袋冷冻荠菜，叮嘱我，包荠菜饺子吧，搭配猪肉松、虾皮、炒芝麻，淋上小磨香油，管叫你想起春天的滋味。这么一句话，又叫我感叹不已，她虽贫寒，却把生活过得如此殷实而美好。

我的同学莲，在一所乡村中学教书，她老公在千里之外打工。平常的日子，她就带着女儿生活在学校的家属院里。一个人支撑的家，总会忙碌和凌乱吧。不。在我看来，她几乎把生活过成了艺术。工作之余，她的院子里，常有乐曲飘出；往里一探，小院角角落落满是花草，各有性情。有个秋天，我见她在卧室门楣上挂了一筐蓝色野菊，缕缕药香，飘满了房间。她说，到冬天就换成一个大头朝下的绿皮红心萝卜，从尾巴上掏空，往里头浇点儿水，搁个蒜头或一个白菜心，不久，就会长出绿莹莹、鹅黄的白菜花，加上倒垂的碧绿的萝卜缨子，清新得像年画。

我知道，这些小情调，需要花时间打理也需要费心思琢磨。如没有一种优雅的情怀去支撑，断然不会有那个闲心思。

我忽然想起小时候，母亲为我们制作玩具的事儿。与其说是为了让我们高兴，还不如说母亲也有颗童心。那时经济困难，男孩子有一把小木枪来比画，就很像回事儿了，女孩子的玩具更少。我们姊妹手里，却总有新奇的玩意儿，那都是母亲的杰作。母亲偷偷把“语录书”的红塑料封皮拆下来，剪裁缝好，填充点儿棉絮，手底下会飞出一只栩栩如生的红鸽子。大葱叶子在火苗上燎一燎，一吹，软塌塌的像绿蛇狂舞，声音嘟嘟地，像牛哞山野。狗尾巴草编成小狗，撅着尾巴，特像我家那只看门狗的剪影。槐树叶柄绕成了“油果子”；红绿彩纸，左掏掏，右剪剪，卷毛的小猫咪，活生生蹦了出来。

那么穷的童年，留给我们的却是快乐的背影。

如今，自己也有一卷日子在握，那种兴致盎然的情趣，却常常遗失得无影无踪。看看周围也是，大家的日子，铺开来像白纸，卷起时了无痕迹。有时索然无味，有时焦头烂额，有时敷衍空虚。

细想，那哪里是生活？不过是糊弄日子。可是，日子是多么值得我们珍惜着去过啊。一年四季春夏秋冬，每一个季节都清鲜如新。北归的鸟、早开的花，为春天提鲜，团团荫凉、阵阵凉风为夏天提鲜，果香、粮味为秋天提鲜，一场大雪为冬天提鲜，我们真的该学会给生活提鲜，再忙碌再平淡的日子，也别忘了留一点点风花雪月给自己享用。优雅，不是有钱和有闲的专利，它是一种姿势，一种心态，只要用心，就会收获种种细腻丰富的感动。生活在美丽的感动中，就是实实在在的优雅。

萝卜当家

在菜园里拔萝卜，心里面总有一种高调猜谜的喜洋洋。一路吭哧吭哧拔，一路不停地猜。这个定是长又直吧？可偏是生着两条腿的，像网上那个“奔跑的萝卜”；那个该是短短胖胖吧？出土一看，竟是美人坯子，半人高，任其下去，简直要长成个超模了。

童心尚存的人，去看垄上挺立的大萝卜，很容易钻进童话中去。蓬勃绿缨子下，萝卜已探头探脑；等不及人来拔，它自己把自己拔出来了！露出的这一截儿是玉白，那一截儿是绯红，还有的是翠青，肤色润泽，色彩妖娆，好像大家商量好了，要把最美的姿容拿出来。

孟浩然有句诗写田园，“开轩面场圃，把酒话桑麻”。我猜，诗人面对的“圃园”里，定是有着几垄子青青萝卜的；诗人口中的桑麻，未必有它，但一畦畦葳蕤萝卜，确是晚秋妩媚动人的秀色。

收完萝卜，冬天就到了。童话里，森林小动物围炉夜话，锅里煮着萝卜，咕嘟咕嘟，沸声四溅。清水萝卜，幽蓝火苗，沸腾锅灶，耳边还有娓娓闲话。真是幸福的一种。这场面，放到眼下左冲右突的尘世里，怪清新，怪经典，也怪煽情的。

家的美好，就应该是这个样子的。

入冬后，寒意四起。我们用萝卜白菜，制造出一种温暖宜人的气场。一种最简单的吃食，便是萝卜小羊肉。萝卜切丁儿，待用；羊肉切丁儿，过水。然后，清清淡淡一砂锅，加火熬煮。如此滑嫩的羊肉和萝卜，花椒、大料都显粗鄙了，不要也罢。几片姜，几截儿小红辣，丢进去。好了。随手找几段京戏，梅派的“贵妃醉酒”，听得人满心都是秋月旖旎；马连良的急板一段，上板就晃荡起满屋子的行云流水，叫人畅畅的、惴惴的，不知怎么样安然消受这闲闲丰腴的幸福。

一个时辰悠然划过，撒几枝芫荽叶子，熄火盛汤，一人一碗。羊肉肥润，萝卜绵甜，那汤呢，又浓又清，梅派的旖旎马派的飘逸，兼而有之。人世间最好的生活，就在这氤氲炊香里深藏不露，家常得令人不敢相信这就是幸福。

萝卜有个古雅的学名，莱菔，或者萝菔。一听，像从《诗经》、《汉乐府》里走出来的。很容易就让人想到了心思纯净、秀美轻灵的美女罗敷。这种生活在田野、桑林里的清新健康型美女，跟华丽繁缛的红门金粉，不是一个路子。看多了影视女模儿的厌世冷脸，把目光收回来，看萝卜，真是温暖简朴的大姐大。

朋友在山林

小时候，我被交了个“恶友”——老猫子。

那时晚上跟着奶奶睡，天天缠她讲故事。故事讲了一大串，还是哼唧着不睡，要听要听要听。奶奶就压低声音说：“听，窗外头老猫子来啦，专吃不听话的小孩子。谁淘气就背走谁，背回窝里去，一伙子老猫一块儿吃。”

窗外唰——唰——唰，令人恐惧的声音。是老猫子吧，它在外头听我呢吧。我往被窝深处缩一缩，在对老猫子充满恐惧的想象中，渐渐睡去。

“一只老猫子，四只毛蹄子，走路唰唰响，专吃小孩子。”这个小曲儿，我很熟悉，可是，老猫子什么样？不知。是什么动物？狼？狐？獾？野猪？黄鼠狼？也不清楚。那时候，老家的山野里，很热闹，住着很多四条腿的小动物。它们藏匿在林子深处、草寮、山洞里，日升月落地过着它们的小日子。再往深山里走走，石家栏那边的山场还有高大的野鹿。野物当中，鹿优雅，安静，又温和，不咬人，最让我喜欢。

村外的野物、村里的人，各过各的生活，相安无事；但有时，也会彼此越界，骚扰一下，给对方制造一点儿混乱。

一大早，村口人家去喂猪，发现圈里的猪没了！一道血迹，淋漓出了村。是狼！不是它还能是谁？人们陷入一片激动的不安里，女人嚷嚷甚至哭号起来，一头猪的丢失，意味着一个油水丰盛的好年没了。

村口的其他人家，赶紧拉来石头封高了猪圈墙，澥开石灰水，往猪圈墙上，涂画了巨大的白圈圈儿。据说，狼怕光、怕亮、怕火，这是防狼最有效的办法。

令人又恨又怕的狼，在老家的一段故事里，却有情有义。故事说的是，一个人去深山打柴，晚归遇到了狼。打柴的人惊恐得很，想躲开，赶紧往林中小道，拐去，不多远，那狼蔫头耷脑，蹲在路口等他。打柴人又踅回来，再三逗转，那狼屡屡拦截住他。打柴人绝望了，说："狼啊狼，看来你是吃定我了。干脆，我不动，你就动口吧！"狼摇摇头。大嘴巴一张一合似要说话。打柴人看清了，狼的大嘴张得开，合不拢，大约是有求于他。他走上去，掰开狼嘴，从喉咙里取出一根卡着的骨头，之后说："没事了，走吧。"那狼前腿跪地，拜了一拜，转身循去。次日黄昏，狼又蹲在半路，嘴里叼着一条小孩的手臂，不吃，等他。打柴人大惊，想了想，懂了：狼以它自己的方式报恩呢。打柴人哭喊："狼啊，我不用你报答，你不祸害人就行啊！"那狼又拜一拜，走了。之后，每当打柴人路过，狼都会送来野兔、野鸡之类野物。那狼报恩一直报了许多年。

这个故事，也是奶奶讲给我的。这么温情的狼，到底存在不存在呢？到现在，我还心存疑惑。

黄鼠狼和狐狸，也是村人诅咒的对象。

黄鼠狼，会作假，雪夜偷偷摸摸背走人家的鸡，还悄悄刷去自己的足印，让人琢磨不透是谁作的案。这个穿着油光水亮皮大氅的伪乡绅，什么下作手段，都做得出来。如果发觉有人追击，它会放一个惊天大屁，臭得人掩鼻而逃。夜晚栖在树上的鸡，睁只眼闭只眼地睡得不踏实；树底下，黄鼠狼来了，一道幽光样的视线射上去，没睡死的鸡，会被震慑得心慌意乱，扑通一声掉落下来，成为黄鼠狼的美食。

村人对付黄鼠狼，是下黄鼠狼夹子。夹子下在它常出没的地方。轻轻一触，机关启动，啪的一声，便被夹住了。黄鼠狼弹腿挣扎着，血淋淋的腿，哀怨的眼睛。但孩子们对它没啥好感，一点儿也不怜惜。

它的皮子，很值钱，据说，是制毛笔的好材料。狼毫，有时也用黄鼠狼的毛。

那时候的夜晚，总能听得见南山上“哦——哦”的叫声，这边一声，那边一声，一唱一和，凄厉神秘。奶奶说，那是狐子，相约做伴下山的。

听村里的猎人大伯讲，狐狸这家伙，有智商，能联手作案，还爱美，神神道道的，喜欢偷小姑娘的小花布衫、小鞋子、花头巾之类。有次，他去撵野猪，半路丢了目标；干脆休息一会儿，腰间的干粮袋子解下来，放在地上。还没坐稳，就见一只狐狸，在不远处咬着尾巴转圈圈，边转边叫唤“吱吱——！吱吱——”，很焦虑很痛苦的样子。转着转着，狐狸一个趔趄摔倒，身子一挺爬起来接着转。怎么回事呢？它病了？猎人大伯心想，野猪没打着，能捉一只病狐狸也不错，狐狸皮卖钱也不少。

他一溜小跑着过去。没等伸手，狐狸却停止了转圈，将身子拉直，脑袋一晃，瞬忽间就没了。不远处，它从荆棘丛探出头叫着“咪哦！咪哦”，好似在说“来呀，来呀”。猎人大伯心里疑惑，它是不是有啥鬼把戏？一扭头，果然！另一只狐狸已叼走了他的干粮袋子！

猎人大伯说，下夹子，是弄不住狐狸的，往往是夹子翻了，诱饵没了，狐狸却没影了。支狐狸的办法，是水灌狐狸洞。狐狸却不会淹死，它们怎么会被淹死呢？狡猾着呢。它们从远处另一个洞口，落荒而逃。红红尾巴在黄土路上摇来摇去，火一样燃烧。

村里还有人说，再往大山深处走，太行山脚三峰山那边，有熊。不知是真是假。但是，有鹿，却是千真万确的。童年住姥姥家，最高兴的是，小姨带着我们一帮小孩儿翻过几座山，到驾游村的西山鹿场里，去看鹿。那鹿，像马一样高大，身上有斑斑花纹。见我们来了，它们就走近来，安静地看，清澈的眼神，像朋友一样温和。

在诗经里，鹿鸣呦呦，像诗歌；可是真实的山鹿叫起来，“噢——噢——”像一种深邃疲倦的叹息。

传说，鹿是笛声的发烧友，笛子响起，它会驻足凝神地听，颇有文艺范儿。

獾，也很常见。大人说，獾有狗獾、猪獾、猫獾。种类不一，模样不同，前面的那字，描摹的就是它基本的长相。小时候去深山姥姥家，半路有一片浓密林子。走得急了，就有小动物忽地一下，隐入树丛深处。我猜想，更多的是野兔吧。兔子太多了，满山窜。

有一次，碰到了獾。它在路边，聚精会神地啃着一根玉米棒子，扁头，尖鼻，短耳，小眼睛，四肢短粗，灰褐色的毛皮，坚硬的背毛，竖起来。我惊呼一声：猪獾！

那家伙猛抬头，愣了一愣，“唰”的一下，没入了旁边的树丛。獾类，跟野猪相比，体格小，性情也不太凶猛，但是，行动机敏，很难捕捉。它们会打洞，獾洞曲里拐弯，老长。村人发现獾洞，就从洞口点燃柴草，用烟熏。不一会儿，另一出口，就会有大大小小的獾，卷一身烟气，狼狈逃出来，有的被熏得发蒙，吭吭咔咔，像老头儿似的喘气咳嗽。

野兔很多，到现在，亦是如此。有个秋后，我在田野里走，看见一只野兔安安静静蹲在一处茅草窝里，两爪捧着什么，细细地啃；一听到脚步声，它倏忽一震，黄影子一闪，就消失了，快得像一个幻觉；可我分明看到它头上的绒毛临风，微微颤着，好似高度敏感的器官。

冬闲时候，村里的年轻人，喜欢带着亮度极高的大灯，去山上照兔子。兔子的眼睛，在白天是很敏锐的，但黑夜里强光一照，就像瞎了似的；动也不动，好似一团泥，等着人来铲到筐子里去。运气好的话，一晚能照到十几只野兔。有次，我看到邻居捕来的兔子；面对绝境，它微抖成一团毛茸茸的土黄，但眼神和表情，不激烈，不惊恐，平静淡漠。它也许不明白发生了什么事情，它小小的头脑里，想的又是些什么呢?

我还见过一只刺猬，是在下山路上，遇到它的。对于与我们的邂逅，它不理不睬，镇定自若地移动着铠甲包裹的身体，小个子将军似的威风凛凛。我故意大喊一声，它先缩一下身子，并不立刻缩圆，它在判断吗？我找个树枝按它，看它怎么把自家卷成一个球。它把四只脚收紧，长嘴巴下垂在胸前，然后卷起来，它用了一点儿时间让自个儿严丝合缝，看上去没有破绽。

它的刺并不像想象中那么硬，我把它抓在手里，想打开看看。没多大一会儿，它自己打开了，它有胡须，眼睛小而亮，直愣愣的，不知躲闪。摸一下它的脚，凉凉的。它看着我的样子，像是有点儿笑意。它也不挣扎，很镇定地任由我把它带回家去。到家，我拿个大盆扣住它，还压了一个小板凳。

第二天，去看它，慢慢掀开大盆，竟然不见了！大盆没有豁儿，地上没有洞，它怎么跑掉的。后来，才知道它们似有缩骨功夫，是逃生高手，只要一丝缝隙就够了……

那些四只脚的山林朋友，曾在我们的不远处，千姿百态地存在着，时不时，搞点儿小破坏，带来点儿小损失，也给我们的生活，创造无限的想象空间，给我们的孩子提供童话一样的世界，跟我们一起构成自然界紧密联结、共生共存的链环。我们观察着、欣赏着、防备着、讲述着，它们让生活和想象，充满奇幻色彩。

但不知从什么时候起，四脚的朋友，越来越少。大约，它们比我们更需要安静。时代和科技发展，让我们的行走速度，越来越迅疾，活动范围，越来越扩展。汽车，马达，汽油味儿，建筑的隆隆炮声，驱逐了那些四脚朋友。我们的生活和想象，日渐平面，单薄乏味得只剩下了欲望和物质。我们的孩子，不要说童话，连常见的家畜家禽也不认识了。

那种万物共生的立体故事，正在渐渐消失。那些四只脚的朋友呢，你们生焉灭焉？去了哪里？

你们去了哪里？

美　　眉

汉朝时，有个高官张敞，每天最喜欢做的事，竟是给老婆画眉毛。难道他不知，天生的美眉最美吗?

也许，张敞画眉技术高，画出的眉胜过天然；不像咱现在，好多的人造美女，顶着一双假眉来来去去，叫人猜测，假眉之下的心肠是真呢还是假。

眉，在脸上的位置至高，作用差不多等同于一篇妙文的标题。文学大家深谙此道，所以绘人物总不离眉眼。《红楼梦》中，王熙凤是“一双丹凤三角眼，两弯柳叶掉梢眉”；林黛玉是“两弯似蹙非蹙笼烟眉”；探春这个女改革家，是“俊眼修眉”；贾宝玉是“鬓若刀裁，眉如墨画”；贾雨村是“剑眉星眼”，小厮们是“眉目秀洁”。一双美眉，好比一叶蚱蜢舟，收拢了颜面上无限风韵。

女人家一双蛾眉，斜斜滑进鬓发，婉约得风生水起。这淡眉挑起的风致，让人凝神，让人渺茫，让人深深惊叹。画布上，她头略低，脸微侧，露半边颜面、一叶长眉，安安静静蕉窗读书。简直是一幅静物画。

所以，我们干脆把美女直接称“美眉”。

眼是心灵之窗，眉与眼，则是近邻，二者“共动”。眼发怒、眉必怒，像横眉立目；眼不好看，眉毛必然也不好看，像贼眉鼠眼。高兴了，眉开眼笑；再高兴一点儿，眉飞色舞；郎有情妾有意，眉目传情；事情紧急，迫在眉睫，几欲燃眉。

科学家说，从眼珠到眼眉的距离为脸长的十分之一，最美了。

《红楼梦》有个曲子，叫“枉凝眉”，林妹妹被唤做颦儿，颦便是“皱眉”。宝玉送的这名字，有来历。典故来自西施，西施患心痛病，以手捧心，微微皱眉，令人可怜可爱。美人蹙眉，一点儿隐忍，一点儿忧，是美人气韵。

一双眉，透露了一个人内心的风声。《抱朴子·逸民》说：“虽器不益于旦夕之用，才不周于立朝之俊，不亦愈于胁肩低眉，谄媚权右。”职场交往，面对上司，也不至于缩着肩、低着眉，流露出卑下神情。不卑不亢，是一双眉毛所传达出的内心平静。

眉的跃动，则透露了一个人的性情，京剧《野猪林》里，鲁智深出场，精气神儿，全在一张脸，脸上肌肉，忽上忽下；喜怒悲欢，全在一双眉，眉眼之间，纵横跳荡。男人眉，比女人眉，夸张多了呀。若一双柳叶眉也如此活跃，岂不是天下第一癫?

女人眉，美在安静和秀气。李渔《闲情偶记》论女人之美，专设“眉眼”一章，他说女人眉毛的秀气与否应该与眼同观，眼细者，眉必长，眉粗者，眼必巨。由眉毛之论，感受荀子“万物之美可以养乐”，有滋味!

我想，京官张敞，也算个情趣男子。一个官员，突破了他的强硬、威严和霸道，就生了立体感。类似的，还有苏东坡。他怀念亡妻王弗的诗句：夜来幽梦忽还乡，小轩窗，正梳妆……

想那王弗妆成，亦会柔声问夫君画眉深浅吧？难保苏子不会为媳妇频添丹青细画眉。

清水满缸

以前，在村子里，家家都有几口大缸，粗身大肚，像胖老婆婆的体格儿。

大缸的口沿，粗细如小孩儿拳头，质地粗拉拉的，透着沙粒的影子；缸身，釉着影青、暗黄、酱红等浓重的颜色。这些笨家伙，可了不得！看上去，有一种老气横秋的劲头；论家道，它们可是最有说服力的器具。

那年，我的小姑姑正是待字闺中的妙龄，家里面，天天有人来提亲。有个男媒一张口，就把我心打动了。他说："这一家，家道好啊！大缸小缸一屋子！"

我拍手道："要大缸！要大缸！"

那人惊诧："你要大缸做啥哩？"

我郑重说："藏老猫呀！"

藏老猫，就是捉迷藏。放倒的大缸，人藏在其中，谁也寻不到。有一次，我爬进大缸，等得不耐烦，竟睡过去了；一直睡到晚饭时候，家里人遍世界找，快急疯了。

厨房的缸里，装清水；仓房的缸里，装粮食。福克纳说：“把狂欢和爱情放进文字里是明智的。”而在乡村，谁都知道，清水和粮食最好的去处，是大缸。

也许，一口缸，跟清水、粮食，渊源太近了，它们无不是从泥土里打着滚走出来的。缸呢，磨难多一些，大火烧烤，小火定型，慢慢冷却，最后沉静下来；盛水，水不变质，盛粮，粮不生虫。

我家的水缸里，经常是清水盈盈，水是我爹从皂角树下大井里挑回来的。清水满缸，这一天的日子，就有底气。洗涮，吃喝，鸡鸭猪狗，还有圈里的毛驴，丁丁点点儿离不开水。

我的耳朵灵得很，我爹一拿挑担，两头的铁环，叮啷一响，我就知道要去井上了，跟上就跑。那时，我常梳一个朝天撅的伞辫儿，跑在他的担子后面，自我感觉很有大人派。路上挑水的人，老是打趣我：“呵，好大的辫子！下雨不用打伞了！”我狠狠剜他一眼，也不答声。

一担水，在我爹肩上，赛过两坨棉花轻松。他抬腿迈步，三两下，就上了我家的青石大台阶。

水缸盖儿，是高粱秆儿篦子，我冲上去轻巧揭开，攀上缸沿，头伸进缸里，猴子捞月似的，捞起水上浮着的舀水瓢。我爹紧跟着过来，左右手分别抓住前后桶，桶身抵住缸沿，左手一桶，右手一桶，哗哗倒入缸内，冲起一片清凉凉的水花和寒气。

水缸里常年漂浮着舀水瓢，那是我娘的手使家具。水瓢，由一个葫芦一分为二破开做成，一个揿面，一个舀水。揿面瓢，很轻；舀水瓢，长年累月吃了水，有分量。它漂在清水上，像梨子状的船，轻盈欲动，任你怎么按，手一松，它就跑上来。用这瓢舀水，送到口边，有一种厚实清新的感觉。

这一把水瓢，渡大了我们，也渡走了娘的年轻岁月。我刚高过水缸，小弟，又能巴着缸沿，清水照影儿了。他蹒跚学步时，总要踩着小凳，头伸进水缸，“啊、啊”快活地大叫，水缸回他以“嗡嗡”的喧响，他抬起头，看看我们，充满好奇。他长到七八岁时，淘气得不成样子，从南河里抓了蝌蚪回来，偷偷放到水缸里。过了几天，娘舀水时，居然蹦出几只小蛤蟆，吓了一跳。没办法，只好起缸底儿，一缸清水，统统浇给院子里的桃、李和香椿。

缸里，常常埋伏着我们喜欢的吃食。夏天，菜园里摘回的黄瓜、甜瓜，温热一团，娘把它们洗净了，浸到水缸里；等我们火烧火燎回来时，已是冰冰凉，咔嚓一口，满口淡淡的甜凉，真过瘾呀。

严冬里，我奶奶会从装黍子的粮缸里，摸出一个鲜艳的红苹果，分给我们姐弟仨解馋，那是我姑姑来探望时带来的。我知道，姑姑买给奶奶的好东西，饼干、江米条、水果之类，她一个都舍不得吃。这个缸里藏点儿，那个缸里藏点儿，在她认为合适的时候，拿出来，给我们一点点享用。她看着我们吃，快乐得不行。

我的小姑姑，最终没能被那个满屋子大缸小缸的大户人家娶走，她相中的，是一个俊雅的木匠。我那个看起来文弱弱的准姑父，第一次上门，就把我家那口大水缸，挑满了水，碧莹莹，清凌凌，像是对我姑的一份情意。

教室里的泥炉子

小时候的冬天，出奇地冷。小雪封地，大雪封河。田野，硬邦邦的，河流，白凛凛的。上学路上，我们见虎子叔在河里崩鱼，冰面上没处下药，就拿大锤凿冰；一锤抡下去，冰花四溅，冰上只是一个白印子。打麦场，冻裂了，一指宽的缝，怪吓人的。我们把脚上新棉鞋的鞋帮儿，使劲儿往里塞，看它能不能咬住。树上的冰滴溜儿，天然冰棍儿，太馋人！攀上树掰一根，一边走一边吮，那个凉！若逢着值日，就不敢在半路贪玩儿了；急急往学校跑，进教室先把炉火生着，再把炉灰搓出去。炉火，会赶在上课之前，腾腾腾地旺起来。

每个冬天，都会有那么个外方内圆、砖土砌成的煤炉子，墩在讲台里侧，雄赳赳的气派，像一个大人物。我们印象里，做老师的，尤其班主任，好似都会砌炉子。寒风一起，学校就准备取暖的事了。老师在讲台上问："明天砌炉子，谁家有泥抹子？谁家有泥铲？上学时一人拿一块砖！还有，谁抓把麦秸来？”老师连珠炮似的问，讲台下一片：“我！我！我……”

准备工作当即完备，剩下的事情，就是我们老师大显身手了。抽中午或大课间的时间，老师脱去外套、挽着袖子，一头汗、两手泥，忙乎上了。我们在老师的指挥下，一会儿搬砖，一会儿和泥。这时候，最捣蛋的学生，也跟老师亲近起来，师生气氛空前融洽。

有一年，我们班主任是个年轻的女老师，从没做过泥水活儿。砌炉子之前，她先到别班教室，观摩了整个过程，便信心十足地指挥着我们如法炮制。老师累得卷发都贴在额上了，当然炉子砌得也很漂亮。可是，那个冬天，我们的炉子老是气息奄奄的，不冒火，光吐烟；火灭了，还特别难生着。

有一次，值日生七点就到校下手生火，一直到八点十五上课铃响，还没有把炉火生着。他们倒是弄了一脸黑，两手黑爪子一般，拿着本破书在炉子下面的小洞处，拼命呼扇。那炉子，一点儿不领情，发脾气似的冒着滚滚浓烟，一屋子云山雾罩。老师进来，只闻吭吭咔咔一片咳嗽，不见人；弯腰一看，才发现我们一个个捂嘴半蹲在自己座位下。她笑了：“嘿，这是熏狐子呢吗？走，男狐出来，女狐也出来，靠墙根站，背书！”

我们被轰出了教室，在南墙根儿站成一溜儿，晒着阳光，互相挤着，呜哩哇啦背课文。

窗子被老师一扇扇打开，蓝色柴烟鱼贯而出，像电影中的镜头。最后，还是老师从办公室找了两张废弃的油印纸，又让住在校门口的同学跑回去弄了一篮子玉米轴，才引着了火。

也有粗心马虎的值日生，快上课了，他还没到；火炉自是冰凉的，教室里寒意幽幽。上课的老师也不急，让我们跺几分钟脚来取暖，他说那叫“自发热”，还为我们喊口号：“一二，跺！一二，跺！”教室里，呼腾呼腾响成一片！下课后，邻班学生问：“你们班搞啥活动哩?跟打房顶一样！”

我的捣蛋鬼同桌，周日在家用黏土捏了个泥蛋蛋，趁大家不注意，在炉口烤热，用纸包起来，放在桌斗里取暖。他一会儿摸一下，一会儿摸一下，洋洋自得。后来，大家破解了这个秘密，纷纷仿效，有团泥蛋的，也有从外面起一块鹅卵石的。老师不在时，炉口，放了一堆石头蛋、泥蛋。这个秘密，终被老师知晓，果断废除。但如果碰巧哪个学生没吃早饭，拿块冷干粮，老师会准许在火炉上烤烤吃。有时，他还会用自己的水壶，为我们烧开水。我们一边做作业，一边听着水壶里发出吟唱般的声音，就感觉回到了自己家那种气氛中。

每年冬天闹流感的时候，学校会大批购进几缸醋，每班分一些，老师拿了炒菜锅，在教室里不厌其烦地炒醋。据说，醋能杀死感冒病毒。那时候，感冒的人确实不多，不知是不是火炉炒醋的效果。

生炉子的引火柴，是我们从山野里拾回来的干树枝；砌炉子的土，是我们从村西土埝子那里拉回来的黏黄土。每逢做这些事情的时候，学校都会休半天课，由老师带领，自带工具，分组合作。大家有拿锹的，有拿镢头的，有拉排子车的。拉土回来的路上，有一个大土坡。驾辕的，必是一高个儿男生。他们，无一例外地成了女生心目中的偶像。

辑三／光阴中，那饱满莹润的觉醒

节令之美，那种凸显于岁月中的富丽、缠绵和诗意啊，震撼得小小的心里，泛着忧伤，但又是甜蜜得不知放在何处的忧伤。心，有一股清香，似是花香，却又非花香，细细领略了去，那一股给人心的，是比花儿都好看好香的、一种饱满莹润的觉醒。

皇后娘娘的柿饼

读鲁迅先生的《“人话”》，有一段道——是大热天的正午，一个农妇做事做得正苦，忽而叹道：“皇后娘娘真不知道多么快活。这时还不是在床上睡午觉，醒过来的时候，就叫道：太监，拿个柿饼来！’”

呵，先生文笔果然简净干练、摇曳多姿。

而那农妇见识多么稚拙：至美光景，被她凝缩于一个柿饼上。宫廷的万般奢靡，不是不存在，却都在她的世界之外。二者相激，让人莞尔或喷饭。但我们有什么理由去讥笑她呢？世界那么大，谁能做到无所不晓？她的想象，贴紧了她的生活。她的日子本如一弯浅浅小溪，映得见烟火日常的小针脚，还不允许人家把柿饼当作最美好的憧憬吗。

土气吗？是呀，柿饼，当然脱离不了长柿子树的泥土，跟那玉盘盛脯，水晶盛浆，玛瑙作埒，氍毹覆之，加之清歌佐酒，妙舞啖茶的奢华，不在一个界面；可是，万物土中生。一部《诗经》，不也是贴着地皮儿冒出的绒绒青草吗？“十五国风”，一百六十篇，是采诗官每年春天，摇着木铎深入民间采集来的民间歌谣呢。“风”是甚？是“土风”，是风谣哩。

土风的土，是泥土的，是民间的。《红楼梦》第四十二回，那个世故、乡气的刘姥姥，以特有的乡村朴素，为笼了一层悲凉之雾的大观园，带来了一场痛快的大笑。“老刘，老刘，食量大如牛，吃一头老母猪，不抬头”，这话儿粗俗俚鄙，满是乡野气，加之“鼓腮不语”的表情，立时笑喷了全场，连黛玉都笑岔了气。

待吃罢酒席，“金鸳鸯三宣牙牌令”，刘姥姥妙语连珠，“大火烧了毛毛虫”“一个萝卜一头蒜”“花儿落了结个大倭瓜”，皆是泥土里的事情。充满乡野之趣的对答，让公子小姐们笑翻了天。刘姥姥，就像是雪芹安排来的一坨乡野味儿，为红楼长卷上的高雅情致，恰到好处地点了个落脚的地儿。

刘姥姥，让我想起我的祖母，那个有着一双小脚的慈祥老太太。幼时，听她讲古儿，听她跟人拉家常，都让我着迷。邻居叔叔赌钱将要败家，她有次教训人家说，你爹一辈子省吃俭用，积攒那点儿货，让你逛荡得要皮没皮要毛没毛，你再这样一口咬住一根干屎橛子不松口，不听人劝，谁都帮不了你了。我感觉，我的祖母，她真是一个语言天才。

曾翻看蒋星煜先生的书《以戏代药》，某篇记录一段河南曲子《关公辞曹》。曹操（唱）：曹孟德在马上一声大叫，关二弟听我说你且慢逃。在许都我待你哪点儿不好，顿顿饭包饺子又炸油条。你曹大嫂亲自下厨烧锅燎灶，大冷天只忙得热汗不消。白面馍夹腊肉你吃腻了，又给你蒸一锅马齿菜包。搬蒜臼还把蒜汁捣，萝卜丝拌香油调了一瓢。

看这唱词，脸上就浮出了笑。清一色的河南口味、平民美食哎。河南味儿的曹大嫂，蛮能干，蛮贤惠，烧完锅燎完灶，又搬蒜臼调小菜儿，将美食一股脑儿置办来，怎就围不下关二爷你呢？

可关二爷的是铁了心地忠于他哥刘备，曹大嫂，你就停了手吧，还忙乎个什么劲呢？

而京剧中关于这个情节的唱词是这样的：

曹操：在曹营我待你恩高意好，上马金下马银美女红袍。保荐你寿亭侯爵禄不小，难道说你忘却了旧日故交！

这词雅了，容量也大了，更符合历史事实了，但失了家常气、乡野气，失了活泼泼的民间想象。如果说，后者是用正史般的口吻表诚意，那么前者则是用不太正统的民间话语表诚意。设若是在农闲时的村戏上去唱，“美女红袍”之类怎能打动人心？“手挺猴”又是什么玩意儿哩？

山东吕剧《下陈州》中唱段：听说那老包要出京，忙坏了东宫和西宫。东宫娘娘烙大饼，西宫娘娘剥大葱。这自是山东胃口的“下陈州”，若换到山西，估计就是刀削面、压饸酪了吧？想起这些俚俗之味的演唱，灵魂里的一点儿痒，被抚平，我着实佩服那些贴着土地生长的民间智慧。

那烟火、自然、直白、甚至有点儿古风的民间话语，会引你回到一个妥帖安稳的地方。木窗格透出一汪熏黄的灯光，似曾相识的温暖，弥漫过来。像一粒微尘，落进泥淖，叶落归根的感觉，这就是吧。

回到一朵杏花

岁月如旧，春天如新。早春这段时光却还是旧的，很难过。非春，非冬，寒意料峭，像鸟儿处于换羽期，有一点儿期待和急切的焦虑。

梅花熄了，柳芽、草芽算北地最早的春信儿，此时也还残梦懵懂；山野里，灰苍苍、空悠悠，流荡一段风吟鸟喧，像笛子，令人思幽。

谁写的呢：杏花疏影里，吹笛到天明。

果然，杏花，开了，像美人一挑门帘，走出来，薄薄春衫，神态清媚。楚歌一阕，凛凛然亮在灰扑扑的草莽旷野之上。

花里花外，枝上枝下，全是清丽的光阴哩。

山野的情调，就变了。嘴角莞尔，浮上一层明媚；胸怀坦畅，逸出一些柔情。原始，安静，出世，清美。宽落落的树荫下，浣花微雨，脚步慢慢踱过去，花也飘飘，衣也飘飘，人像粉霞里漂浮的一朵云。

一段微微焦渴的心灵跋涉，看到杏花，终于被安抚下来。放眼望过去，接着便是桃花、梨花、不知名的花……关于春天的种种美好，都被杏花领跑着，冉冉盛开。

杏花一开，心里便有说不出的踏实，像一个过日子的主妇，于青黄不接的岁月，手抚满满一缸米，欢喜泛上心头。

就像一段青春，难得的，便是这充满希望的心境啊。杏花唤醒春意，也唤醒情义。“情义被唤起之处，生命得以重生”，这是凡·高的话。当年，这位天才画家获悉弟弟的孩子诞生，就兴高采烈地画了一幅《盛开的杏花》，作为给新生儿的礼物。凡·高的画里，我们熟悉的是他的向日葵和星夜，但洁白杏花在雅静的蓝色背景下静静绽放，一瞬间，生命的清新和温情会满眼满心。

雨丝若雾，杏花如云。不用去深究哪一片朦胧是雨，哪一片朦胧是花，哪一片朦胧是云。人间的路，实在不须急匆匆。几番杏花开落，还没看个透彻，也就到了中年。

杏花里的觉醒，一直是成长的大事件。

那年早春，去孟家庄村看姥姥，走的是遍地石砾的小山道。路边，一列老杏如云如雾，哔哔啵啵，一直烧向了清寂的小村村口。在繁花掩映的石头路上，我走着，又跑起来；突然地转身，满眼的杏花，也似乎在一瞬间，同时转过身来。前面是花儿，后面是花儿，上下左右，都是。每一分钟，我都真切感受到春天的多情和醇美。可以这样一直跑下去吧，不会悲伤，自有淡淡悲伤，不会老去，只有美好的过往。

棵棵老杏树，依然那么安静，只有纷纷扬扬的杏花是动着的，兀自飘落，一点儿也不理会一个女孩儿瞬间的成长。

那种凸显于贫寒岁月中的富丽、缠绵和诗意啊，震撼得小小的心里泛着忧伤，但又是甜蜜得不知放在何处的忧伤。心，有一股清香，似是花香，却又非花香，细细领略了去，那一股给人心的，是比花儿都好看好香的、一种饱满莹润的觉醒。

多年过去，姥姥安在？老杏树安在？当年的懵懂忧伤和甜美安在？杏花，为我哗啷啷打开大门，又缓缓掩上。

我掸掸衣上灰尘，回到一朵杏花的安静，对着缓缓而去的光阴，读几卷书，写几行字，清清淡淡，开放在渐渐醒来的春天里。

雨　水

默默做着事，忽地想起，新年的第二个节令，雨水，到了。心就润起来，软起来，明净起来，活泛起来。

乡间有一个关于雨水的谚语：雨水有雨庄稼好，大春小春一片宝。可雨水节气，能不能见到雨，真不是我们能做得了主的。雨水落雨，是天作之合，是老天馈赠人间的一片美意。

我听过一段弦子弹唱：春打六九头，春雨贵如油，春山春水春杨柳，春草池塘卧春牛。那弦子淙淙铮铮，那一个个春字如大珠小珠，间错蹦出，像雨打芭蕉的节奏，真真迷人。而真实的雨水节令，山水杨柳草塘老牛，都还春意惺忪，像淡墨略扫的山水画，萧然，孤清，一片淡静。

不过，整整一冬没见过的春雨，这一天，你抬眼便能看到。台历上有加黑的“雨水”，手机日历上有变彩的“雨水”。嘿，雨先落在日历里，这是老祖宗的智慧。见了这俩湿漉漉的汉字，心里会氤氲一帘小雨、萌生一地春草的吧。

我也见过雨水在雨水的节气里落下来，不紧不慢，像云飘走，像鸟鸣涧，像农事步步推进。

我老家冀南太行山区，雨水节气的雨，基本是新年第一场雨。那个雨水日，我和妹妹回家看父亲。几个人坐在雨幕下的老屋闲聊。母亲在头年腊月逝去，这座石头墙、石头铺地的老院落，只剩下父亲转来转去形影相吊。老房子给雨浸出久远的旧味，雨润柴垛，淅淅沥沥，像在替我们翻检有关母亲的柔软记忆。

我们劝老父亲搬出去，跟我们姊妹仨轮流住。农忙时，可以回来帮忙；闲时，就在街上走走，坐在老年人堆里，扯扯闲篇儿。

父亲，先是沉默着看看这个看看那个，末了，一句话打住："干活，为啥叫干活？干着，就是活着。不干光歇着，还不把人歇得散了架？"

父亲拒绝了我们，仍住在老房子里。他在老屋里，抽烟、喝茶、回忆，蹲着吃饭，睡很少的觉，筹谋一场又一场的农事。

雨水，是他农耕大戏开场之前，一个短暂的弄调拨弦。雨水过后，他从黯淡的老屋走出来，雕像般沉默的人，有了声音，有了活泛的表情，有了苍老但依然有劲的动作。

我们担心着他的衣食日常，又欢喜着他在老房子和土地上的惬意。也许，给他更好的生活，并不是为他制造繁华，或将他连根拔起，移植到一个新地儿；而是，允许他生活在自己的秩序里。

雨水里，有雨，惊蛰里，响雷，大雪小雪，大寒小寒，让他按照自己的思维与习惯，一步步踩稳二十四节气。

今年春节回家省亲，跟着父亲到村外走了走。路过我家菜园子，父亲说："你看，脚底下都软了，雨水快到了，那点儿草木灰该找个车拉来了。"

我答应着，却望向山根那窝老泉蜿蜒伸出的水流，它跟西山流出的泜河混合起来，形成几米宽的水面，静静流淌着。一只白鹅领着一群鸭，在河里排着队游泳。阳光亮晶晶，鸭们将长脖子扎进水里，不知在寻找什么。有一只，将头弯在翅膀下面，久久地，好似睡着了，在水波上缓慢漂流。

雨水节气，跟脚就到，是春天了。

分一半春天给你

春分时节，空间里多了一种骚动。万物都忙忙慌慌地向着世界探出头来。植物有的已经吐芽打朵，昆虫有的已经飞东飞西。出发的，已走到半途；延误的，也正在抓紧打理行囊。

风在此时，很勤勉。东串串，西串串，把柳条摇醒，一直摇出毛茸茸的鹅黄，又把燕子吹斜，钻门帘一样钻进柳枝。

风长着脚似的，还在不停地撵；不只撵燕子，还撵着日光，撵着云，撵着自己，往北、往北、往北，停不下来。

它像个称职的油漆匠，撵着时光抹绿，很认真地，左一下，右一下，横一下，竖一下，连隐蔽的犄角旮旯的野草棵都照顾到了。它抚过去的地方，草叶焕发了精神，伸胳膊踢腿动起来，活动成书法家笔下的行草，一撇一捺，欹斜有致。

绿了，亮了，还不算，还要添点儿色彩。一针下去，绣出朵黄花，一针下去，绣出朵紫花。淡蓝的，浅白的，风它只管绣，自己也叫不上名字。小花小朵，颤颤巍巍的，在牛羊的蹄子缝里悠悠吐露香气，牛羊的蹄子给染香了、染花了。不管的，只管啃那些嫩草尖。

处处开花，处处拱绿，这样的繁忙，在城里也是。路旁一树一树的花开，都散漫得很，想开红的，一树嫣红，红得掉火星。想开白的，一树洁白，白得覆了雪。想开黄的，就一树绒黄，有温度的毛茸茸。粉桃配绿柳，又亮又艳，俗得老实，像老电影里的乡下傻闺女，红袄袄，绿裤裤，认认真真喜气洋洋坐在那里没意见没脾气。

其实，桃花单独提出来，闹猛猛的一个幻象。它们被一小瓣一小瓣的春天围绕，围住细微的人情部分。春风加上她，便是全然的自由世界。她不知，她替人造出了多少吟诵的由头，简静、妖冶，都在人的眼。她其实是引导着人看回你自己。你心中一直企盼的某一世界，被她看透，道破，透了天机。

春分麦起身，一刻值千金。麦子一起身，就很霸道，拽住阳光，不放松。它们在酥软的地里，一声不吭地坐胎、吐叶，长势摁也摁不住。噌噌的，有声有色。麦苗青荡荡，像春水漫卷，转眼没住了老鸹的背。

春分的下个节气是清明，“清明到，麦秆儿叫”。麦秆儿怎会叫呢？我想，这个叫，是无声却有形有色的，是挤挤挨挨扰扰攘攘，向空中递送向上的能量，是伸长手臂，擎起麦穗，拦住往来的风。春分的麦秆儿，刚刚二三分，嫩、绿，掐一掐有绿汁儿喷出。麦子还在童年的懵懂里，叫也叫得东歪西斜的。

春分时候，野杏花，漫坡如白水；田头的野菜，正当时。顺着麦垄搜寻，荠菜、地米菜、蒲公英、曲曲菜……蹲下去，手指拢住一棵，轻轻拔起。草叶的触感，嫩、润、滑，还清凉。那种有生命的凉，跟早春的凉一呼一应。

几声鸟叫，褪去了初归的嘶哑，圆滑了，脆生了，近乎老到了。石斑鸠稚拙的叫声，听着，像笨小孩儿咿咿呀呀背诗。它还不理解春天这首诗，但是它感受到了这首诗一平一仄一温一凉的韵律。人听着，会怀旧，回到过去，回到细雨淋漓的村庄。布谷也快来了，那时候就要撒花点豆到垄上。

春分，还有一小段的余地，让你站在春天的中央，前望望后望望，知道错过了啥，明了将做的事，这个春天才不会荒废。

春分时节，像万人健步走的现场，有点儿闹哄，有点儿乱；虽然山还是那山，水还是那水，鸟还是那鸟；但乱中，突然出了新。风是微风，绿是新绿，万物忙着奔跑和出发，认准了一个目标埋头行动。

前面的路很长，即使做错了一点儿什么，完也全来得及纠正、来得及跟上。抓住这剩下的一半春天，打朵开花，拱破芽孢，刨坑洒水种点儿什么，都是很美很美的事。

雨生百谷

谷雨时节，天空忽然一阵“唰唰”声，伸头一看，雨已经飘起来了。这是一场跟粮食有关的雨，它不紧不慢地飘，飘得河山一派新绿，飘得空气里水汽盈天，飘得人心径自散到了老芭蕉的一角深绿里。

《月令七十二候集解》中说：三月中，自雨水后，土膏脉动，今又雨其谷于水也……盖谷以此时播种，自下而上也。谷在此时播种，雨水应时而下。谷雨的雨，真真善解人意。

谷雨的雨，现身在古代文人墨客笔下，却是相当愁人的。连绵不绝，拂不去，赶不走，使人愁肠百结，身心皆沉。连那个亲民爱民的苏轼也说：“半壕春水一城花，烟雨暗千家。”女诗人朱淑真，也借此慨叹青春易逝的怅惘：“把酒送春春不语，黄昏欲下潇潇雨……”不仅把酒送春，还要弄个端的“随春且看归何处”。若站在体恤的角度，还数唐朝老杜，“随风潜入夜，润物细无声”，不仅轻盈含蓄，格调也高出了许多倍。

想想吧，荒寒的土地经过“冬雪雪冬”的休眠和“春雨惊春”的洗礼，已然苏醒，热切期待一场透雨的降临。一场谷雨一年粮呢。当春雨连连绵绵下起来，暮春最美的诗意，也洇染开了。那雨，真柔、真润，如丝、如芒、如线、如茸儿、如星儿、如芽儿，悄无声息、孜孜不倦。落在溪里，活络了水；落在土里，润酥了田；落在心里，点开了花儿。没种过庄稼，没苦盼过收获，你怎么能体会此时的愉悦和欢欣。

农人们不会抒情，但是欢喜的心意却抑制不住。那时，我的娘，会在檐下伸出手去，轻叹：“多好的雨！谷雨有雨，棉花成堆！谷雨天，忙得欢！”雨点敲在她的手上，再跳起，溅起一篇细碎的弧光。我爹在檐下，吸着一筒纸烟，烟头在晦暗的空气里一明一灭，烟雾像认识他似的，笼在他的头上一直不散。他看着雨在地上溅起水花，也叹着：“这雨！嘿！瞧这雨！”

细雨在下，小风在飘，不久，我爹掐灭烟头，戴上斗笠，披一块塑料布，去了田里。看看墒情，看看油菜，看看麦苗，他要跟土地和秧苗一起分享酣畅的喜悦。他不慌不急，闲闲走着，这边看看，那边望望，满心的欣慰，慢慢溢在黑黑的面皮上。

谷雨之后，村里大忙。种瓜点豆，种棉花；清明早，小满迟，谷雨一场正相宜。我爹忙大田，我娘带我们几个去种瓜。娘背着我弟弟，走在前；妹妹和我，尾巴似的，走在后。我妹，拎一个装瓜子的布袋儿；我背着荆条编织的挎篮，里面是大锄头、小锄头。

娘说：“来，老大挖坑，老二撒籽，老三埋种。”弟弟不干，要撒种，我也不乐意挖坑。娘就自己挖，用锄头拍碎小土坷垃，轻轻一剜，一个小土窝，很湿润很温暖的样子。我们围在一起，争着撒种，觉得那是很有意义的事儿。娘快速挖几个土窝，把我们分散开，说：“记住啊，这边是老大种的瓜，这几个是老二的，边儿上是老三的。咱们比比，看谁种的瓜大。”

这句话，就藏下了一个谜底，单等时间来解开。谷雨里萌发的期待，一天天葱葱茏茏蓬勃开来。

几番谷雨，种瓜的我们，都大了。而今，远离了种子和土地，我们的内心越来越荒芜、越狭窄。我们还能不能回到二十四节气中去，能不能找到饱满丰盈的生活诗意？听着鸟啼，唱着农谚，数着节令，看着花开，到田郊、到山坡、到大自然里去。

微凉的清明

踏青，这个词，最富清明气息，淡泊微凉，有色有味。

这时节，田野以绿做针，绣遍了角角落落、一直铺展向远处天边。踏青，须到田野里，绿染鞋子，香染心，跟“踏花归来马蹄香”一样的情趣。如果愿意，你也可以脱了鞋子、裸足踩绿，去感受一下脚底下地气的上升、鼓噪的绿意。

踏青，是清明印象里，轻快的一折。“春服既成，冠者五六人，童子六七人，浴乎沂，风乎舞雩，咏而归”，这般惬意的踏青，当是孔子人生理想的一部分。此时，风如水纹，草若绒毡，薄俏春衫，沐风而鼓动，踏着新绿来到田野，饮酒弹琴，翩然起舞，然后唱着歌归来，真是美好的春日休闲。

折柳、戴柳，很多地方清明有这个习俗。传说戴柳之风，起源于春秋，为纪念一个人，这个人叫介子推，是晋公子重耳的谋士。晋公子遭受父兄迫害，逃难在荒山野岭，饿得气息奄奄时，介子推割腿上的肉做汤，帮主君渡过了难关。但是当重耳夺取王权要封赐介子推时，他却认为自己做的是分内之事，拒不接受。于是背着老母躲进了绵山。晋文公以放火烧山的方式，想逼他出山。大火烧了三天三夜，不见介子推踪迹，搜山时才发现介子推已被烧死在一棵柳树下。晋文公很是悲痛，下令这一日禁火、戴柳、吃冷饭，以此纪念这位不贪权位、不图回报的义士。这本是寒食节的来历，但在传承演变中，寒食与清明逐渐合拢，寒食节的祭扫、踏青、戴柳、放风筝也变成了清明节的习俗。

碧柳，戴于头，微凉，清新，也颇风雅。田野上，常见女孩子以柳枝做环，间插几支野花，香馥馥，凉沁沁，又美又有风味。

“梨花风起正清明，游子寻春半出城。日暮笙歌收拾去，万株杨柳属流莺。”梨花笑窝，游子笙歌，鸟喧杨柳，清明中的万物，都清新、明媚，真是让人欢喜。

当然，清明也肃穆，清明节，少不了一个主题：上坟、扫墓。献几枝花，培几锨土，我们去为故去的先人扫墓，去为有益于百姓的先烈扫墓，缅怀逝者，不免会参悟一下生死道理：人生，自有来处和去处；把握生的“清”，才能做到死的“明”。生死都在“清明”之间，便“死”也不死了，那点儿心魄精神已然成为路边杨柳，陌上春色，野外广场的秋千、风筝。它是一种浩然之气，流转在天地之间。

这么说来，清明，更像是一次出发；像种子睡醒，万物花开，开始了新一轮生命旅程。由清明演绎的人生故事，会氤氲一层温润之气吧，有鲜亮之美。这一世，横的是悲喜，纵的是春秋；横的是春秋，纵的是人生。春秋、悲喜，都是寻常，而不寻常的人生总脱不了两个字：清明。

浅夏时光

花褪残红青杏小。一入夏，植物们大都撇开浮华，开始专心长绿。

绿叶，青果，浓浓淡淡，构成绿的集合。空间涂满了绿的深浅色块，画面又饱满又拥挤。一种安静的喧闹，荡漾在四周的风里。

杨树叶子，像又绿又厚的大手，是风最虔诚的粉丝。风一登场，它就来劲，直拍得哗哗、哗哗地响，像一团清凉的水声，从崖上跌落。走在树下的人听了，心里生出点儿寒意。这是一种常常给夏天制造点儿凉意的树。满地绿荫扶不起，更重要的是，这风中叶唱！太清冽了。

榆树叶子，小巧，瓷实，青筋宛然。它早发，已经厚厚地攒了些绿的资历。如今并排站在枝上，一串串，面对着初夏绸缎一样划过的风，不言不语。像一个有故事的人，对着岁月，唯有会心的沉默。

枣树发芽总是很晚，但一醒，也激昂起来。曲折枯旧的树枝上爆出点点嫩青，像稚嫩的童心。沧桑的生命，透出生命的活力和韧性。枣树真是天真到老的一种树；然而，只有初夏季节，才能催它回归，好像一种情感的产生，得有合适的时间，遇到合适的人。而初夏，刚刚好。它终于开花了，开得羞羞涩涩、浅浅淡淡，枣花，在玲珑的阳光里清新透亮，让人感到如悲怆中的恬然一笑。

杏树的叶子一串串，涂了蜡一般闪着亮。青杏子，隐在叶子里，像安静的婴儿。杏树、桃树、苹果树，一个个先后关门闭窗，回归安静，专心孕育籽实。初夏，正是果树的好年华。

柿树的叶子，更厚了些，硬，绿得发黑。每个叶柄处都打了一个小小的花骨朵，乳白嫩黄，厚厚的，像一种玉。没几天，柿花会开得满枝都是，绿豆般的小柿子拱走“玉花”，把地上撒满一层。枝上，褶皱纱般的绿萼片，包裹着青柿的小脸，很可爱、很天真。

石榴树的叶子小小的，像单眼皮的诗人。诗人嘛，总是离地三尺，才不管世俗的眼光呢，石榴树偏要在夏天开得如火如荼，“秾艳一支细看取，芳心千重似束”，那就不计后果地怒放一回吧。也许醉生梦死一番，也是美好的。

毕竟，初夏，还是对的时间，而生命只有短短的一次。

初夏，窗外的鸟声，都笼进了树荫，明显地褪去了稚嫩，添了些旧人旧事旧相知的老到。不惊了不叹了不赞了，只是唧唧复唧唧，不知道是在商量日常生计，还是聚众讨论嫁娶。不知道。看不到鸟影，只看到筛进枝叶间的片片阳光，躲闪蹦跳，倒是像闪着光的鸟儿在飞。

亮灯时候，布谷鸟清寂的叫声，划过浓密树丛，远远传来。“布谷布谷——布谷布谷”——听着，是四声一度的诗经体。于是好多古典的情意，泠泠泛起，成溪成河，漫过琐碎的日常、仓皇的奔波。山还是那山，树还是那树，鸟还是那鸟，只是那山色、那叶响、那鸟唱，都已是初夏专属的了。时光，就是如此地周而复始。

风是清风，绿是新绿，万物沉潜静笃，在夏日里认准了目标埋头做事。前面的路很长，如果后悔了，也还勉强来得及。抓住这春寒和炎夏的时光缝隙，开一朵晚花。开一朵花，结一枚果，纵然瘦，总比空空度日好得多。

白　　露

几场雨后，风凉，山远，太阳升起，一地淡淡树影；其实，这不过是秋天这场大戏的一个小开门。直到露水降下，草叶、秋花，又凉又亮，愣头倔脑的草木，慢慢濡湿、绵软下来，秋天的小高潮，初露端倪。

看看，是白露到了。

白露，光这名字，就有一种凉凉的诗意。夜晚，薄被初拥，方知，季节到此，果真发生了质变。那溽热、潮湿、闷气的伏天，曾似一道膏药黏在身上撕扯不开，如今终于被秋风揭掉。

初秋的质感，如此轻、软、暖。

深夜卧听秋声，飒飒处，是葡萄叶子落地的闷响，跟之前的脆响，明显不在一个音阶，那是因为，露水下来了。处暑以后，院子上空绿涛翻腾的葡萄架，日渐单薄，直到透出一小片一小片蓝天。每天晨起都要扫叶子，唰啦唰啦，叶子干巴巴地像老生清唱，如今，变成了声声轻叹。

秋声的主旋律，是虫鸣。在帐子的遮蔽里，听去，感觉有点儿闲逸的味道。“唧唧”“嚯嚯”“铃铃铃”“吱——悠悠悠”；一丛、一片、辐射、重叠，织成了巨大的秋思背景。秋声的引逗，总将神思散到了幼时，远远的，几乎收不回身体里来。那时月夜，跟小伙伴们，捉迷藏，在秫秸堆里藏着，小心张望四下里动静。周围虫声漫起，犹如溪流，每一个石缝瓦砾，每一棵草间，每一处土洞，都有脆灵灵的虫声，泄露出来。

如今我躺在虫声之上，好像浮在岁月的波上，一瞬便是半生。

往前数半月，我看到草木庄稼，尚憋着一口气，使劲往秋天的殷实里奔跑。劲儿用得足，显得毛毛扎扎，愣愣怔怔，是气血充盈的青年。几场露水之后，有了中年气象，懂得低头了，懂得藏拙了，籽实饱满反而谦逊绵软下来，露出温驯入世的一面。

山上的茅草，一夜泛白了，风过处，摇漾如水，有一种不真实感。想起幼时上学经过的那面缓坡，一坡白茅，在初秋，挂满闪亮的露水。早晨上学，一路飞奔，总有露珠闪下，濡湿衣裤和鞋子。翻过山，到学校门口，就靠着一块大石，脱鞋倒一倒草屑和碎碎的野花，然后湿漉漉地去上课。

等傍晚放学，一坡的白茅，都干爽了，夕晖为它们抹了一层绯红，像美术课本上的油画。路上，我喜欢坐在草窝里，看一会儿夕阳。耳边是细细的风，眼里是被夕照涂红的山，一种无缘无故的忧伤，从心底泛起来，又被光轮和风声一点点放大。那一瞬间的长大，真是滋味复杂。

白露过后，秋季过半；秋季过后，一年很快就完了。时间是一支箭，开弓的一刹那，就回不去了。这箭，穿过岁月，渐渐风尘仆仆。我们在不经意间，悄悄长大。回望那踩着露水的奔跑和草窝里的小憩，真是人生的一小段春色呀。

风一程，雨一程，雪一程，长亭短亭地，我们抵达了人生的秋天。看过了爱与光明，也看过了恨与阴暗，慢慢明白，人生的春光春色，其实并不会消失，它们不过是换了一种形式，在你静下来的时候，跟你蓦然相遇。

那高爽、苍茫的秋色，何尝不是一截儿春光长亭短亭的修为？

天涯凝霜

往年，一到霜降，心便一揪一凉，整个人会不由自主地瑟缩起来。那情景，像穷人家的主妇，粗褐破袄，捉襟见肘，又迎面走来了逃不过去的酷寒。

一分一秒过得都是仓促寒凉。

今年可不这样了。放开一下，把顶风冒雪往前赶的心态撤下去，慢慢来，看降霜，仔细体会一场大雪到来之前，地上生长的雪意。

有霜的日子，一定晴和，看霜啊，须起个大早。晨光熹微，烟树素淡，池水冉冉冒着些白汽，小径边的白茅，一窝一窝的，挺浓密。细细碎碎的小冰晶结了一层，茸茸白毛儿，有点儿清丽柔靡的味道，好似古代失意文人的凉凉诗词。深处的路面，布满了霜白，一踩，有扑簌簌的微响。白地上，印了一串脚印子，来不及回头张望，便和那霜草、寒林一起陷入浅浅的凛冽里。

渐渐地，朝阳在地平线拱起，光芒从背后推来。那些白霜，好似忽然间一起消失。一颗一颗水珠幻化出来，缀在草间，发着光芒。地面，润润的，微湿，证实那些霜真的来过，又刚刚走失。沉默的草树、原野，敛含无穷的语言，却对刚刚发生的隐秘，闭口不提。我掏出手机拍摄，我看到，枯草远树撑起蓝天，天空洞开，大地扩展，空气一缕缕飞散，所有的草树，都沐浴在小温暖之中。

“慢板”行走，才看得见这霜的美。浪漫吗？有点儿吧。林清玄说，浪漫就是浪费时间，过一种慢生活。慢里面，捕捉瞬忽即逝的美。

降霜的日子，阳光会很秾酽。最惬意的是，随意到一处阳光地里，把时光豪放地挥霍掉。回老家看看，真是个上好的选择。在故地，见见亲人面，跟往事会晤一下，都可以将节令里的寒意，转化成酒酿，那种温暖和醉意，是自内而外的。

路边的草木，褪尽颜色，露出真实的底色。黄、褐、棕黄、老绿、苍灰、赭青，一样样都深沉、厚实，有质感，跟我们着装的色调，竟是统一的。冬天，我们藏在这样厚实的色彩下，心情安然。

阳光仄斜的巷子里，坐个小板凳，跟娘家隔壁的老嬷嬷絮半天的闲话。话题压了几压，没压住，还是说到我故去的娘亲。一个引子引爆无数旧事，娘亲的味道劈面而来，惹出两眶热泪也不敢擦。想起，那一年中秋月下，娘剥完玉米，解下腰间的小围裙，唰唰一抖，多少秋凉；那年秋尽冬来，刚过霜降，我娘就走向了世界的另一边。

失去至亲的忧伤，是生命里寒冷的霜晨，而唯一能给人慰藉的，是有旁人跟你一起念着你远逝的往事和至亲。这只有在老家才能找到的温暖，是霜日里渐渐升起的太阳。

霜降不久，就要到冬天了。大地先覆霜，然后盖上雪。田野沉寂，一切缄默不语。寂寞中，霜，倒像一声小喝，止住狂热和浮躁。该谢的，谢了；该落的，落了。铁的规矩，没有什么可通融的。

时令到了，天涯凝霜，一切会安静地蛰伏起来。大自然跟人一样，也需要适当地藏一藏。一藏，山河岁月，就都有味道了。

立　冬

又到立冬了。记得一个女作家，写立秋，很奇崛。她说："立秋端在那，有坐地一声叹之感，是中年的叹。"

那么，立冬呢。

霜降的冷白萧瑟，已使人倏然一凛，顾不上再叹，飘荡的精神，也吃了一惊。节令兀自继续清寒下去，心，居然也就定下来了。立冬，让你褪尽心头百般的秋思惆怅，干干净净站上一个高度，去回头俯视一整年的沧桑。

回头细看那个"冬"字，却也不失灵秀。两点滴露，携一股扑面凉意。水凝为冰，一年里，最简洁、最冷清的阶段，就这么淡定沉稳地开场了。

千树寒瘦，轻寒漠漠。寒是不到五分寒；如果结冰，也只是一层冰皮儿，薄薄的，像朦胧的感情，手指一捅，就破。

最喜欢这时节的阳光，生生布置出十月小阳春的和暖。阳光再浓，也脱了光感和质感，只剩下了醇厚，飘起来又轻又浅。毛茸茸的，将恹恹午后，酒一样灌得醉意醺然。客厅沙发上，泊一汪黄，像金斑，也像美丽的旧日重现。那么醇、那么暖、那么温柔的阳光，一年里头，你能领受几次呢？萧索清厉的初寒天，被这绵绵密密、佳酿一样的冬阳一灌，倒显出饱满深沉的慈爱来。

晒在这样的微醺阳光下，人会不由自主地忆旧。我总会玩一个穿越，涉过三十多年光阴，回到黯淡破败的冬日老家里去。小孩儿的我，花袄花裤，被棉服支架着像乍着翅膀的小鸭，牵了奶奶的衣襟，跟她一道儿去晒暖，在一堆老奶奶群里，听她们喁喁闲话。

那时候，我是生活在温暖臂弯里的孩童，跟这个世界两小无猜。从何时开始的呢，小雪大雪、小寒大寒，仓忙惶惑地，走完一程又一程；如今，也安静晒在了立冬的暖阳下。

周日，阴沉着天，去小城郊外的林子里走走。一夜大风，吹落一地厚实的黄叶子。干净的色彩，从地上，一直蔓延到半空，黄成一种凝重、简练和苍茫的意思。人在其中，多么微小啊，芥子一般，洒在金色艳丽的画布上。

这样边走边望，免不了要去回忆那曾经的春华秋实。这人生，有时也很像立冬以后的时日，秋收已过，要冬藏了。冬日的沉寂里，无论是粮食还是情感，都藏起来，慢慢去发酵。时光，大概会让它们变成美酒和美酒一般的感情。那么，也就是说，我们的青春并没有远离，只是换了另一种方式，存在。

此时，多么期望那一屋又一屋丛生的暖意啊。一进来，寒冷塑成的铠甲，哗啦啦就地萎落。酒红的客厅，一缕蜡梅的香，让瑟瑟提着的心，马上柔软下来，变成粉蓝、明媚的调调。

这么说，立冬，不是寒冷霸道的白色咒语，却可以称得上美学里的一种温暖，在合适的时候，让你冷下来，静下来，胸有成竹地储备好下一个开始。

冬至，染红一朵梅

唐贞元二十年，冬至日，白居易新任秘书省校书郎，宦游河北邯郸，写下一首冬至诗。诗曰：“邯郸驿里逢冬至，抱膝灯前影伴身。想得家中夜深坐，还应说着远行人。”

灯前影伴身，抱膝思亲人。史上这个枯黄的冬至记忆，让人人心生怜惜。

冬至日，一年中最严寒的一段日子到了。“至”，是极，是最，是高处。此时，太阳直射南回归线，北半球的白天至此最短，黑夜最长。盛极必衰，是大自然铁的律令，看似极冷、极酷、极无情，却是一缕阳气幽眇而生，也是在这一天，白昼渐长，阳气回升。

冬至，是二十四节气中诞生最早的一个。早在春秋时期，先人用土圭测定出冬至日；而把冬至作为节日，则是汉代的事。《汉书》中说“冬至阳气起，君道长，故贺”，冬至，与春节、端午、中秋并列，算得上一个大节。高层官宦，在冬至要庆贺，要放假，穿戴一新，进行朝拜；在民间，也极为隆重。

《咸淳岁时记》讲，“北宋冬至节开封三日内，店肆皆罢市，垂帘饮博，谓之做节”。有迎日、戴一阳巾、荐黍糕、献冬至盘等风俗，冬至前夜被称为“夜除”，真是“冬至大如年”。古代，冬至还是一个敬老尽孝的节日。《增补武林旧事》说，“冬至日礼拜尊长不同居常”，杭城人会铺排家宴，向父母尊长行礼，妇人还要“献鞋袜于尊长”。

冬至这天，民间饮食也颇讲究。河南河北，吃饺子，“冬至不端饺子碗，冻掉耳朵没人管”。江浙一带，吃馄饨，民谚“新年已过，皮鞋底破，大担馄饨，一口一个”。宁波，冬至一早吃汤圆，夜，全家欢聚一堂要吃红豆粥。

冬至的浪漫之处，还在于它是“九”之起点。九天一组，连数九次， 谓之“九九”，九九八十一天过去，冬季才算真正结束。南方《九九歌》：“一九二九，灶跟幽幽（躲藏）；三九四九，绞碎捣臼；五九四十五，太阳开门户；六九五十四，枯丫发嫩刺；七九六十三，棉衣两头掼；八九七十二，黄狗睏阴地；九九八十一，飞爬一齐出。”

北方九九歌，自有北地特点：“一九二九不出手，三九四九冰上走，五九六九沿河看柳；七九河开，八九雁来；九九加一九，耕牛遍地走。”

冬至案边，最诗意是画梅。“冬至日，画素梅一枝，为瓣八十有一，日染一瓣，瓣尽而九九出则春深矣。曰，九九消寒图。”这是明代《帝京景物略》里最美的消寒方法。如今，网上有卖《九九消寒图》的，一树梅花，九九八十一朵，每天涂一朵，用辛夷笔蘸上胭脂红来涂。八十一朵梅花染红，窗外也便春暖花开了。

世界上有一种太平，一种宁静，一种无忧愁、无烦恼、无困惑，一种对一亿年的节日的欣喜和满足之情。对此，我无限地向往和渴望，希望机会一到，便能再享受一次。这是马克・吐温的诗语。呵！我也欣喜等待着冬至日，网上拍下的那幅“消寒图”正穿越时间和空间，往我处来。等我辛夷笔配上胭脂红，在冬至日，描红第一朵梅。

轻盈走过小雪清寒

入冬后，天气阴沉晦暗起来，细水雨帘，雾锁霾压，一暗就是二十天。真是郁闷。每个人都盼着小雪节令，期盼它成为雾霾的撒手锏。

或许，一场大北风，数朵雪花飘，会换一个明净的时空过来。那么就等小雪吧。

但小雪飘雪的概率，很低很低。《群芳谱》就这样解释“小雪”：气寒而将雪矣，地寒未甚而雪未大也。

这么看，“小雪”的小，是“将”，是“初”，是“轻”，是“清逸”。这个节令，从名字到内容，好像专门为那些女孩子而设的，浪漫清纯，清寒简约，又飘逸。羽绒袄，暂时不用上身，一件夹旗袍，一件小皮草，足矣。轻雪或冷风里，袅袅一走，就美成那个样子。

小雪，这种旷达的寒和动人的清，或许便是初冬的迷人处。风还没长指甲，空气还没冻硬，树木还能再清减一把，节气在这个节骨眼儿上，可感、可看、可触摸。能想象得出，越来越烈的寒，就是由这道细白小径，缓缓逼过来的。

小雪时节，即便有雪，也是瘦嶙嶙的，细、清、绵密，缺乏隆冬雪那股子轻云暖絮的仙气。还没落地，先露了生涩之意；一落地，即刻消散、老去，化成微不足道的点点湿，堆一个雪人？别逗了。

雪要把树枝变白，要很长时间，就是花去一夜，第二天，也攒不下积雪。树梢、房顶覆了一层，其他景物还是原来的样子。黑白水墨，那些雪，是一处留白，你需借想象来填补。

但雪大也好，雪小也好，要的是那种沉静的雪气息。

我住高楼的闺蜜说，阴雪天，最惬意，莫过于穿一身绯红的小棉袄小棉裤，立在大玻璃窗前，慢慢看雪，听风，吃茶，发长呆。

远在乡村的文友说，小雪清寒，她喜欢在空旷的大院子里，走来走去，看看落叶数数雪花。看那叶和花，在飘坠中，并肩携手，慢慢起个云手，翩然旖旎。然后呢，撒秕谷，唤鸡鸭，拿把竹笤帚，哗啦哗啦，扫出一道土印子。厨房里，是咕嘟嘟的萝卜小排骨。客厅里，水仙的一抹清影，映绿了窗玻璃。

我的小雪印象，定格在南山。那年立冬时干晴，小雪时，飘了雪。我随老公在南山养殖场小住。偏僻、冷落的山间，一夜间，覆了一层绒毛毛。大早起，一睁眼，雪光冷艳，喜滋滋拥被隔窗，看雪。

近山，将淡淡一层轻雪端过来，染白窗；远山，像粗犷的男人，把一抹白，当围脖，飘在颈间，一路豪歌奔天涯。空中雪，还在随性涂抹。酥手轻扬间，黄叶山坳，被皴擦成水墨画；莹白里，有浅赭石色皴出来，是枯草、树枝，兀立着，沉甸甸，被雪水润湿了。

小雪的雪，是边开边谢的。

南山，没梅，也没男人女人来赏雪。凑一幅绮丽典雅的白雪红梅图，不行的。只有饱满的寂静，抬眼是，低头是。静里面，雪，傻呵呵，层出不穷地落。

山啊，石啊，树啊，草啊，被雪耐心哄好了，个个带了温柔好模样，醉卧在安静里；往常灰硬的铁枝，长戟一样指向阴沉的天，而今载一层薄柔，风摇落一些又填补一些；山间有不少留守的鸟，鸟声，滴沥、滴沥，像融化的雪，从枝上滴下。

树上鸟，跟树下黄鸡十数个，本两不相干的。可两只鸟儿忽然想起什么，一只追着另一只，没入山坳深处。它俩弹落的雪，扰起鸡们不安的嚷嚷，习惯了小粒的雪花，大团雪落下来，惊了梦。

山脚下的泉水滩，被呆白衬着，黑黑的框子，框住了；一团白汽，袅袅扬扬地升腾。天是冷的，雪，挺柔，一摸，也薄凉。

泉水边，种的丝瓜，还有一棵缠着槐树弯弯绕。几只土黄的干瓜，吊在藤上，被雪盖了半块。它们像修炼多年极随缘的素心人：摘走的，就摘走了，留下的，就在这里，跟我们一道，望雪。望小雪，望大雪，小寒，大寒，风花雪月，一程又一程。

大雪小雪，一直到如今。

如今，小雪又至，我也不用急，不用那么渴盼。有雪好，无雪亦好。我会让自己随缘一些，沉下来，让走在小雪的脚步，多一点点轻盈之气。

小　寒

小寒，落一场雪，是很美的。雪落的时候，又让人觉得，小寒其实本来就该落一场雪的。

雪下大了，从窗户里望出去，全世界都是一场纷纷扬扬的盛开和飘零，也繁华、也素净、也热闹、也寂寞，你我都默默地不说话。

惊喜地喊着“下雪了！下雪了”的，是孩子。孩子，在小寒节气，是不好过的，身体像粽子一样，被大人用袄裤捆扎得瓷实；活动呢，被局限在室内。他们原是一跑就想飞起来的动物，被困于室，瞧着雪花跳舞，心痒痒。

其实，有童心的大人，也不肯安安静静地待在屋内，充满了想要跑出去揽一揽雪花的渴望。

可外面冰天雪地，真是冷得没法说。咔嚓咔嚓的声音，是脚底下冰雪的尖叫；房檐上尺把长的冰溜儿，像冰锥子，万一断裂落下，可不是闹着玩儿的。邮局送信的绿衣人，给雪衬得墨黑墨黑的，从雪巷子里，一直黑过来。送奶的，干脆不上门了，也真是，这雪天气，牛还能产奶吗？热乎乎的乳白液体，溢着热气，泉一样滋出来？我还真不信，那奶还不冻成冰坨啊？你看，一条狗，从雪地里，凫游而来，只露着个狗头，萌萌的，像卡通。

这“严”和“酷”二字，真不是一般日子可承荷得起的，连雪花都撒豆成兵，每一朵雪花的六角，都折射出一份凛冽，入骨地刺进去了。

但是，冷暖炎凉，皆源于心，心热不畏天寒。终于，有人被孩子拖动，出来在空地上堆个雪人。小寒的雪，朵儿大，但质地酥，没有黏结性，团不成型儿哦。团不成，慢慢团，直到寒意浸透两手，傻傻麻麻的，不听使唤。

一个潦草粗拉的雪人，终于寂寞地立在那里了，像守候大雪的神。大人、小孩儿都回屋，剩下它自己，孤零零被飘着的雪花簇拥。也许，在孩子不断回头的眼神里，衍生了生命中第一次对孤独者的悲悯之意，他看到了雪人的寂寞。

这是一个人与小寒的相知，它们鸣和的起点，是一颗赤子之心，一点儿悲悯之意。

是的，小寒当然严酷，此时，太阳黄经285°，光照淡泊，气温极低，隆冬“三九”，被它囊括，亲近不得，小瞧不得。它那气势，恰似金刚怒目，寒威凛凛。

然而，这金刚怒目，金石风骨，对于四季，却也是一种支撑和挺立，于内涵，更是一种延展。人之尊贵，在于有灵魂，灵魂有骨头。天道有轮回，一年有四季，四季的风骨，在严寒之时。严寒时，花卉的风骨，香出来了，松柏的风骨，翠出来了。

菩萨低眉，金刚怒目，一样都是慈悲。

小寒，比起大寒来，名字上差了点儿气势，可是它的寒，比起大寒一点儿也不差。小和大，不是说冷的程度吗？可是，在这儿，它们掉了个个儿，有了点儿错落之美。小寒，运足寒威，像帕瓦罗蒂，一嗓子吼到了极高处。大寒，就势稳稳过度，滑翔一段，然后向着那旖旎柔美处去了。之后，春暖花开，水流花静，四季的轮回重新开始。

大寒的格局

大寒，有金石之气，有古画味道。数重黛青山色，一弯十里梅花。

大寒节令里绽放的花朵都是幽眇的，一小朵一小朵。梅花、水仙、风信子，是不是都如此？怎么不是呢？淡泊素净，小小的瓣儿，像安静细碎的微笑，又像若有若无的那一点儿春意。

大寒，给人的触觉，却是金、铜、铁、石，错杂冰冷，有硬度。早起，一出门，冷空气迎面裹住，如一记棒喝，一下子就让你开悟了。节令如人，是有个性的，也是有心计的。大寒，沉在节令的最深处，厚实又尖锐，像尖新的诗句；让你难解难懂又战栗不已。

有位作家说，大寒，它就是用来砥砺精神的。

对于我这样喜欢温暖、明亮与柔软的女人来说，大寒，真是一道魔咒，无论如何也喜欢不起来的。何谈热爱呢？

但它，年年不爽约，总是在1月20日前后，迎合着太阳到达黄经

300° 的位置，呈现出一派天寒地冻的严峻。《授时通考·天时》引《三礼义宗》云："大寒为中者，上形于小寒，故谓之大……寒气之逆极，故谓大寒。"

大自然谙熟四季的谋篇布局，一挥而就。大寒，正是将要戛然而止的兴头高处，压轴大戏，哪有那么容易改弦更张的？哪有那么乞怜怜求你理解、求你懂得、求你热爱的？

就是我们自己做人，也不必时时事事求人理解、求人喜欢的呀。只要不愧天、不怍地，我该怎么做人，就怎么做人。你喜欢，我是这么做；你不理解不喜欢，我也是这么做。喜不喜欢，是你的事。我也不需要你给我的标签，它固然带来俗世的成就感，但何尝不是一个框框，给内心添加一层限制。

我努力做好我的人，做好我的文，足够了。好像大寒天气里绽开的花，一瓣一瓣，褪掉繁华，回到花心里，去面对自己。

虽然我对大寒，热爱不起来，但它那个境界，还是摆在那里的。浑浑茫茫时，不去细想；细细一究：它的格局其实很大，大到可以描画万物花开；它的风骨，很硬，硬到你蜗居一隅时，还要硬塞给以前你不曾深想的东西。

比如，读《陶庵梦忆》，以前光想着他携孤舟往湖心亭自酌去了，无比孤寂，画面绝美。但现在仔细一想就不仅如此，亭子里，红泥小炉煮好了茶，温热了酒，偏偏让他遇着了，这是缘分吗？不不不，是他的生活观引出了这些际遇。

想起以前，自己对于好的东西，不爱，也要强迫自己去爱。现在醒悟了，实在不必违心去爱，尊重就够了；譬如对大寒，再譬如对世界。心怀尊重，然后去做自己喜欢的事。两不相误，两不相欠。

人在大寒，可以不必在仓皇风雪里钻进钻出，从容读一卷书，对一个人，举一盏茶，凝视一堂山水。慢慢咀嚼，大寒把万物与人藏起来，把力量攒起来，把雪花撒出来，把阳气，也一点一点拿出来。此中定然大有深意。

夜，深了。冷极，静极，心思也敏锐极，微微拂动，如风中的触须。在大寒，于节令，于生活，竟会有那样独沽一味的感受与体验。

而一愣神儿、一沉思的工夫，忙年的生气，呼呼泛起来了。小寒大寒，打春过年，临窗一看，妍美的阳光，分明带一点儿春天的神色了。

春山如笑

你若来，便在初春来。我带你去看微笑的南山。

南山，是太行山旁逸斜出的一个小枝丫。初春里，它严苛黯淡的神色一层层揭去，嘴角松动，眼眉舒展，露出一种放松、快乐的表情。

山清瘦着，肌肤还欠润泽，毛羽还不丰茂。背阴里一块块椭圆的残雪，已由清莹变为碱白，周边洇着一圈水渍。残雪的圆面日渐回收，直到最后变成一滴眼泪一样的水，在春风里无声消逝。

树也还瘦着，健硕、清朗、挺拔，还淘气，时不时舀一瓢风，泼洒到你我身上，不尖锐，有点儿凉，是那种温柔的初春凉。一点点、一点点的凉，只在你外皮上，肉虫一样爬过，再也钻不进肌肤里了，更别说侵入骨髓。这就是节令的暗语。

南山的微笑，正一缕缕晕开去，也许我们走过后，它就轻轻笑出声儿来。

草芽正在往外拱，有的攥着小小的拳头，像为自己加油鼓劲儿；有的尖尖的，像一枚针，锲入春风里；有的新芽根儿部，一墩老绿从去年绿过来，根本不曾被冬日的大北风剜走，老皮老脸地推送着自己的孩子芽芽，往更高处走。一片片草芽连起来看，像书法家的小楷，有骨有肉，有血气，有风神，字字都立着，伸胳膊踢腿。

一座山的骚动，就从一根根草芽的拱动，开始了。那些旧年枯草和刚刚软起来的泥土包裹不住的骚动，一点点，一点点钻进脚心，你会感觉到泥土的松动。一种坚硬的心意如何慢慢瓦解，慢慢返绿，你只有在初春的南山才能明白。

这时，我想打一个电话告诉谁，我在这里，你来吗？你若来，就在初春来，跟我一道感受这春风苏醒的南山。这里，草芽如此踌躇满志，大树，却稚童一样憨皮，这是一座山的法度与修为。大树摇曳，不慕其高；小草萌芽，不欺其小。一山的生灵，南山不厚此薄彼，你要一小摊泥土立足，好，给你；他要一片天空招摇，好，只要你有钻云穿风的高度。山无言，和谐又平衡。

其实，南山，多么繁忙。它的身体里，有多少正在苏醒的种子，有多少正在蓬勃的花朵，还有多少梦想和愿望。初春，它呈现的，只是那么幽微的一小部分，它们都不是山的本身。

你若走累了，就干脆席地坐下，吹吹风。你坐下去的地方，说不定有几粒种子正在萌生发芽之心；而你也正以种子的方式，融入南山。你跟山一道入定，发荣，看它从无到简再到繁，一生二，二生三，三生万，奇异地变出万物花开。此时，你是南山一个核儿，像一粒从脚心钻到身体里的春天，仔细拆开自我，迎候每一个绒绒的日子。

冬　三　味

淡。冬之第一味。

淡远、淡定、淡泊、淡然。冬是水墨心意，隐去了浓，浓的颜色、喜好和情怀。一年里水流花静，唯有冬，是黑白记忆，肃穆清寒，天地朗阔。

寒气弥漫开来，四季分明的人生，总会到达这个清苍苍、老树昏鸦的地界。

远山、近水、胖瘦不一的树，一律是简约、隐忍的淡笔，简单得只剩下了骨架和轮廓，章法、节奏和脉络。那种素朴，是绚烂的顶点。我真的有点儿词穷，无法用文字描摹那种清健之美，那种迷人。我只知道，大多时候，人一瘦下来，不免枯瘠，偏偏这些树、这些水、这些山，褪尽丰腴和繁华，却瘦得如此浑然天成，一派淡远。

冬，就是一抹淡笔，让我们阡陌纵横驰骋了一年的欲望，也冷一冷，腾出眼睛和心思，静静想些该想的事。

比如说，季节，过着过着就淡了，它由繁华绚丽处来；花儿开着开着就淡了，它从铅华深浓处归隐；日子过着过着就淡了，它由激流勇进、事事争先的头角峥嵘里悄然而退。

冬的精彩，藏在铺垫和蓄积里，看似大自然一个弱拍，低沉、潜伏、深刻，都需要费一点儿心思去解读。悟透了冬，春意四起时，你的生命，才会从容展开。

闲。冬之第二味。

风雪盈天的冬天，比其他三季，更能唤起人恋家的心思。屋外朔风吹雪，室内红泥火炉，那是多么古旧的严冬幸福。围着火炉，看书、喝茶、烤馍馍片，真是冬天最可爱的闲趣之一。馍馍片儿烤得焦黄诱人，均匀地镀一层金黄色泽，轻轻掰开，一股雪白的烫气倏地冒出，吃在嘴里外焦里嫩！这让人记起：质朴的日子，其实是多么的感人。

暖气充沛的小区，腾空双手，闲闲将视线撒出去，看个野眼。小区院内，假山上的雪，枯枝上的雪，甬路上的雪，层层叠叠，在光影里深灰浅白地弄出一个童话场景。如再远一点儿，便能看到一幅苍茫山水雪。此时此刻，冬天给人的不只是一抹淡笔的宁静，还有一种天长地久的缥缈和恍惚。执子之手与子偕老，老《诗经》般的浪漫，慢慢回来了。

洗杯煮茶，和三两素心人，喝工夫茶，也是冬日最惬意的一味。工夫茶，自然得有闲工夫，除却寒意凝滞的冬日，还有哪个季节，能闲闲安坐得如此清美呢？

也就是冬了。它收起万千化象，赋予人气定神闲的外部环境。闲，是冬的一种姿态，是人的一种修养。人不妨参悟一下冬的内涵，去懂得收敛，懂得节制，懂得松弛，懂得舍弃，懂得有所不为，懂得适可而止。人还可以超越冬，懂得谦恭，懂得宽容，懂得优雅，懂得豁达洒脱，懂得冲和淡远，懂得把人生当作一个审美过程，懂得抱了诗意的情怀和饱满丰盈的精神，去领悟生命中更为实在的深刻内容。

冬之三味，是：藏。

春种夏长，秋收冬藏。冬，收敛又收敛，隐掉了所有的招摇与浮华。人，隐进厚厚的衣物与暖房子里，动物隐进浓密的皮毛，万物花开隐入地下。冬天，呈现的，是万物本相，最简单，最磊落，不蔓不枝。它是一帧白描，有深意。不是没有羽毛，是收起来了，不是没有青葱，是藏起来了。从蓓蕾，到盛开，到委顿，到凋谢，一切按照上苍的安排。藏起来，坦然接受枯寂、接受简单，接受不那么轻盈，接受冬季给予的所有。藏起来，慢慢发酵，发酵出不限于时间的佳酿。

风暴之后，大地重新平衡和平静；严冬过后，万物生命重新出发或展开。平衡和平静不会自发而来，会经历种种的疼痛；万物花开，也不会自发而来，必有一段力量的积蓄。

冬天的那段雪藏，其实有着一点儿惊心动魄的意味。

阔　三　伏

入了伏天，时光阔绰起来，细细、慢慢去过，都没问题，它经得起蹉跎。清晨不到四点，天光已经米白。枕上醒来那一刻，满眼是明亮的物象，跟墨黑的隆冬清晨一比，真是天上地下。

三伏天的晨光，叫人想起“日出而起、日入而息”的人间正道。心里安恬得不得了。

阔气三伏天，最当得挥霍的，第一个便是这时光。四点到八点，八点到十二点，十二点缓缓向晚八点推移。八点多，看看天光还亮，一直到九点了，老天才迟迟疑疑撒开漫天暮色的网。算一算，多长的日脚！这么漫长的白日，你随便做点儿什么，都是充裕的机会和时间啊。就是消磨一会儿，睡个大大的午觉，一觉醒来，又像新的一天。一日当作两日来过，生命凭空延长了那么一截，可不是三伏天额外给你的馈赠嘛。

三伏天，简直像个富家公子哥儿、阔少。率性起来，是什么都不顾的。要钱，便一掷千金，要命，便两肋插刀，要酒，便大碗大碗猛灌。三伏，便是这豪爽劲儿，要晒，便是猛烈大日头，要雨，便是瓢泼便是倾盆，一个雨点能砸起一缕尘烟的那种。

晾衣绳上的衣服没挂全呢，雨来了；收起来，没回屋呢，雨停了。就那么一阵儿。西天彩虹，眼见着挂起来，蜻蜓扎着雾似的翅膀，一撞一撞地飞，它的脾气，也像这会儿的天气，利索、迅疾、莽撞，是一个咋咋呼呼的莽小伙儿，满世界找花朵，挥霍青春。

三伏天的好，不足为人道。说了，大伙儿也会嗤之以鼻，它溽热、憋闷、高温。让人不舒服的三伏，何堪言好？

动不动，我们就享受一下三伏给我们的“桑拿天”。没经历过桑拿的人，由三伏，也能推知那一定是一种高温潮湿的“受虐”。桑拿是花钱受虐，三伏是不花钱受虐。花钱受虐，人们皱着眉头笑嘻嘻，越是人多的地儿，交流得越起劲；不花钱的桑拿呢，都抱怨连天甚至诅咒，骂他的娘。

北方的伏天出手阔绰，雨水多，很江南。出去看看，树叶上，建筑上，怪兽一样迅猛驶过的车上，伞顶上，雨披上，街边五花琉璃的灯箱上，哪儿都湿亮湿亮的。厨房的器具上，稍一懈怠，就霉点斑驳。

随便闻一下，哪儿都漫着江南味儿。那结着紫丁香一样轻愁的雨巷，那一帘又一帘的云水苍茫，那一掐一把淋漓汁水的质感，可不就是江南的缠绵悱恻嘛。都是三伏天特赐我们北地的别样岁月啊。一年里面，没了这三四十天的阔气三伏，想象会怎么样，岁月总是少了那么一味，不完满。

最腻味，是那种半晴半阴天，说晴呢，它乌苏闷骨、密不透风，人人一头细汗；说阴呢，斜天处，分明一轮湿溻溻沉甸甸的大太阳。此刻，凉风，胜过一切。伏天里，唯这个，是吝啬的。它是福音。空调、电扇的凉风，都是变味儿的传达，尖利的凉爽，不及大自然一个鼻息微拂。闷湿腻人之际，凉风悠然而来，绵绵滑过，荡漾过，面颊上，胳臂上，那么清美的风，在别的日子，能领受回那么多感激的惊叹吗？

还有荷，这种阔气得惊人的花，散发着俗世的慈悲光芒，越在这种天，开得越起劲。早起剪两三枝，插在屋角的大花瓶里，清水供养。空调一打，满室清芬，好几天，都有荷塘的静凉。

最喜黄昏，太阳远去，天幕秾丽，暑气渐渐瓦解。路边、公园的柳荫里，走着些手摇蒲扇的人，衣衫薄，步子轻，人便很精神。我感觉，这情景很入画，画的主题该叫作“慢夏”。入画的人呢，要突出一个“丰”，柳枝呢，突出一个“瘦”。四季里面，也只有这个时候，才可以如此惬意自得、不紧不慢地行走户外吧。

凉风拂过，三伏，真是阔气得无与伦比了。

消　夏

今年，季节的脚步走得稳，嫩热几天，干热几天，大热几天，慢慢地，夏天就把炎热像铺席子一样铺过来了。

挂竹帘、支蚊帐、铺凉席，沙发也铺上凉沁沁的竹垫子；绿豆、冰糖、莲子心、绿茶、蚊香、花露水，一股脑儿往家搬。这架势，是要跟浩荡夏日大战三百回合呢。

看看，消暑的物儿，也备得有些规模了。但还有最重要的一味呢：你的心会不会趁着大好夏日，悠然乘个凉呢？

那个唐朝白居易，这样子消暑：夏日来临，暑气来袭，便把满筐满篓的大志都放向一边。在竹影荷风的小院子里，虚心向禅，修身养性。有太阳时，清幽的竹影里，人竹俱绿；没太阳时，似有似无的清风里，人比风还洒脱。他在《消暑》中写：何以消烦暑，端坐一院中。眼前无长物，窗下有清风。散热由心静，凉生为室空。此时身自保，难更与人同。

散热由心静，心静自然凉呢。

李白呢，消暑也率性，他直接把自己脱光了：懒摇白羽扇，裸体青林中。脱巾挂石壁，露顶洒松风。只是，赤身裸体待在树林里，有蚊子叮，怎么办？不得而知。无独有偶，明末奇人李渔，夏天里是绝对不接待来客上门的，他要消暑：裸处乱荷之中，或偃卧长松之下。

他们若到我山里老家，是端端用不着“裸”的，即便阳光猛烈的正午，绿团团的树荫里，老蒲扇“啪嗒啪嗒”一摇，暑气也会大减。一边摇蒲扇，一边缓缓说着儿孙家常或久远的故事，老祖母的夏天，就慢慢地划过去了。你只要端着一颗安静的心，就好了。

黄昏日落或晨曦染窗的时候，不妨斟一瓯茶来喝喝。绿茶、菊花，都是消暑的好东西。尤其是绿茶，会勾起辽远的遐想。远山叠翠，泉水洗着山风、涧石和一蓬绿幽幽的野葡萄。穿过林子的风似染了颜色，凉凉的绿。杯中茶，跟那风、那泉，有几分神似，清冽、碧绿。缓缓呷一口，喉舌生津。身上冒些微汗，心情缓缓失重，下沉、下沉，像一片羽毛，摆脱风的纠缠，稳妥地找到自己的归宿。

喝茶的时候，可以随意读点儿什么。明清小品，唐诗宋词，孙犁晚年的散文，都可以捞起来，读上两三篇。文气山长水远，意蕴沉静，一颗颗的字，被他们调遣得像凉凉的旧梦和月光，纷扬飘来。陆游说“月侵竹簟清无暑”，月光扑在脸上，有凉意呢。

你读一下张岱的《湖心亭看雪》，天地一片白，他在舟中，看远近雪景，听雪落寒窗，煮酒、品茗、读书，世间还有比这更惬意的事吗？酷暑里，那一窗雪，缓缓白到眼前，你意外分得一缕寒、一痕雅，还有比这更清凉的夏意吗？

那些唐诗宋词呢，也大多是有凉意的，凉凉的失意，凉凉的相思，凉凉的羁旅。旧时代的风景和心灵，有我们无法想象的清澄和素洁。那些清寒、凉意，冲淡了炎热。夏日时光便因茶的绿、书的香，因你淡然安宁的心境、愈来愈沉静的好脾气，呈现出一点儿悠远和慵倦，迷人极了。

晚　　秋

晚秋的风，爽脆，利索，秋水一样凉。我布衣布裙布鞋，走在田野里，心里有淡淡的欢悦和安静。

脚边有落叶，田头有干草，几棵老树上挂着小灯一样的红柿，红柿上方，涂着生动如浅唱的云。这个秋天的许多周末，我就这样，游荡在乡下。秋事和秋景，有条不紊，心平气和，让人感觉秋光真是既广大又安静。

最近，特地跑到芦花湾看了芦花。芦花湾，贴着芦花岭，或者算是岭的怀抱。泜水，从临城西山顺势直下，到郝庄西，迎面碰上芦花岭，打个漩儿，歇歇脚，缓缓南流一段，再向西折。这一角安逸的水窝滩涂，就是芦花湾。有山，有水，风轻，日暖，芦花湾的芦花，养得蓬蓬的、润润的、轻轻的。晚秋的湾里，多出了一道清美盛大的雪景。

远远看，芦花在风中飘扬，只觉得柔，那么柔，扯筋扯骨的柔，柔得让人心里轻轻飘落一曲《诗经》：蒹葭苍苍，白露为霜，所谓佳人，在水一方。不见佳人，只见秋风把芦苇抱紧，把芦花全部打开。一穗比一穗白。白发白眉，像老去的光阴。

它们是光阴的一种啊。经风经霜，白雪化水，转瞬即逝。我来看它的时候，一些人已看完离去；我离去的时候，又来了新的一茬看花人。芦花，是我的，又不是我的。各人有各人的芦花，就像各人有各人的光阴一般。

有个人，折了几枝芦花在手。我知道，他一定是想把芦花带回家，做瓶插。效果肯定错不了，腴美秋阳下，芦花三两缕，逸出满堂清雅。

晚秋做瓶茶的素材很多，红叶、野菊、枯荷，还有人拿洁白的茅，搭配幽兰的桔梗花。它们是晚秋不同的趣味，微凉的热闹，幽洁的隐逸，淡然的自在，半老光景里最后的绚美。晚秋，有那么宽那么广的趣味，可以拆开细细把玩，多么深情。

周末，我还喜欢在村里随意串串。小巷子里的晚秋，是四季最为饱满华丽的一小段时光。忙完秋的乡亲，像活成了一个个贵气的诗人。他们把收获的东西，安置得有一种散漫的诗意。黄玉米棒、红辣椒、红柿子，挂在屋檐下、墙壁上。芝麻个子、谷个子，戳在门边。绿豆、红豆、黄豆，分簸箩晒在院子里。南瓜、冬瓜、干丝瓜，随意垒摞在厢房里。它们散发的晚秋气息，随处弥漫。院落里，正有一方秋晒，一步步，踏在实处，晒过西边，又悄悄挪向东边，东边、西边，都有可晒的东西，阳光照过了，等着明天再照。

一位老人在她的院子里，摆着簸箩，搓玉米粒。干苍苍的手，攥着一个带木柄的锥子，用力气把玉米籽剔几行，像开出两三条路；然后，握一支已脱粒的玉米棒做工具，把玉米粒大把大把搓下来。我走过去，问玉米再风干一点儿，搓起来不省力吗？老人说，城里儿女们这周回来，先搓一点儿晒干，磨面、做粥。新玉米，甜着呢。

老人身后，是石头房子花格窗，石头院墙爬一层喇叭花。老人老屋，清古苍秀，倒是一种温暖闲静的桃花源调调。

想着，通常我们在城里，没事时，常要反思自己的生活品质。这个话题，说起来都是海阔天空的，不着边际；可是，现在看，富足圆满，也不过就是这样的世态人心。时光里的晚秋，跟人生里的晚秋，都富足得很具体，安详自在，一尘不惊。

林语堂说，古老，纯熟，熏黄，熟炼的事物，都使我愉快。

这些事物里，该会有晚秋的景致和晚秋的人生吧。一定有的。

辑四／剔一剔骨头里那点儿俗

衣装可以不名牌，讲个精美适体；容貌可以很普通，但目光要尽可能干净明丽；言语可以低调，但给人的感觉是温润又磊落；举止可以很简单，但努力做到舒雅清逸；运筹帷幄的大事，我们不一定做得来，但一定要让一粒心晶莹如玉。

低俗，是一种沉沦的“痒”；优雅，是一种向美向善的“修”。

内心淌过清亮的欢乐

一个人，生命中有两个“我”，一个是行走坐卧的我，一个是能够欣赏行走坐卧的我。这是一个作家说的，含义颇深。

我想，这后一个我，其实是自己的心，自己的魂。它在暗处，不声不响，打量着那个说着、做着、悲欢着的“我”。它其实是有一把尺子一杆秤的。它怎么能没有？没有，就等于没底线。人没底线，跟动物的懵懂混沌还有什么区别呢？

明暗两个我，一客一主，主对客是审视，是监督，是把持，最高的境界，是赞许，是欣赏。

《五元灯会》载有这样一则故事：战乱中，普陀寺的众禅者决定迁移庙址。在迁移途中，只有豫通大师一人坚持早课，从不荒废。有人劝曰：“此处无佛，大师可不必如此。”豫通大师答一偈子曰：“此处无佛，我心有佛。既诚我心，是诚我佛。” 他这偈子其实浅显：内不欺己，欺己便等于欺佛，外不欺人，欺人等于欺天。每做一事，起一心，动一念，心里都有个佛，内里都有个我，我岂不是佛?

我想，同在蹇蹙之境，也许，只有自我修持的豫通大师，才真正享受到了心灵的自然有序，自觉的人佛合一的境界吧?

对于我们普通人来说，世事流水，繁花过眼，在自觉的状态下，内我，坚守一个刻度，外我，遵从内我，内外合一，你的人格便有一种不被锈蚀的锃亮。

一个朋友到泰国旅行，在货摊看见十分可爱的小纪念品，他选中了三个，问价。女摊贩回答每个一百铢。他还价六十铢，说了半天，就是不同意。最后她说："我每卖出一百铢，老板才能给我十铢报酬。若六十铢卖了，我就什么也赚不到。"我朋友听了心生一计，说："这样吧，你卖给我六十铢一个，我额外给你二十铢报酬，这样，比老板给你的还多，而我也少花些钱。双方都有好处。"他满以为她会立刻答应的，却见她摇摇头。他便补充上一句："你的老板不会知道的，别担心。"她看看我的朋友，坚决地摇摇头说："佛会知道。"

女摊贩是烟火中人，应该锱铢必较，但她的心中有"佛"，也有一个辉光如月的"内我"。"内我"在，她便呈现了一种坚定而宁静之美。

我想我们史上的许多传说，如柳下惠坐怀不乱，许衡不吃无主之梨，杨震不收黑夜之金，许由清溪洗耳，屈原被流放仍然"沐后弹冠，浴后更衣"，大都出于内我的坚守与外我的自持。

还有一个传说，古时一宰相，夜间在家处理公务，点朝廷供应的蜡烛。夜深了，公务理毕，转入私人读书时间，则吹灭朝廷供的蜡烛，转而点用私家蜡烛。家人曰："夜深人息，何必如此，又没人看见。"此公曰："君子当慎独也，人此一生，所作所为，不为做给别人看，是为对自己有所要求、有个交代。君子修身，贵在慎独！”

内我对外我的守持，更多在“独”的环境。“独”之所以“贵”，是因为在无人监督的环境下，内我的把持力更大，要与外我，实现彻底交融、重合，达到全身心通透。要制欲、要无私、要穿透自我，走向人性的最高处。

一个人的生存，离不开外部世界，吃喝住行，不可能只依靠心灵的阳光活着，再伟大的人，也离不开俗世的温暖。“人生而有欲”，这是人与生俱来的天性。我们既需要外我的活色生香，也需要内我的守持观照，时刻贴近那种心神合一的幸福。

孔子曾告诉子贡：人生的更高境界，是内心拥有一种清亮的欢乐，这种君子的欢乐不会被贫困生活所剥夺，即使富贵后也能保持彬彬有礼。

那是一种宁静温煦的幸福，清风吹拂，明亮的流泉潺潺淌过心灵的原野。你拂去芜杂，看到了繁花，花丛深处是更好的自己。

剔一剔骨头里那点儿俗

北宋“诗书画”三绝的黄山谷，有天，拿自己的书法向苏东坡老师请教，苏捻须不言。问多了，便说：“有点儿俗。”

问题是——这“俗”咋个医法？黄鲁直总结说，他一是观摩苏舜钦草书，得了古人笔意，二是多习“圣哲之学”，多了道义担当。他这样用心用力，终自成一家。他诟讥说：“士大夫处世可以百为，唯不可俗，俗便不可医也。”却不想，自己便是靠那诸多古籍的芬芳把书中俗给祛除了的。

真是一朝雅来忘了俗。

如今这个时代，女人在一起，也是要小拼一下“雅俗”的，我自以为，修“表”不修“心”的美，放眼一望，固然心生愉快，但跟那种气质美人一比，立刻就苍白僵硬了。前者的美像一张皮，唰——唰——糊上去的，风吹草动就有揭下来的嫌疑；后者是自内而外徐徐散逸出来的，正所谓的吐气如兰。所以说，书香熏染出来的儒风一缕，是气质美人不老的精神格调。

俗，粗俗，烂俗，庸俗，有时候，竟牵丝攀藤地越界跟时尚和物质结了联盟。女人开口奔驰宝马LV包，男同胞动辄红酒美人高尔夫。唉……我知道，物质没雅俗、爱情也没雅俗，可是男人女人一味如此，就把一派大好的优雅格调给生生作践了。

俗，是骨头里透出来的，雅也是自灵魂中来的。

亲爱的，我们拿什么剔一剔自己的俗？

衣装可以不名牌，讲个精美适体；容貌可以很普通，但目光要尽可能干净明丽；言语可以低调，但给人的感觉是温润又磊落；举止可以很简单，但努力做到舒雅清逸；运筹帷幄的大事，我们不一定做得来，但一定要让一粒心晶莹如玉。

谁说的呢，低俗，是一种沉沦的“痒”，我也斗胆饶个舌：优雅，是一种向美向善的“修”。这个修，是内在的“修”，用什么修呢？

一个我所喜爱的写手，有这样一段文字：如果有一天我面目可憎言语无味，如果有一天我疲惫不堪暴跳如雷，如果有一天我泪流满面痛不欲生。那么，那么请把我埋在书香里。这篇《请把我埋在书香里》最后的这一句，叫人唏嘘了又唏嘘。

俗，就这般给祛除了。一个目光沉静、有着袅袅书香气韵的女子，姗姗走出。

古人有意思，他们说读书不仅修气质，还能美容颜。《韩诗外传·卷二》里有个故事：春秋时，闵子骞仰慕孔子的才学，拜孔子为师。开始时，他脸色干枯蜡黄，一段时间以后，竟慢慢红润起来。子贡感觉奇怪，问其原因。闵子骞说，他在没读书之前，一心想着做达官贵人，因此寝食难安，脸色为之枯槁。如今静读为人处世之书，辨是非、知美丑，心平气和临事不惊，脸色自然变好了。

一个人，经常在文字里，悠游忘我，仰观宇宙，俯察人生，怎么能不气血畅达呢？

云　根

唐朝诗人贾岛有诗：过桥分野色，移石动云根。云有根吗？

关于云根，古人三说，无不透着诗人气质的可爱：之一，云“触石而出”，故石为云根；之二，云生于深山，云起之处自是云根；之三，僧寺，即云根，僧人四方游历，就叫“云游”嘛。

可是，云聚云散，云舒云卷，无踪无常，都像无根的事。

细想，何止是云呀，这世上，可有哪一种东西能够永恒呢：若它流动，它会流走，若它存在，它会干涸，若它生长，它会凋零。

云，不过多出来一点儿悠悠逸世之味。

史载，王阳明与朋友同游南镇，友人指着岩中花树问道：“天下无心外之物，如此花树在深山中自开自落，于我心亦何相关？”王阳明回答说：“你未看此花时，此花与汝同归于寂；你既来看此花，则此花颜色一时明白起来，便知此花不在你心外。”

然而，能分心凝视“自开自落”之美的人，实在很少；那一种纯明的心性，原本人人都有，只是被尘世的烟火遮蔽熏染，渐不知所踪。

很喜欢中国台湾作家龙应台在《寂寞》一文中写的云，那时，她蛰居山庄三十天，每天记录落日下山的分秒，以及日落时与山楞碰触的点的移动。她看远处山头的一朵流云一点点飘过来，飘进窗口，进入客厅，把自己包裹；然后流向每个房间，分成小朵，从窗口飘出，再回归山峦。

那白云不经邀约，如故友来访。完了，招呼也不打一个，径直飘走，真如幻境。这正是她所翻译《紫杜鹃》中那句诗的例证：吾来看汝，汝自开落，缘起同一。

而我一介凡人，迟钝之心很难翩然云游。老天厚顾，一朵秋日的蓬松大白云，曾那么倏忽飘进眼睛。那朵秋云，衬着山的青，天的蓝，有一种特殊的优雅。它让我痴痴沉醉。过不多久，它消失了，山间黯绿的投影也一并消逝。真正是，云聚云散瞬忽之间。只剩一片天空，在那空旷着。它曾生出那么漂亮的云，是不是只有我看到了呢？不会的。但也许只有我，对那蓬白云念念不忘。它的前世，是河水、江水，是屋檐下小水坑的雨水，是植物经脉里流淌的汁水，是春晓花蕊里的露水，如今，这都不重要，重要的是，作为云的形象，它已投影在我心……

那云，岂能无根？

我也曾看到老者，寂然独坐在冬日微醺的阳光下，脸上的沟壑里，息着阳光的碎影。这个老人，我知道的，一生走南闯北，做过不少大事，村里面，第一辆豪华大巴是他开进来的，第一个柿子酒厂，也是他筹建起来的。如今，其间浮沉悲欢，一并忘却。他与人闲谈，往昔一字不提，如老僧安然入定。

坐看云起，也便是这般忘却荣辱、与岁月两两安好的境界吧。

也许在佛家看，云舒云卷，皆是禅理。云聚，是禅，似莲花盛开；云散，亦是禅，若莲花凋谢。世间千重光阴与世相，云，不过刹那。

你我，也不过光阴中的一刹那。

你恰好来，我恰好在，刹那与刹那的交会，像云根，是最牢稳的所在。

格　　调

格调?

嘿嘿。我上网百度了一下，发现它已成为上层、中产、奢华、摆阔的专享品。格调，似乎是用银子铸成的。乍富起来，大家都拣最贵的买。比较贵的，永远是比较有格调的，带洋“腥儿”的，那是世界级的格调。

于是，男人们摸一摸硬硬的钱包，自信地脱下杉杉西服、雅戈尔衬衫，解下金利来领带，丢掉沙驰提包，飞出去赶外国人的时髦，阿玛尼、杰西亚、登喜路、万宝龙，数万块的意大利货、法国货，眼也不眨地三套五套收进囊中。当他们从头到脚一身簇新走进国门，简直有点儿新扎扎的不真实。过分了：过分地光鲜、过分地硬挺、过分地不自然。

亲爱的亲，你穿得太好了，好得失了格调了，有点儿不像一个绅士了。

格调这个鬼！

原本硬挺的钱包、撑起了满满的自信，想招贴一层两层的格调回来。大肆装裱，有格调的身价弄得跟真的似的。可是，给明眼人一看，就全不是那么回事，愣手愣脚，手法生涩得连自己都叹为观止。

女人呢，有格调的女人，谁还巴巴地上那个班儿呢？喝个茶，聚个会，购个物，美个颜，也就够了。这套路数不新鲜了，那么，去走走吧。全天下，不，全世界，飞来飞去地跑跑，也怪充实的。新马泰？不，不，不。巴黎？还是周末吧。刚在伦敦的清雾里，待了两个礼拜，再去罗马过个热闹的圣诞，去夏威夷的阳光草地上打个高尔夫，也是挺煽情的。

你说我是钱烧的？钱能烧出高格调，也是值的。

可关键的问题在于，格调这个“鬼”，它绝不是陷在金钱物欲享受的堆儿里打转转的。生活品质上的求好，固然好，但离格调还远着呢。曲未成声，装模作样，非骨中高格。王国维说：“入乎其内，故有生气；出乎其外，故有高致。”意思是，在外，有求好的敏感直觉；在内，有丰富、饱满的内心世界，即使居陋巷亦有愉悦多元的心灵空间。

格调不是装潢，是修养。它不经意间流露，暗香浮动，无风而散。动人春色无须多，内中那一点儿足矣。

馥郁是丹桂的格调，温润是美玉的格调，奔放是风的格调，优柔是云的格调，人各有格，心即是道。“自己没有本色而蹈袭别人的成规旧矩”，朱光潜以为那是俗滥。跟时人求“物”之好不同，丰子恺说：“趣味，在我是生活上一种重要的养料，其重要几近于面包。别人都在为了获得面包而牺牲趣味，或者为了堆积法币而抑制趣味。我现在有幸而没有走上这两种行径，还可省下半只面包来换得一点儿趣味。”他强调的，是趣。趣味的别名，即格调。

格调，肯定不随俗。2016年年初，电影圈里畅游一条美人鱼，“人鱼小姐”，素净的脸，单薄的身板，让人潸然忆旧。那样素，那样薄，那样简单温暖彪悍勇敢。那何尝不是周星驰的“格调”——守着最初那点儿清爽，与胸器时代对峙，同奢靡威势抗争。

格调，非但不纵情，反是跌宕起伏中一种持守。上海永安百货的大小姐郭婉莹，“文革”中，穿着旗袍清洗马桶，穿着皮鞋到菜场卖咸蛋。当她独自从劳改农场归来，听法官宣读对她冤屈去世丈夫的判决书时，平静以对，泪水心流。晚年有外国记者问起在劳改岁月是如何活下来的，她说“那些劳动，有助于我保持身材的苗条”。林徽因道出了其间高格调：“温柔要有，但不是妥协。我们要在安静中，不慌不忙地刚强。”

当然，格调，也体现在一系列细微的品质上，容貌、衣着、职业、举止、谈吐。譬如，旧时读书人，也讲个配置。他们行走江湖不离须臾的物什是“琴剑书箱”。罗贯中《残唐五代演义》中描写黄巢科举失意：写下诗词“马前但得三千卒，敢夺唐朝四百州”。即收拾琴剑书箱，出了长安城，对天誓曰：“黄巢若得寸进，定要夺取唐朝天下”。琴剑书箱当真要紧，即便造反也要收拾停当。在冠盖云集车马鼎盛的路上，在崤函古道坎坷蹭蹬的车辙里，书生的衣衫，任是怎么样的破旧，琴剑书箱却是必需的、讲究的。琴，抒情言志的利器，“手挥五弦，目送归鸿”的潇洒，流散一种高标气度与涵养文化。剑，代表着身为士族的尊严，包涵着礼制和修身养德的含义。书箱，最能体现读书人身份乃至梦想了，其承载的不仅仅是一摞摞线装古书，更是长久而恒远的梦。

这恰是格调。是梦想、是追求、是诗，以及远方。

梅兰芳的手

梅兰芳，是个爷们儿。这个名字，有植物香气，而放到京剧艺术里，这三字在口，又分明是浩渺的湖，深邃广大，独立苍茫。

舞台上，“她”的眼波万般含蓄，“她”的身段万般撩人，“她”的唱腔，又清又醇又高又亮，“她”的手，一抹，一挑，复一指，便是那如歌如魅的妖娆。

“她”却是一个风骨宛然的爷们儿。这爷们儿，一双曼妙的、“京剧”的、女性的手，使西方人深度痴迷。

1930年，梅兰芳赴美演出。他和他的艺术，似乎一夜间弥合了东西文化的鸿沟，迅速被美国人接受。票价哄抬，一票难求。他不得不在美国国家剧院加演三个星期。梅兰芳把大萧条的美国迷住了。五年后，梅兰芳赴苏联演出，再次载誉国际。

赞美之辞，很多为梅兰芳的一双手而发。

美国戏剧评论家对梅兰芳的种种手势津津乐道，惊呼是“醉人的美”。有位艺术家，拍摄了梅兰芳很多手势，辑成画册予以介绍；雕塑家，依样用石膏翻塑了各种手势的模型，再雕塑成大理石像供人欣赏。梅兰芳成为纽约女孩子爱慕的对象，她们入迷最深的还是梅兰芳的手指，他的摊手、敲手、剑诀手、翻指、横指……都成了模仿的对象。

苏联艺术家乌兰诺娃告诉梅兰芳：“《贵妃醉酒》虽然穿的是宫廷服装，有长袖掩盖着双手，但是您偶尔有几个露手的动作，有着那么强烈而醉人的吸引力。”戏剧家梅耶荷德则更为直接地说：“看过梅兰芳的表演，再到我们的剧院走一遭之后，你们就会说，把所有演员的手都砍去得了，因为毫无用途。我们看到的这些手，不过是袖口露出来的一个肉疙瘩。”西方人之所以惊艳，一则是因为他们初次接触中国戏剧之美。京剧表演以细微的手势表示角色的种种心情变化，每个微妙的动作都有着精细的规定。二则是，梅兰芳，确实拥有一双灵动的手，手动即心动。其臂之一屈一伸，手之一动一指，活灵活现再现了艺术的内蕴。

为让京剧的手“活”起来，梅兰芳，买来兰花，反复研磨，观察兰花的形态，设计出四十九种“兰花指”；他还从龙门石窟和太原晋祠仕女塑像汲取灵感，创造出风华绝代的梅派手势，计五十三种。这些手势，极富古典意蕴与艺术想象，如雨润、醉红、含香、映水、掬云、滴露、陨霜……每种名称所代表含义不同，适用不同的剧情与场合。

手势表演，仅仅是京剧舞台艺术中小小的一项。梅兰芳的创新，改变了“抱肚子”青衣一味唱的舞台单调，“青衣戏”的艺术性，也大大增加。舞台上的梅兰芳，从头到脚到指尖儿，一身都是戏。内行人说，那是一个“角儿”的大格局。这格局，不仅仅是依靠模仿、苦练、勤奋而得来，它是用学识阅历涵养和情怀，做底子，撑持起来的。

只要不演出，梅兰芳就会邀文伴画友到自己书房，谈诗论道，琢磨书画。他向诗人罗瘿公学词赋，向齐白石、徐悲鸿学画画。诗词、音乐、绘画、书法、雕刻、武术，都拿来在业余修习。不为谋生，不为获利，似乎什么都不为；但无用之用，恰是一份润泽。点点滋养，使他将一门国粹艺术臻于至境，给人高妙的精神享受。

禅语道："白鹭立雪。愚人看鹭，聪明观雪，智者看白。"鹭之美，为浮面，只见鹭，眼界和心灵未免狭窄；雪野广阔，见雪，眼界便眼见得广了；而有智慧的人，会抵达"看白"的最高境界。那"白"，始自"鹭""雪"，却高于"鹭""雪"，脱离了具象，消泯了园囿，成为心灵感知的真相。梅兰芳，便是那"看白"的智者，大到京剧艺术，小到一个兰花指，在大理想与小事物中，都圆满保持了一颗感知创造的心。

梅兰芳说："我是个拙笨的学艺者，没有充分的天才，全凭苦学。"天才也罢，苦学也罢，或许，真的不算什么。天赋，干脆就是灵魂里那一份不辍的坚持。陈丹青讲，"天生"的意思，不是指所谓"天才"，而是指他实在非要做这件事情，什么也拦他不住，于是一路做下来，成为他想要成为的那种人。大师，就是这样炼成的。

心里住着一个李渔

总感觉，陶潜“逸”得有点儿偏执，小杜“雄”得有点儿陡峭，纪昀“淡”得有点儿古远。倒是李渔这个小资男，可亲近，可玩味。其可爱之处，不只在于他是一位文艺男，更在于他对生活的细微观察和精细体验。他说，稻米煮饭的香气，真让人欢喜；木槿早上开花，晚上就凋谢了，生命如此短暂，真够凄凉啊；一女子怀恋心中人，泪水洒落一地，长出了断肠花秋海棠；一生钟爱的人，可以拿来当药。

这调调，是挺小资的。

李渔聪明在，他虽是文艺男，却将江湖老手的狡黠、实际、世俗精神跟文人的细腻、放达、懂得玩乐水乳交融地融合，他懂美食、懂时尚、懂文艺、懂情调、懂生活，简直是古典小资集大成者。这些“懂”，可是风靡于各个人群与国家哩。大概因为这个，李渔才被本土誉为“中华五千年第一风流才子”，被外邦推为“最值得研究的东方第一人”吧。

其实，李渔是明末清初那个“乱离之后、鼎革之初”的复杂时代里，一个简单人，一个异类。他的人生简单到，只追求一个“玩”，“玩”到了极致，“玩”出了技术，玩出了艺术，也玩出了文化。他的“玩”之大典——《闲情偶寄》，不只谈戏剧创作与表演，“立主脑”“减头绪”“密针线”之类；妆饰打扮、房舍园林、居室布置、古董器玩、竹木花卉、饮馔养生等种种“玩”，皆入文字，成为小资经典。

这本经典，作为枕边书，常翻翻，是很清爽惬意的。他说：“果中荔子，虽出人间，实与交梨、火枣无别。”想那交梨、火枣是道教经书中的仙丹级别，于是对荔枝起了神往。这一阵子口淡，手边备些干荔枝，边吃边做事，倍儿滋润。他还说：“佳人就寝，止啖一枚，则口脂之香，可以竟夕，多则甜而腻矣。”为做佳人，我也准备睡觉前含一颗，看看一觉起来能不能达到“口齿噙香”的效果……

“名花美女，气味相同，有国色者，必有天香。”这是说女性体味，“短者可长，则妙在用增；粗者可细，则妙在用减”，这是教画眉的技巧。“态之一字，服天地生人之巧，鬼神体物之工”，女人之态，被提高到天地玄巧，鬼斧神工的境界。至于他那肌肤、手足等论，让《闲情偶寄》声容部，简直成为选美化妆百科全书。

李渔爱花，如爱命。“予有四命，春以水仙、兰花为命，夏以莲为命，秋以海棠为命，冬以蜡梅为命。无此四花，是无命也”。他懂花，如知己。“如盆兰吐花，移至窗外，即是一幅便面幽兰；盎菊舒英，纳之牖中，即是一幅扇头佳菊”。这普通花卉，经他一点，更换位置，借助背景，就是一番奇妙景致。他认为兰花应“独处一室”，且“美其供设，书画炉瓶，种种器玩，皆宜森列其旁”，可不是吗？这样一来，兰的雅致高洁呼之欲出。

李渔五十八岁，得两位红颜知己——乔姬、王姬，乔姬姿色出众，王姬英俊潇洒，一个旦角，一个生角，温柔体贴，聪明伶俐。李渔组织家庭戏班，周游全国，兼替王宫贵族选美。又是出书挣钱，又是搭台唱戏，该保命时保命，能开心时开心，能编能写能演能混，还根据自己的实践进行梳理，形成了完备的戏剧理论体系。真是天生的奇葩。

自古以来，我们讲求个“达则兼济天下，穷则独善其身”，李渔呢，没有遵从圣人之教，而去做了在商言利的商人。虽在民间，却常出入于达官贵人府邸；虽有生花妙笔，却没有代圣人立言，而醉心于当时被视为“文人之末技”的戏曲；作品内容不“载道”，而强调娱乐功能。他为自己设计和选择了一条与众不同的人生之途，卖文、卖艺，一个人勇敢地面对这个世界。

这位达人一直“秀”了四百年，热度不减，何故呢？我想，那多半是因为我们每个人的血液里，都住着一个李渔，他对生活细节的领悟，对性情本根的贴近，对实际生存法则的张弛，穿越了时空，让我们彼此相对一笑，心领神会。

匠心何处

“匠”的概念，遍布乡村生活的纹理。我女儿刚学吃饭，搬个小小木碗，用勺子往嘴里挖，娘赞：“俺妮妮，真是个好匠。”那孩子，忽然举起小碗抛开去，嘻嘻而乐。我娘道：“刚刚是好匠，又成粑粑匠了。”

在老辈人那里，匠，是一种标准，一门过硬的技术或营生手艺。生活，离不了匠。瓦匠、石匠、木匠、花匠、剃头匠，铁匠、杂匠、裁缝、秤匠、修锅匠、补碗匠、教书匠、织布匠、弹花匠……一匠有一匠的绝活，一行有一行的规矩。

而在我眼里，匠和匠人，似乎更像一缕古风，让满大街都有了唐风汉韵。平淡无奇的生活里，忽然来了一个手艺人，种种奇巧、古怪的细作，在他们手里，高高举起，轻轻放下，像一个明朗但有着硬壳的谜语，引发快意。

“补——碗嘀，碗补！”声声吆喝，补碗匠光临。头发花白的老人，挑一副担子，悠悠而来。他的担子，一头一只小木箱，这边箱上叠一只马扎，那边箱上，是两只盛水盛油的木罐子；木箱其实便是一层一层的小抽屉，盛各种各样小工具。

有几户人家，应声拿出破碗来。老人卸下担子，坐在马扎上，郑重其事戴上眼镜，开始工作，他反复摩挲一只只破碗。然后箍碗，钻孔，用状如蚂蟥一般的铁袢，两头扒住。几只蚂蟥袢，密贴趴在碗上，好似蜈蚣。补好的碗，当场舀水试验，滴水不漏，才收工钱。一只碗，不值几个钱，修补的工钱，更微薄。村妇们，又总是絮絮叨叨，要少给几个。那老人也不多说，显出几分怀才不遇的淡漠来，将钱简单一数，塞进口袋。

我家的亲戚中，四姑父、四姑父家的表哥，都是木匠。匠人，选了一行，便是一辈子，一生只做这一件，完了，还要传给儿孙。在村子里，石匠、裁缝、弹花匠，都是如此。一门手艺，维持一个家族好几代。

每当家里安窗上门，做个箱柜啥的，四姑父就上门了。许多木工工具、车子担子地，跟着他一股脑儿来了。玩具一样的墨斗，带轮齿的锯子，长两个耳朵的刨子，会旋转的钻子，像图画里板斧一般的斧子。足够制造一幕小型儿童剧了。

四姑父把长短不齐、薄厚不一的一堆木头，凝眉审视一番，像构思一篇作品。然后，郑重动手。我常看到他骑在板凳上，用力在木板上推他的刨子，嚓嚓嚓，一卷一卷的刨花，层层落下，淹没了他穿着破旧布鞋的脚。他又拿了尺子和墨线盒，在木板上画，有时，乜起一只眼，像打枪时瞄准。他的脸上，满是凝重，似乎全部的生命热情都铺展在那块板儿上。

那鞋匠，做起活儿来，都是百分百的专注，以至脸上呈现出一层虔诚的神色；即便周围嘈杂、不顺，依然自带了静气和勇气，享受着手底下创造的自由。做活儿的报酬，在他们，倒显得轻飘一些。大约，他们的满足感，有很大一部分来自于自己的作品。

我想，好的匠人，品质比技艺要重要。因为一流精神被唤醒，才可能达到一流的技术。

历史上，那些玉匠，会穷一生之力，打磨一块宝玉；琴师，为制作一架琴，废寝忘食。干将镆铘，为铸剑，性命都可以舍弃。他们在打磨器物的同时，也在淬砺着自己的心性，所以，作品和人格，都超越了时间，达到一种极致。

如今，我们追求“短平快”的即时效益，信奉经济收入决定生活品质，享受成为奢侈和矫情的代名词。所以我们高谈阔论，风风火火，幻想一夜暴富。殊不知，我们忽略了享受的本来含义。高层次享受，不在享成果，而在享过程。像匠人那样，守一颗高冷、自省的心，长久无声地专注于自己手里的“活儿”，把它做到极致。

美的享受，需要七分汗水、二分慧心和一份坚持。

然而，匠人易得，匠心难获。据说日本是“匠人精神”传承最好的国家，米其林三星餐厅寿司大厨，小野二郎，86岁了，尚在追求寿司品质的日日提升。他有近六十年时间专注于制作寿司。从食料的选购，到醋米的温度、腌鱼的时间，都以最高的标准来要求。他清楚，一片海苔以什么样的手法和时间，才会烤得恰到好处。日所提升，专注如一，这是匠心的精髓。

比起匠心独具的创造，匠心本身就是一种财富；只是，我们曾放弃对“匠心”的锻造。世界上最快的动车被一记闪电击穿，世界上最幸福的孩子们的校舍，倒塌后竟没什么钢筋。我想，那里面，缺少了一味叫匠心的东西。

匠心稀缺，但却是人人都应拥有的。对社会来说，匠心不是财富，却是盛世的一个指标。对个人来说，匠心不是能力，却让一个人通体放光，两眼澄明。

民间的风雅

风雅，是个撩人的词，但你若把它等同于文人墨客的风花雪月，就不对头了。风，是国风，关乎饮食男女你我他；雅呢，当然是指精神方面了。如果说它关涉风花雪月，那么，我想，对世界万物的精微感受、在烟火日常中的别致做法，便是风雅了。

喝茶是件风雅事，沩仰宗祖慧寂禅师曾有这样一偈：滔滔不持戒，兀兀不坐禅，酽茶两三碗，意在镢头边。以“喝茶”“锄地”来代替“持戒”和“坐禅”，那岂不是说“日常即道”吗。慧寂又道“一日不做，一日不食”。朴白、简单、精进、淡定。禅茶风雅，其实想想，也不过民间至理。

几年前，河北一个茶女子将南茶北引，在太行山脚下，培植出了龙井雏苗，我这个北方人，才有缘见识喊茶、采茶、炒茶的情景。尤让我心动的是喊茶仪式：惊蛰那天，晨曦初染，草木还在憨睡，喊茶者摆齐锣鼓，润好喉咙。嗵，一槌下来，鞭炮齐鸣，锣鼓喧天。接下来便是嘹亮的喊声：“茶发芽！茶发芽！桐花雪芽快发芽……”

茶，可以像酣睡的人一般，被喊醒，而喊茶者也笃信茶会被喊醒。那回荡在山野里的原始风雅，真真打动人心。

风雅的，不只是茶，日常生活的每一处褶皱和肌理，都有风雅的影子。民间的风雅，不做作，不矫情，楚楚可爱，一派天真。

小时候，常去四姑家过年。四姑的公公，是一个很有意思的乡下老头。譬如，有年冬天，他教孩子们“填九”，白纸上画一幅九行九列的表格，叫作《九九消寒表》，每格中间画一个圆，叫画铜钱。八十一钱不要急着画，每天画一钱，画法是“上阴下晴、左风右雨雪当中”。他唱：上阴下晴雪当中，左风右雨要分清，八十一格全点尽，春回大地草青青。一天一“钱”，日子闲雅，格子画完，草青了，燕子也来了。泥土味儿的风雅，总能叫火烧火燎的心，清静下来，那一种魔力，便是风雅的魅力吧。

我有个邻居，在市场水产门市干杀鱼刮鳞的活儿，淋淋漓漓一身水，衣服上常常飘着鱼腥气。有天，我上街，看见他一边把鱼拍晕，一边跟着手机唱京剧，唱到“他三弟翼德威风有，丈八蛇矛惯取咽喉”，竟站起身扎稳脚步，做了一个漂亮的捋髯口的动作。戏曲韵味，让他悠然而乐，让人窥见烟火中的风雅浪漫。

一个同事，也嗜好听戏。冬寒的厨房里，她常常边听戏，边煲一锅白菜豆腐粉丝汤。她说，那是最静好的时光。几出经典老旦戏，李多奎、赵葆秀、王梦云，反复地听。丝竹檀板，皮黄声腔，跟大白菜一块儿浸润出盛世良辰的味道。结尾处，檀板一打，几粒透红小虾米傍着板眼，丢下锅去。火熄了，音乐停了，西天边，一颗通红大夕阳，咕咚一声，落下去了。

艺术的闲情，让她素日忙碌的间隙，安享一刻难得的优雅。

小时候过年，我喜欢像男孩子一样放爆竹，衣服经常被烧出洞。有回，竟烧在衣襟上，大小五个洞。捂着，不敢见娘的面。可是，一夜熟睡，次日清早，衣襟被娘绣补好，错落绽开五朵小梅花。那是多么实用的民间风雅。

闲读《儒林外史》，杜慎卿等游金陵雨花台，坐了半日，日色已经西斜，只见两个挑粪桶的，挑了两担空桶，歇在山上。这一个拍那一个肩头道："兄弟，今日的货已经卖完了，我和你到永宁泉吃一壶水，回来再到雨花台看看落照！"杜慎卿笑道："真乃菜佣酒保都有六朝烟水气，一点儿也不差！"到雨花台看落照，算得风雅之事，两个挑粪桶的也知风雅，算得一个时代的大风雅。

我们这等散落在人世角落里的小写手，以写散文的，最常见。人说，散文易写呀；但要写好，何尝简单？写作者的自由与闲心，机趣和性灵，哪一样可以缺得。写景状物、写人抒情，于平淡中见波澜，于寻常中出味道，哪一笔不是风雅。

我想起那个被称为"天下一等风雅浪漫之人"的张岱，评戏：余尝见一出好戏，恨不得法锦包裹，传之不朽；尝比之天上一夜好月，与得火候一杯好茶，只可供一刻受用，其实珍惜之不尽也。桓子野见山水佳处，辄呼"奈何！奈何"真有无可奈何者，口说不出。

这入骨入髓的奈何之叹，文人有，民间也有，它其实来自于灵魂里一缕深情，胸腔中一口真气。这深情和真气，便是催生风雅的一垄沃土。

站　　着

站着。这个姿态，有一种意趣，半收，半放。“放”的那一半，在高处。可以是穿越云朵飞扬的心，可以是老僧禅定摊平世事的心，也可以是临风膨胀一枚花骨朵的心。

风来，啪！骨朵爆开，灼灼在春光里。站着的魅力，也许就是这临风的爆开。

贾平凹窗前，栽不活南方的梅花，就栽了北方的垂柳。“院再小也要栽柳，柳必垂。晓起推窗，如见仙人曳裙侍立；月升中天，又似仙人临镜梳发。”如若梅能栽活，贾平凹定会栽一树梅的，文人爱梅。梅枝乱斜，风骨却是站着的，站在诗词里暗香浮动；梅不来，便植柳，赏的是它的亭亭。亭亭如仙，那一种站着，姿韵动人。

有个夏日黄昏，我下班行走在深巷里，墙那边的院里，忽然悠悠送出一曲笛箫鼓板，“原来姹紫嫣红开遍，似这般都付与断井颓垣”，抑扬的吟唱，清妍婉媚。可不是杜丽娘吗？我停住，站在那儿，一心一意听完。西斜的夕照，涂满我的前额；若有若无的凉风，吹拂耳边的发。那一刻忘我地站着啊，那么迅疾就结束了。不知那才子佳人的幽怨唱和，院里人家可曾沉醉动情。

那个《牡丹亭》的夏天，好似全被一刻站着收藏了。

周末的午后，喜欢从家务里逃出来，捧一杯茶，在窗前，看看节令，发发呆。有天下雪，我忽然想，苏老泉写他的雪：一片两片三四片，五片六片七八片。九片十片无数片，飞入梅花都不见。应当也是这样站着，指点着，一瓣，一瓣，层层不穷地喜悦着的。若坐着，便断然没有那种如数珍宝的昂扬的。

我觉得肯定是这样的，就如同我的院落里，冬季的白和其他三季的黄绿轮转，鹅黄、淡绿、翠绿、乌青，青紫斑驳，金光灿灿，我也是站着一一点数过来的。自然的浓烈丰富，将生活留给我的疲惫落寞，情绪起伏，一一冲淡并且替换。四季里，我常那么寂寥地站着，把自己融入多色调的自然里面。

想起诗人顾城的《门前》：草在结它的种子/风在摇它的叶子/我们站着，不说话/就十分美好。片刻凝滞似的“站着”，许是用了无数跌跌撞撞的奔跑，换来的；那样的站着，我们都有过。只是站着之前、站着之后的故事演绎，谁知道呢。那“站着”的恬美，不论时间长短，都是当事人自己创作的一幅最美的画面，日后，是不是常挂在心之一壁，将自己放回从前，站着，站那么一小会儿呢。

站着，引颈远眺，是因为隐隐的怀有企望；实际，也可以面向内心跟自己说说话的。可自我肯定，也可自我怀疑。你看着自己的心，挣脱了日常的框框，闲散走出去，手舞足蹈，轻舞飞扬。我们需要偶尔的这种闲散，给心，放一个片刻的小假。

外部生活，也许无法超拔，但并不妨碍我们将心放远：脱离开小窝、单位、身边的恩怨情仇，在站着的那一时刻，让灵魂绝尘而去。不能登上雪山，但是可以仰望雪山；不能到达某种高度，可以崇拜某种高度；不能去向更多的远方，我们可以在心里装一个远方。

这一刻，有更多的事物会涌进心灵，花草树木，屋舍小径，湖光山色，冰川雪峰……大海涛声，山中林吼，都是一种语言，让站着的灵魂侧耳倾听。

放眼，倾听，心中烽烟渐渐熄灭，外部世界缓缓呈现。就在站着的时候，你移开了自己，忘记了小我。世界那么大，站起来，往远处，看一看。

入　帘　青

夏秋季节在北方，有太阳的日子，天光总是大亮。亮晶晶、亮闪闪、亮晃晃，光线亮到几乎要脆脆地断裂。那种金属的光芒，真让人有点儿心神不宁。

有两挂竹帘，就好了。

窗上卷一挂，门上垂一挂。竹帘缓缓放下，强光含吮其中。它滤去了尖锐，只留下熹微般的混沌。走进屋子，视觉上，犹如走进初雪霏微的嫩阴冬日，连时间，都有了一种模糊感，温润、柔软。

盆植妥帖，书籍散乱，小斋幽绝的味道，就出来了。

那种手工做的老竹帘，竹条之间，有窄窄的缝隙，从实用的角度来看，宽窄刚好可以阻挡入室的蚊蝇。阳光，可趁机一道一道跳进来，在地上布下一道一道均匀的帘影，风情的百叶窗、琴键、自然的木栅栏，都是这般停匀。这移动着的影像，散发出一种淡淡的文艺闲情。

坐在窗下读书、做针线、闲谈，一道一道的阳光照在身上，人一微动，便有一种迷离的美。窗外蝉声如雨如沸，窗内却寂然、悠然。结庐在人境，而无车马喧。

也是。帘外有南山，很美，“垂帘无个事，抱膝看凭山”，更美。我在小城，帘外没青山，只有一架葡萄从西面影壁后面串过来，藤叶缠成浓荫，遮去了半个小院。闲下来，我爱端个小凳子，在帘后，眺望葡萄架上的纷争与热闹。今夏葡萄结得稠，刚发紫那一阵，架上就来了头一波“客人”：蜜蜂、马蜂，嘤嘤嗡嗡，麻雀和白头翁，叽叽喳喳饶舌不停。之后，不断有青葡萄成熟，客人们便不间断造访。它们在架上流连、弹跳、低吟浅唱、议论家常。不知是哪个，还有个坏习惯：一颗葡萄，啄咬两下，就换另一颗，一点儿也不知爱惜。可是怎么办呢？它们根本不会听从我的劝告；我也不舍得拿了棍子跳起来，追赶它们。

它们连同葡萄架，将那么丰满的青绿自然，隔帘送给我的眼睛和心灵，鸟鸣啾啾、蜂声嗡嗡，让我禁不住对生命沉静、灵魂活泼发一个深深感叹。

想起幼时，我娘总会在暮春时节，为即将到来的夏天做镂空窗帘。北方没竹子，做帘儿的材料，是“高粱秆儿”。她取出往年攒下的一大捆，让我们帮她挑出又细又滑的那些；然后裁剪整齐，大针粗白线，一根根缝起来。她串一根，打个结，再串一根，再打个结，反反复复，很是耐心。打结干吗呢？我们诧异。娘说，留个小缝儿，好透风呀。我娘还讲究美观，两边针脚走的是直线，匀实又直溜；直线中间，走几个“葫芦”状。窗帘下摆，裁成波浪形。

天热起来的时候，撕去花格窗上的毛头纸，挂上“镂空帘”，有一种粗朴的雅致，怎么看都好看；帘动风来，石头屋子里，凉爽，清透，有山居的味道。

我忽然想，刘禹锡那“草色入帘青”的陋室，门上是怎样的帘？不会是“高粱秆儿帘”，想必就是竹帘吧。只是，他那帘子内外，“往来无白丁”；我这帘里帘外，却是一个草根儿女人接地气的琐碎日常。听风、听雨、听鸟、听天籁；看云、看月、看绿、看云影。隔一挂竹帘，许多幽寂的怀古情趣跟他大约是相通的。

隔帘相望，是我每忙碌完一件大事后，为自己开的精神小宴。夏去秋来，竹帘依然高挂，我要一直挂到太阳的光芒暗下去，换成荷叶边的绒布帘。

“我学会了看，从此世界变美了。”这是德国作家黑塞的感悟。隔一道竹帘，去看，你看到的是隔中的透，实中的虚，静中的动；你触摸到的是生活的轻盈。一道帘，让时光舒缓、摇曳，生命无比宁静。

桃李春风一杯酒

文人有酒，就有了精神家园；一介武夫，仗剑远行，算不得侠客，腰间一葫芦浊酒一荡，就多了些风骨。人说，酒壮男人胆，也不算妄说，常见三碗酒下肚，胆小的人胆大包天了，没胆的人，胆边生恶了。接下来便有了草莽英雄，侠义情结，销魂故事；至于那生情结义、惹祸酿灾、杀人如麻、柔情万端，很多时候，酒是媒介。

我欣赏男人大口吃肉、大碗喝酒的豪情，但我一直弄不清，男人们嗜酒嗜的是甚？是大碗大碗的豪爽过程吗？可他们自始至终是推推挡挡，龇牙咧嘴；是喝完后的飘飘欲仙吗？可他们俨然烂醉如泥呕心吐胆，宿醉醒来，还身心俱疲。只是这些苦楚都瑕不掩瑜，遮掩不了酒的魅力。酒一定有一种奇妙的诱惑在暗处。

见一外国人侃酒，说喝白酒的感觉是“液体在胃和血管里翻卷着燃烧”。一下子豁然了。喝酒，就是把自己交给酒精去燃烧啊。酒通过肠胃、血管，走遍身体，犹如一道火焰在曲折深致的峡谷中穿越，蓬蓬勃勃，汪洋恣肆，人就燃烧起来了。有些时候，人是需要这种燃烧的。抛开世界，超越自我，唯留下自由，那种境界大约就是极致的幸福感。醉了的人很容易把自己整个打开，包括最隐秘的。情感像禾苗一样在风中起伏，像小溪一样恣意流淌，比风还高还灵敏。

这么一来，我能理解为什么从历代诗歌散文到章回小说，字里行间弥漫着酒香了。这种奇诡饮品，实在是点燃豪情的烈焰，是表情达意的最好载体，是自由的催化剂。

李白斗酒诗百篇，虽说他那“斗”，只是量大，酒精含量低，也不纯，要用布滤掉杂质才能喝，喝一斗是小菜，但那诗百篇肯定是由酒做引子的。

葛巾滤酒，先前陶渊明也这么干。李白深知先辈这典故，在《戏赠郑溧阳》中道：“陶令日日醉，不知五柳春，素琴本无弦，漉酒用葛巾。”至于阮籍、嵇康、刘伶、张旭诸人，情况有点儿特殊。酒在他们是一道柔软的掩体，在那样的虎狼社会，为保名节，只好坠入醉乡，借酒使气，用佯狂对付龌龊的现实。

据说英译唐诗选本，喜欢拿唐人王绩的《醉后》打头：“此日常昏饮，非关养性灵。眼看人尽醉，何忍唯独醒。”但备受推崇的王绩没想到，身后百年，李白横空出世，“饮中八仙”中的任何一位都能在宴席上轻易把他撂倒。“小李白”之称的陆游，“许愁亦当有许酒，吾酒酿尽银河流，酌之万斛玻璃舟，酣宴五城十二楼”。这气势，又比他高出一头。

一部《水浒传》是酒缸里泡出的奇书，有心人统计说，《水浒传》里，饮酒达六百多场次；一部《红楼梦》，不时飘逸出诗酒芳香，湘云醉卧不提，那金陵十二钗，三春（迎春、探春、惜春）黛玉史湘云，两个大姐大（凤姐、李纨），加上四小花旦，哪一个缺得了诗酒的帮衬呢。就连《西游记》中唐僧之流，受施主款待，也要吃些个素酒。何为素酒？水呗！

酒香醺透了文学史，一直到现代，浩繁卷帙，还散发着酒味。伟人毛泽东，“把酒酹滔滔，心潮逐浪高”，心潮飞扬，霸气和才气兼具；汪曾祺，是“泡”在酒里的老头儿，丰子恺不但酒量过人，而且有了酒就画性大作，那幅《人散后，一钩新月天如水》，就是酒后被夏丏尊、朱自清怂恿画成的；贾平凹借《废都》庄之蝶之口说：“不抽烟不喝酒，活在世上不如一条狗。”肖复兴道：“人间路窄酒杯宽。”这其中藏着中国人奇妙的辩证生存哲学。

我忽然又觉，酒，不仅参与了文学，还参与了历史。一部中国史，被酒浸泡得辣辣的。商纣王上演的“酒池肉林”，最终奢华亡国；赵匡胤杯酒释兵权，不动干戈，凭的是权谋智慧；鸿门宴上兵家陷阱，暗藏杀机，以至于现代，贵州茅台酒更是滋养了当今中国的豪华餐桌。

人生没有酒相伴，就多了孤苦寂寞，兄弟相逢三碗酒，酒里面映照着肝胆相照的慷慨；历史没有酒相伴，就缺了五光十色的魅力，桃李春风一杯酒，古今多少事，都付与樵公渔夫作笑谈。

现当今的酒局，异味常大于酒香。求人关照，答谢处事，被人感谢，更多生意场上狡黠斡旋，酒精里的人心揪得紧紧的。同学朋友间也多了进攻和提防，张三想灌倒李四，王二要放翻刘五，劝、灌、狡、防、躲、逃，种种蹊跷、诡异，让人感慨从生！

好汉酒成了一种意境，只可望，而遥遥不可及了。

捡秋漏儿

去田野里捡漏儿，在我老家，叫“溜”。

秋收之后，从翻过的土里溜红薯，溜花生；在刨倒的玉米秸子上，踩过来踩过去，溜玉米；到山坡上，溜栗子、溜核桃、溜酸枣……

南飞的雁阵一闪影，满野庄稼，满树果子，都车载肩挑被收回了村。似乎一眨眼，视野里便场光地净，一派天高地远的寥落。地里没了庄稼，村庄凸露出来，树上没了果子，山坡轻飘起来。

但是，再好的庄稼把式，再好的眼神，收秋时也会有所遗漏，谁长着火眼金睛呢？就是火眼金睛，也有分神的时候。再说呢，人家多是专门留一个两个的给地、给树、给鸟、给捡漏儿的人。这是一种分享，有那么一点儿仁厚的味道。

于是，秋后的田野里，常常游走着三五一伙捡秋漏儿的女人孩子。小时候，我也是这队伍中的一个。人虽小，眼疾手快，只是耐性差些。

挎一个柳篮，拿一根竹竿，喔，这是上山，溜果子哩；如果是一柄扒锄或四齿，你猜出来了，是下田溜庄稼什儿哩。

玉米，是早熟作物，收得早。我们一看到齐刷刷被刨倒的玉米秸，就涌过去，在玉米秸的腰部来来回回踩，满心期望脚下那硬硬的一硌。大田里没有石头，硌脚的，便是玉米棒子无疑啦。只要用心，便有收获！就在自己刚踩过的地方，忽然传来伙伴惊喜的叫声，扭头一看，人家正剥着一个大玉米棒；而就在别人踏过的一垄里，自己探到了半埋在土里的一棒。这可真是诡秘，“鱼过千层网，网网都有鱼”，捡漏儿，总不会让人太失望。

溜花生，用的是一种四个齿的小挠子，铁制的，形似“M”这个字母。握起它，我想起语文老师讲的鼻音，于是触景生情发一个低沉的后鼻音。一挠接一挠地刨，连刨二三十下，却不见花生的影儿，就愤愤然来一个巨响的前鼻音，吓旁人一跳。

假如是在一场雨后，就好得多。藏在土里的花生，被淋出来，白白地闪着亮。不到半天，便能捡一篮子底儿。溜回的花生，真如珍宝，别说糟蹋，就是吃，还有点儿舍不得。

下田捡漏，多要低头俯视；上山溜果子，则是俯仰生姿了。

遗漏在树尖上的核桃栗子，需要仰察细寻。树上层叠的叶子，密不见底，又米粥一样稠，几乎要拉着丝淌下。偶有一个遗落的果，被这又稠又深的绿，托着，翘摇在枝头。

那几个栗蓬或核桃，委实不值几个钱，却是希望，是目标；纵是如此微薄的收获，不努力向上，也够不到。搂着树身，两脚一缠一缠，爬上树，慢慢靠近树梢，人和枝都颤颤悠悠，小心地抓紧踩实。果子被竹竿打落，啪啪啪，真是喜庆之音。

下树来，扒开草丛，拨开叶子，一处一处寻，只要你细心，犄角旮旯里，突然就蹦出一个滚圆的大栗子来，滚出一个愣青的核桃来，皮上还附着几滴晶莹的水珠哩。那一刻，心底生出的欢喜，像手里的果子一样真实而生动。

捡漏儿，收获总是很微薄，但有一次，臭歪大娘，竟然歪打正着，找到一个仓鼠洞，挖出了整整一篮子饱满的栗子，可把我们眼热坏了。

但那只是一个十万分之一的例外，捡漏儿，凭的是执着，运气靠不住的。也许，捡漏儿的感觉，就像香港漫画家欧阳应霁说的半饱状态，“半饱是一种完美的缺陷，一半的希望，再加上一半的耐心，才是一整片蓝天”。

在这种一半希望一半耐心的完美缺陷里；我们俯俯仰仰，寻寻觅觅，打捞一份小小的惊喜。

那时，秋风凉凉吹，阳光细细撵，在田野澄澈的阳光里，走来走去；在树下斑驳的阴凉里来回逡巡，衣袖被风鼓荡，清风透体。捡漏儿，那种大局已定、完善细节的轻松美感，别处还真体验不到哩。

村庄里的玉米圈

秋天，玉米成熟，娉娉婷婷，不光看着美，还上下没一处闲笔，就像明清小品文，节节段段都精彩。

玉米棒子，不消说；玉米秆儿呢，去根，削梢，驳叶，拧谷草做要子，编玉米圈。圈，囤，在往昔，是农家缺不了的装粮器具，也是一户人家收获多寡、生活丰歉的标志。不同的是，囤是荆条子编的，耐磨耐用；而做圈的青玉米秆儿，风日消磨，渐至干枯，往往很快衰朽了。

好在新的玉米秆儿又续上了季节。

记得我邻居俩大伯，一名“满圈”，一名“满囤”。爹娘给儿子起的名号，真是用心：居家过日，没啥也不能断粮呀。手里有粮，心里不慌。满圈满囤，粮食充裕，饥饿不敢进门，在那时，日子是小康了。

我爹，做活踏实，又耐苦，几亩地拾掇得有眉有眼。每每秋收后，房顶上会立起三四个玉米圈，二歪大娘仰头看几眼，酸酸地说：“老米，你有勾粮食的魂儿呀？大玉米棒子尽往你家圈里跑！”

我爹朗声大笑，跟实笃笃的玉米圈一样沉稳。

其实，村子里，家家房顶都有玉米圈护持，多少不拘罢了。它们圆柱形，腰围粗得几个人合抱不来，饱满充盈，大腹便便。房顶与房顶之间，巷子与巷子之间，东街与西街、南街与北街之间，尽是玉米圈之间的互相凝望。它们墩在村子的高处，离地三尺，像一尊尊神，为村庄抹上一层丰收色，添了一抹古意趣。

谁都知道，收玉米，是秋收的重头戏。长在地里的玉米，怎么看都好看，但它们终究要变成发糕、窝头、粥，放在家家户户的饭桌上，变成一日三餐，变成婚丧嫁娶，变成庄稼人的日子。玉米棒子，从地里到家里，再到房顶玉米圈，不可能像跳蚤那样，一蹦多高，碰巧又落到你家房顶上。你得一棵一棵刨倒秆子，一穗一穗掰下棒子，一堆一堆搬弄上车，一趟一趟运回家去，在院里院外垒成山一样的玉米垛。然后，靠双手，一棒一棒撕扯下玉米衣，剥出光溜溜的玉米棒。一座玉米山，要蚕食一般啃掉，去想吧。人们常用一步一个脚印来夸奖一个人的踏实，这一棒又一棒的重复，何尝不是百分之一百的耐心？

往往，白天收玉米，晚间，剥玉米棒。一直剥到月到中天，月色如纱如绫，最后变成丝丝缕缕的凉。在支撑不住的困意里，爬上床，一咕噜掉进黑甜乡。

玉米圈，也多是在这样的月夜编成。

两捆整齐修长的玉米秸，一大抱谷草，被我爹扛到房上。我娘将它们梳理得整整齐齐，说：“来，我们编，你来续草。”爹、娘、奶奶，三人各坐一个蒲团，开始编织。他们将一把谷草，一折、一拧，绾住一棵玉米秆儿；再上下一拧，绾下一棵。

续草，续玉米秆儿，间隙里，看他们齐头并进地一起编织，我的奶奶，动作缓慢而细致；娘则出手爽快利落；我爹，位置在最左边，一双大手，笨而有力。索索索，索索索，谷草叶子和青秸秆儿摩擦，声音细碎而单调，渐渐跟虫声交混成一片朦胧。我的睡意萌生，坐在月亮地里，脑袋瓜像鸡啄米一样起伏。

“拿草来呀。”支棱一下，我清醒了。看看，他们三人膝前已经堆了一沓子编好的秸秆儿，想必快要围拢了，就鼓起干劲再去抓草、抽秸秆儿。

懵懂中，也不知是谁点的。娘看我送错了对象，发出脆脆的笑声。一边的月色，哗然荡漾开，很白、很软、很柔婉。

玉米圈编成了，光溜溜的玉米棒，在次日被一篮一篮拽上房，统统倒进圈里，玉米跟玉米秆儿，又重逢在了高处。为了防雨，我爹在玉米圈上，放一个谷草个子，扎撒开，尖尖的，像小丑帽。

玉米圈，在高处的风里静默着，在澄澈的秋日阳光下，抱着玉米，顶着谷草，像一个老头子，慈眉善目的，悲悯地注视着村庄。

玉米圈里也有声响，“嚁——嚁——嚁”“铃——铃——铃”，有一回，我悄悄靠近，发现是一只蝈蝈，俯在玉米圈的谷草要子上，两片叶翅，在阳光下颤动不已，闪出黑亮的光。我想，它们肯定是从玉米田里，一路追随而来。它或许是为了告诉玉米：别在意年华失水，你的色泽不老，我的歌唱不老。

玉米圈，像个音乐漫过的宫殿。

冬天的阳光下，玉米圈，清静又慵倦，好似轻轻打着盹儿。雪后，圈顶的谷草上，盖了一厚层雪白，像一顶帽子。秸秆儿间，也被北风塞进一薄层雪。金黄里掺进一抹白，似小号间杂声声笛，清凉、亮丽。除夕那天，玉米圈朝阳的那面，被端着糨子贴对联的孩子，结结实实贴上一个大红福字。热闹喧腾的气氛，瞬时感染了玉米圈。它的博大胸怀，盛放着乡村的大悲大喜哩。

一年一年，风霜雨雪，玉米圈蹲坐在村庄上方，注视着村庄的四季轮回，黄了绿了，枯了润了，缺了圆了，升了落了。圈里的玉米，村里的人，褪去青涩，走向坚实，眨眼之间，新的轮回重新开始。玉米圈站成村庄的温暖封面，打开它，就看到了光阴浩荡中一处贴心之地，永恒地充满无可比拟的温暖和安宁。

偷偷分梨吃

秋风一紧，梨子黄了。

黄了也不摘，让它们在枝上悬着，熟到老透松脆，汁液越来越稠；慢慢地，像发酵了，进院子，就有一种酒酿似的香味。

这梨香院，在老家冀南靠太行山那块儿，家家都有。梨是雪花梨，诸梨之中，大约属它性感，有风流相，是所谓的细腰肥臀。

美人般的雪花梨，阴凉，香醇，水水的，啃一嘴，汁水四溅；不足之处是，刚下树的新梨，口感有点儿硬。

中秋节，树上的梨，会卸下一部分，用来迎节，供月。村里人不说摘，说卸，大约是处于对树的疼惜。梨枝卸去重负，忽然向天空舒展开去，像是产后的女人恢复了元气，清癯又轻盈。

我的奶奶有手段将雪花梨存至寒冬腊月，丁点儿坏都不生。她把它们分开来，埋在黍子瓮里，黍子凉凉滑滑的。梨遇到了五谷中的知音，于是，厮守缠绵，共赴新岁。

过年的时候，梨子从瓮里掏出来，稍稍有点儿蔫；吃起来酥脆爽口，多了冰雪之味。

梨子，年轻开花时，柔，柔得像一吹就化的梦；壮年初成时，硬，硬得呀，一粒果，弹出去，能崩疼人的脑袋；越到老了，变得软而脆。真是成了老人家。人老心软，还慈悲。它“生食可清六腑之热，熟食可滋五脏之阴”。秋冬天燥，谁家孩子咳嗽发烧了，我奶奶就会劝，给孩子熬点儿冰糖梨水。梨水喝了，梨肉吃掉。

往往三四天，孩子的咳嗽好像少了，的确少了！继续熬，继续喝。后来，终于不咳了。是梨子的功劳。

奶奶这个方子，据说也是有据可查的，唐朝名相魏征的母亲咳嗽，久而不愈，又嫌中药味苦。魏征在药里加入梨和糖，做成梨膏糖，甘甜适口，喝一段，魏母痊愈了。医书说“久咳伤阴”，梨，清热滋阴，可作药。李时珍在本草里，说梨子“令人面泽，去粉滓黑䵟”，常食，令人面色好。

京剧大师梅兰芳也是拿雪梨片养颜、养嗓子的，一位梅氏弟子说，梅先生每日午睡起来，一边给学生讲戏，一边慢慢吃一碟雪梨片。天天如此。

唐朝人只吃蒸熟的梨。“田家老翁无可作，昼甑蒸梨香漠漠。”田家老翁闲着没事，就会在家蒸个梨吃。除了流行的蒸梨，还“炉端烧梨”。武则天的重孙子唐肃宗李亨，因为心爱的臣子李泌不吃荤腥，便亲自烧梨给他吃。

梨，有人烧着吃，煮着吃，也有人冻着吃。东北人吃梨就吃得旷荡，三九寒天，梨子集体冻在室外沙土里，冻成铁一样的黑疙瘩。要吃，就从大块果堆上掰下几个，冷水盆里化冻。寒气被冷水吸出来，结成冰碴儿，慢慢浮上水面。梨也裹了一层薄薄冰衣。磕掉冰，扯掉皮，是赭黑色，怪不得叫黑梨。边舔边吮，冰得咧嘴，还嘶嘶的，不敢下咽，在嘴里转一圈，咽。到咽喉，化掉了，一股甘醇绵甜的味儿涌上来。真是又冰又甜又香。

梨子美妙的形体，很文艺。绘本小书《梨子提琴》，讲一只小松鼠捡到了一颗大梨子，切一半，把它做成了提琴。于是，森林里响起了美妙的音乐。狐狸不捉小鸡了，狮子不逮小兔了，他们都沉醉在美妙的音乐里。突然，从小提琴上掉下一粒种子，种子听着小松鼠的音乐，很快长成了一棵大树，树上又结出了很多梨子，大家把梨子都做成了提琴。于是，森林里到处飘满了美妙的音符。

童话的巧妙之处，在于一半的梨子像提琴，提琴又是乐器，乐器必然和音乐联系，音乐必然有音符。梨子是诗、是音乐、是画。

但我们也有老礼儿，梨不能分着吃，因为梨与“离”谐音，分梨难免让人想起“分离”。我有个闺蜜，嗜好吃梨，结婚那天，偷偷揣了个梨子，跟新老公在窗下分着吃。新婆婆路过窗子，问：“你们吃啥呢？咔咔嚓嚓的。”闺蜜道：“妈，我们吃核桃”！

核者，和也，合也。

新婆婆笑眯眯地，去了。

声色犬马大锅菜

在厨艺上，我对大锅熬菜极有兴趣。一年下来，总会不时选择一二适宜的时令菜蔬，跟惯用的那几样食材，豆腐哇，海带呀，菜丸子粉条、五花肉之类，配配搭搭，荤的素的，干的湿的，翻来覆去，不分你我，咕嘟嘟熬煮一顿大锅菜，补一补寡淡的肚肠。

其实，细究起来，大锅菜之大，已不单指锅。如今，生活优质，饭食的质量上去，数量下来，家家户户钢精锅的尺幅日渐缩小。那“大”，实在是说熬菜这饭食的气韵之大。

大锅菜，确是北方人食谱里一味气韵极大的吃食。说家常，是家常得不能再家常；说大气，也大气得不能再大气。待客，宴饮，几百几千人的场面，能完美应承下来的，唯有大锅菜。小规模高级别的优质聚会，尾声上一小碗大锅菜，宾主们优雅吃下去，也不会怠慢了客人，辱没了主家。

因此，熬煮一碗及格的大锅菜，是北方大厨一道必做考题。唐鲁孙说自家雇厨子，先拿鸡汤试其文火，再拿青椒炒肉丝试厨子的武人菜，最后拿蛋炒饭，试人家是否真正的大手笔厨师。到了北方，蛋炒饭换作了大锅菜。我们县城有个大锅菜高人，宾馆聘用，月薪已涨到六千！天！公务员月薪两千余的贫困县，他靠一手秘制大锅菜，拿上了繁华京都公务员的月薪！多么叫我等眼馋！

大抵说来，大锅熬菜，仍属平民饭食。除去宴毕尾声那象征性的一小碗，大多数的熬菜吃场，不屑于讲究仪表、风度，一味地绅士，不仅少韵味，而更少底气。西风凛冽的寒冬天，乡场胡同里，几百人一起吃菜，只吃得面前一团白雾，额上一溜儿细碎汗珠，那才叫北方“气韵”！红白喜事过完，大锅菜剩余不少，拿碗盆盛了，送左邻右舍，这家一碗，那家一盆。被送的人家，会很光彩，那不是饭菜，是威望。

内行人熬菜有讲究，大锅菜，不等于大出溜，同样斟酌刀工和火候。想想，动辄上百斤菜蔬，菜板上，噼噼啪啪一溜儿雨点，切段剁片，不宽不窄、不薄不厚、不长不短、不粗不细，真是挥毫泼墨的大写意笔法；各种作料、食材，要依时下锅，靠观察靠琢磨，其沉吟工夫便是工笔细描溜边沉底小尺幅手札。

想那天下菜系，尽管流派纷呈，无非走向两个极端。一是至纯至粹的原味，甜，就甜得悠远深邃；辣，就辣得人仰马翻；清，就清出一股高隽、飘逸。完了，再回味，是极厚朴的醇香。另一极端，是糅合各种繁复滋味，越复杂，越不可思议，越好吃，越耐品。你中有我，我中有你，死缠烂打，彼此渗透。大锅熬菜，便是这一路上的货色，靠它纠纠缠缠的复杂味觉，让人着迷。

时下快餐文化流行，大锅熬菜与此类“流行色”势不两立。它的滋味里扎下了传统文化的根，管他美式日式韩式麦当劳肯德基，我自沉潜下来，静心熬煮。咕嘟咕嘟，大火猛攻文火细炖，一番猛攻细炖花样炖，粉条烀得站不住脚，海带软得挺不起腰，肉块、排骨眼见得徐娘半老松弛下来，但豆腐还是那个豆腐，白菜还是那个白菜，冬瓜吧，恹恹若大梦初醒的懒娇娘，一切斐然，一切融汇。这便是大锅菜一个最佳火候。

有段时间我细想，为什么一年里常常引发思念的，不是一碟两碟小炒菜，而是一碗大锅菜呢？想来想去，感觉后者比前者的可爱之处在于：熬菜是大家气派，看似中庸平淡，内中滋味，品也品不完。因此，大锅菜，是那有故事有阅历的老人家。小炒菜呢，出身明晰的宗派一支，有讲究、有风格、有个性，是单纯明朗的姑娘，清清白白，不容猜疑。

其实，大锅菜的风度里更长于包容。不管你高贵大雅还是低贱流俗，在大锅熬煮里，你尽可释放你个体特征的万千机宜；与同煮诸友彼此渗透，彼此成全，混沌意味十足，大同意味十足。有声有色，雅俗共融，兼收并蓄，声色犬马的一碗传统文化大锅菜。

干炸一枝春

相比其他食品，春卷的名字，有一种雅致的生机，雅味何来？我想该是这个“卷”。写写画画卷卷，是文案书房里的事，挪为厨事，就显得又烟火又雅气。两手那么轻轻一卷，节令与美味，就融为一体，被推上了戏剧性的巅峰。是挺神奇的。

春卷的好处，还在于一个“春”字。春光大好，万物生晖，园子里的菜蔬悄悄泛绿，地头的野菜，星星点点，采一把来，便是“卷”春的好食材。正所谓“调羹烙饼佐春色，春到人间一卷之”。这迷死人的卷饼，有着春天特有的鲜活、明媚，真叫人食欲大动，思之寐之。

春卷的外皮，多用麦面、鸡蛋和团，擀薄，切成小块的圆饼；南方也有用豆腐皮的，也有用鸡蛋皮的，想来定是各具风味。

薄薄的皮儿，填充上适量的馅儿，轻卷两道，左右收边，折上来，再卷一下，一个春卷便呼之欲出；轻轻码入碟子，渐渐垒起一小垛，锦绣满堂啊。

春卷的“馅儿”，是其精髓所在，探春、尝春的妙处，全在这里了。这馅料的配制，十里不同俗，就是同乡同村，也是各家有各家的秘密武器。但总的说来，南方人家，多用笋丝、搭配豆芽、韭菜、豆腐干、葱花、蛋屑。端的是素馅儿清新、疏淡，乃江南味的一卷春。

北方呢，馅料多用菠菜、韭菜、各色时令野菜、熟肉丝、炸豆腐碎、绿豆芽、韭黄及粉丝；丝丝缕缕，春日绵长的挽春意味，悄悄绕出来那么一缕。

闽南的馅料呢，是以胡萝卜为主；闽北则用鸡肉丝或海蛎、虾仁、冬菇、豆芽、韭黄等。山西、河北吃春卷，要蘸上香油、蒜末混合醋；闽南，则是备一碗汤，把春卷放汤里过一下，然后蘸辣酱。

在春卷的馅料中，柳芽，是别致的一味。扬州人，用柳芽焯水、做馅儿，清甜细嫩，怪不得叫个“干炸一枝春”。

你看春卷的馅料，总离不了那么多芽呀、叶呀、丝儿呀的；它们济济一堂，如一个春意盎然的小宇宙，互相补充、互相映衬，味味生花，恍然打开了味觉上春风十里的新气象。

而选一个周末，自己动手做春卷，你会体验到“卷”春的诗意。面皮擀得薄而透明，馅儿调得堆金砌玉，轻轻巧巧卷起来，像是将一小堆一小堆的春意，都收藏在了心里。

起锅倒油，微火燃起，将春卷，轻轻入锅、慢浸油；滚烫的锅里，渐响起“刺啦刺啦”的轻吟，嘿，是春卷闹春吧？

看看锅里的春卷呈现金黄色，便捞出晾一晾，控控油。咔嚓咬一口，外皮脆生生，馅子香喷喷。油香、面也香，烘托得春卷的清新非但没减弱，反倒虎虎有神，叫你直想赶快接着咬第二口、第三口，咔嚓、咔嚓、咔嚓。

这咔嚓咔嚓的嚼食声，来自哪一朝代呢？据记载，春卷，是由春盘的习俗演变来，最早出现在晋代，叫个“五辛盘”。周处《风土计》载：“元旦造五辛盘，五熏炼形。”盘中盛五种辛荤的蔬菜，小蒜、大蒜、韭、芸薹、芫荽之类，有疏发五脏之气的药用。后来，“五辛”的内容，有所演化，在《本草纲目》里已经是葱、蒜、韭、蓼蒿、芥了。

不管是春盘还是春卷吧，都是春天味蕾上一抹清气，尤其那个春卷，其鲜活细嫩，你亲口尝过，才会领略到。说得俗一点儿，它是味觉舞台上的青衣，一上台，便速速把春天的情节笼了一层淡淡的悲喜；而细想，春卷，实在也没啥蹊跷的技法，还是像青衣，寥寥几撇水袖，一转身一回眸，天然的清新淡雅罢了。

优雅吃蛋

永远记得幼时一碗蛋花疙瘩汤。

细碎的面疙瘩，丝丝絮絮的蛋花儿，翠碧的葱末儿，鲜亮几点麻油，在一汪琥珀色的汤里，融汇成清淡简朴的乡村美味。啜一口，温香清美，如同将山村清夏含在了口中；飘然于岁月之上，味觉里只剩一碗蛋花汤。

记忆里，这是鸡蛋最清简的吃法。

荷包蛋或煮蛋，大多是作为生日饭，相当珍惜。一枚在手，咔嚓一磕，矜持安稳的煮蛋，先露出凝脂般的白，口感微脆微香；接着是落日熔冶的黄，微微的弹性里，微面微糯，甚至有一点点暖。

最平淡的一枚蛋，它的迷人之处，须喧闹之间觅得幽静，静心品味方可品得；而如今，我们的感官，越来越迷失于热闹与炫美。一枚简单清朴的蛋，实在是引不起我们的品味之兴了。

电视上看过一个厨艺大赛的节目，很特别。赛项要求以鸡蛋为主题食材，做最动人心的菜。大厨们使出浑身解数，各自大显神通。汤不够鲜，扔火腿，菜不够鲜，勾鲍汁，茄子不够茄子味，用鸡汁来配。他们无一不是以繁复的配料来勾兑、渲染，以至喧宾夺主，一枚鸡蛋的内在美好和尊严被轻轻忽略。

而与此同时，我们也看惯了小吃街、车站旁批量售卖的白煮蛋、茶叶蛋；那些蛋，被简单粗暴地淹没在一锅颜色不明的汤水里，“咕嘟咕嘟”煮成斑斓五色，恶咸恶咸的。

一枚蛋，要么，被豪华包装；要么，被粗暴忽略。我们总是轻轻一掩，掩住了它最美丽的内涵。一枚蛋的吃法，投射出我们兴奋而隐秘的欲望，我们惊讶地发现，它跟我们当下的思维方式与价值观，竟是如此紧密相连。由价值观、成名欲、功利化等构成的浮躁心态，葱葱茏茏，像一蓬杂草，掩住了根的至美——那些平淡事物和平凡事件里所蕴含的美丽和真相。

我从影视剧中，看到过西方人对一枚蛋的认真和执着。要一枚水煮蛋做早餐，服务员总会漫不经心地问：“你的鸡蛋要几分熟？”水煮蛋像牛排一样区分熟度？煎鸡蛋还有煎一面和煎两面的区别？我们实在是，不习惯，

他们对鸡蛋的热情，远超我们的想象。不管是随意的早午餐，还是正襟危坐的晚宴，鸡蛋是大放异彩的主角。他们最朴素却又最讲究的吃法，是用蛋杯吃水煮蛋。

一枚水煮蛋，他们的煮法精致到，候分数刻地控制火候：蛋白，已凝固，蛋黄，才变稠。蛋黄一戳，可以汩汩流出来。吃起来，似如一个完美自足的小小天堂。

他们如此重视并忠实于一枚看似普通的鸡蛋。

记得，金庸先生在《射雕英雄传》里，曾借洪七公之口讲：“真正的烹调高手，愈是在最平常的菜肴之中，愈能显出奇妙功夫，这道理与武学一般，能在平淡之中现神奇，才说得上是大宗匠的手段。”

我想，他所讲的“神奇”，当是道法自然、画龙点睛的神奇，而不是以“鸡蛋”之外的外围味道，掩盖本味。

当然，把鸡蛋做出风味，把事情处理漂亮，把政绩做得卓越，都无可厚非。问题的关键在于，一枚蛋或一件事，你做得满足了大众味觉，收获了自我的成就感，而它辐射的那轮迷人的光环下，蛋本身的尊严有没有被忽略。

其实，对一枚鸡蛋负责，忠实于一枚鸡蛋，最考验一个厨师的功力。

那是一种安静不迎合、专注于事件本身完美度的精致意趣。

当你的关注点不再是哗众取宠、追求捷径、物质消费，处置心灵困境也有了更多的办法；那么，一枚鸡蛋，做的人和吃的人，都自然会优雅起来。

一枚鸡蛋的迷人之处，会完美呈现。

炸年味儿

腊月的后半程，尤其二十五六，村子里几乎家家支起了油锅，厨房里“滋啦滋啦”的油炸声一直不停歇。炸肉、炸鱼、炸丸子、炸柳叶、炸鸡头、炸豆腐……炸此炸彼，滚油沸腾，香味滂沱。街巷里蒸腾着盛大的年味儿。

“二十六，烧猪肉”，是北方人迎年的一个固定项目。如果哪家没杀猪，没腌肉，亲友就会为他感到不安：忙一年，腌猪肉都吃不上！这年还有啥过头?

是否腌猪肉，成了家境殷虚、年景丰歉的符号。

我们小孩儿呢，放寒假了，像笼子里的鸟儿被放出来，学业暂时搁起，心思一片净明。好吃的、好玩儿的不用说，连干家务活儿都充满激情。那时，跟在爹娘身后，在灶边烧猪肉、腌猪肉，真有盛世良辰的味道。

我爹在平日对厨事是不捅一指头的，这天也忙起来，跟我娘配合挺默契。两人像流水线作业似的，疾徐有致。爹将煮熟的肉方，在滚开的红糖水里，颤巍巍过一遍，沾一层淡淡酱红；捞在铁笊篱里，控控水。水控七八分，娘掌管的大油锅已突突涌起波浪。娘瞅准时机，将控好的肉方贴着锅壁稳稳秃噜进去，油烧水汽，霎时间，锅里一阵骤响。锅盖迅疾盖上，刺刺啦啦、嘭嘭啪啪的紧拉慢唱，被闷在锅里。

等锅里声息静下，娘揭开锅盖，此时暄腾腾的猪肉，已经变得皮焦、色红，紧致丰实；捞出来控油，晾凉。一块块码进腌缸，铺排一层，撒一层盐；层层加码，如是反复。最后将烧肉用的猪油混合芝麻油、花生油，灌注肉缸。

这缸腌肉，是新年里一家人寡淡肚肠的肥美补贴。有一缸肉墩在厨房角落，日子终归是油光水亮的。

烧猪肉之余，娘总是就着热油锅，为我们炸柳叶、炸鸡头、炸丸子、炸山药片，这些油炸食品，酥脆浓香，吃法不一，但无一例外都是我们日日惦念的美食。

炸柳叶，其实是一种油炸面食。先用面粉加鸡蛋、加麻油、加糖或盐，和成瓷瓷的硬面团；醒好后，擀开，擀到脸盆大小，将两块面片儿中间刷层麻油，捏在一起继续擀，直到擀成硕大的薄薄面片儿，白云一样覆盖下来。最后，卷在擀杖上，一连刀切成柳叶形状。

一笸子柳叶，唰唰入锅；小火来炸，不停地用笊篱翻面。开始柳叶还软软地飘，炸着炸着，香味出来了，柳叶变黄硬挺，像充气一样膨胀。搅动时，听到柳叶彼此间碰撞的清脆声音，捞起来，倒进大荆筐里。柳叶越晾越酥脆，一咬一咔嚓，那个美啊！

炸鸡头的面，要事先发酵。娘用当年的新谷碾成细米，清水中捞过，石碾上碾成面，半开水冲成稠糊，加入一块酵子用勺柄搅匀。面盆放在火炉边慢慢发酵，等闻起来有酸甜味了，就加水放碱面。再搅啊搅，搅匀了，开炸！娘舀一勺面，向油锅里边倒边用筷子夹，一小团一小团的面，轻甩入锅。两三个滚儿炸过，它们膨胀饱满，像极了鸡头的样子。

炸鸡头，吃起来，不脆，而是绵软，香甜，有嚼头。一碗白糖鸡头，端上餐桌，总能吸引拿筷子的手。

油炸的内容太丰富，一天下来，我娘几乎累到腿软腰酸，晚饭也吃不下。只有孩子们，不知道啥是累，双手攥着好吃的，在屋子里蹦啊跳啊。那一荆筐一荆筐的油炸美食，在渐渐清冷下来的东厢房里，静默地散发着香气，渐渐酝酿成音高弦绝的大年初一。

老松入定

一群老松，列队而出，营造的气氛，是黑恶恶、弓弦紧绷的肃杀。它的浓荫，总铺在打打杀杀的世界里。《红楼梦》里，几不见它，很难想象，宝黛抚松读《西厢记》是什么样的效果；而《西游记》中通往西天的多条山路，松荫遍布；《水浒传》，东京去沧州路上第一个险峻去处，是老松老柏的野猪林。

那样险恶的松林，是很久以后的书卷记忆；对于一个山里女孩儿来说，松林里那点点浮火，一直是一个荫翳清凉、悬而未决的疑问。

小时候，住姥姥家。晚上在大门外吃饭，能一眼看到对面南山。南山有松，松林里浮游几点灯火。红红的火，长着眼睛似的，徐徐流荡。姥姥说，那是山北的人，打灯笼来聊夜的。但后来，我听她对姥爷说：小孩子通神，眼睛啥都能看到。松林里那究竟是啥火？我愣是没看见。

这让我感觉到松林的神秘和阴郁。

读小学时，学到“松下问童子”那首诗，插画里的童子，站在松树下，头梳髽髻，憨声可闻，正是我当年望松生疑的年龄。他一下子将我与松的距离拉近了。没错，松，总是跟山居相连；图上的松荫，那么清凉可亲。

我却不知它的树荫可以当得一味草药，能抚慰人的精神。

好事的诗人，总爱寻隐者。寻时，大多不遇，只见松不见人。冷傲的松，比隐者多情、易近。

有松，便好。与隐者遇，自有世间的欢喜，说不定，还有《风入松》的曲子来洗尘俗的耳朵。“为我一挥手，好听万壑松”。泠泠七弦上，流泻的是松声；琴弦旁侧，是山水之间的风入松。不遇呢，腾出心思，去看松，“无人知所去，愁倚两三松”，好；“棋于松底留残局，鹤向潭边退数翎”，也好；“闭户著书多岁月，种松皆作老龙鳞”，由老龙鳞猜测他读书种松的岁月闲居，很悠远的放飞。

松却定定，像黑衣僧，看诗人们不遇之后，四处而去：去向山外的功名，去向热望中的利禄，去向求功名利禄而不得的怨恨；或者，也去向烟山万万层的云深处，那里，松影参差，松涛阵阵。

松树，在比世俗略高的地方，教人站立，行世，跟内心相处。

宋朝人罗大经得此深意，其山居生活，有老松身影。“苍藓盈阶，落花满径，门无剥啄，松影参差，禽声上下。午睡初足，旋汲山泉，拾松枝，煮苦茗啜之……再烹苦茗一杯，出步溪边，邂逅园翁溪友，问桑麻，说粳稻，量晴较鱼，探节数时，相与剧谈一饷。归而倚杖柴门之下，则夕阳在山，紫绿万状，变幻顷刻，恍可人目。牛背笛声，两两归来，而月印溪矣。”

只是山风过处，竹窗下，可否有惊心动魄的松涛一部？

那次往深山采风， 车在山间穿行，大风中，云朵在空中穿行。车头急转，对面山崖明晃晃的阳光瀑布一般垂落。一车惊呼。一列黑绿的松，在风中肃立。那晚，住在松下，记忆中，满宿的松涛永远处于怒吼的状态。

又读到欧阳修夜读，闻有声自西南来，悚然而听之，说："异哉！初淅沥以萧飒，忽奔腾而砰湃；如波涛夜惊，风雨骤至。其触于物也，鏦鏦铮铮，金铁皆鸣；又如赴敌之兵，衔枚疾走，不闻号令，但闻人马之行声。"

欧阳修让童子出门看，童子回来说："星月皎洁，明河在天，四无人声，声在树间。"

什么树呢，童子没说。我想：那生出"水激崖石，铁马驰骤"之声的，松林外，无它。呱啦呱啦拍手的，是白杨；簌簌索索，是槐枣栗椿；唯松林，叶叶针状，枝枝铜声，风过，疏通畅达，才有琮铮之声。

多年以后，松常在我的书案上铺就一方荫凉，从早年对松的惊异不喜，到如今精神旁侧常有一柱松的支撑；松，到底还是有力量的。

一棵浑身是针的树，对世界，是态度分明的。

秋风秋雨秋茶

立秋后，风拆开溽热，剪裁出一个澄澈空间；雨，去了暴脾气，变得爽脆多愁。空气被这样的风雨渍过，清冽、寒凉，好像从深井中汲上来的水，纯粹又料峭。

天气，就这样凉下来，静下来，沉下来，还有了点儿籽实充盈的质感。

风雨老了季节，季节渐渐走老了一茬茬的人。

我就这样到了中年的秋天，扔了狂热、收回泼蛮的心力，不再头角峥嵘地争这争那。名啊，利啊，情啊，小年轻们的那些生存指标，好像春日里让人丢魂的花草，到此时，已悄悄挪出眼球了。

我知道中年要藏，拙要藏，巧也要藏，粮食、情感、功业、早年播种耕耘的一切，都要藏。不是固守，是默默的、殷实的、发酵着灵魂暗香的藏。藏在心里，藏在回忆里、思考里、咀嚼里，让它经受日子的冲泡、沉淀、翻转、升华，在“藏”中，复生，新鲜如初。

就像那种秋茶，“白露茶”。它不像春茶那样鲜嫩，不耐泡，也不像夏茶那样干涩味苦，而自有一番独特甘醇清香。“梅花香自苦寒来”，经酷日炼狱般的茶树，苦撑到湿润微凉，浓缩出的精华之气，便叠加了时光记忆、有着往后看的通透意味。

这跟中年，有着多么相像的意味。

想那时光如碧波一次次漫卷上来，一次次缓缓退去，我们生命的岸上，会留下什么呢？

细凉如水的秋夜，宜一杯老茶相陪。于是暂抛书卷，烧了开水，开瓶取一撮白露茶冲泡。台灯微黄的光芒里，茶叶泛着温馨的糙米色，古拙森然。那样一种禅意，使我瞬间恍然，这是记忆里哪一位高人曾给予过的逸世之感呢？

投茶于水。

我被轻微几近虚无的茶唱，给吸引了去。那种极细极细的，微风拆开花瓣一样的微鸣，吣吣吣吣，噼噼啪啪。茶们，躺在滚烫的水里，颤抖、舞蹈、浮浮沉沉。我知道，在这样细弱的呐喊里，它们，正与命运遭遇。一杯沸水，是它们的烟火，它们欢乐其间，痛苦其间，惊喜其间，伤感其间，还要忍受于其间。它们，与它们数不清的悬念，邂逅、歌吟、辗转。多像你我，在如沸的日子里，腾挪奔走，付出追求，不动声色地生活。

而不同的是，它是在歌唱着的。清瘦而细微的歌唱。

我看得动情，因为，我似乎从中看到了自己跌跌撞撞的奔跑；生活中，我远不如一叶秋茶豁达、淡定。也就是秋茶吧，经过一夏的煎熬，释放出最浓烈醇厚的品性，温暖而厚朴，随着命运的起承转合，重生、复生、生生不息，在有限的光阴中，一番番回到新鲜如初的状态，保存着一芽完好无缺的初心。

初心，不一定就是出发时的愿望，而是那种悬浮悬沉之间没有被磨掉的昂扬和元气呀。

我略感欣慰的是，浮沉升腾的秋茶，也让我看到一个在时间中保持成长的我；她有足够的定力，在市声如沸的烟火里，上升、上升、上升。

室外秋风秋雨，室内孤灯秋茶。我知道，此后每一年，我打量秋风秋茶的目光，都会更深一些，直到它们澄澈的味道里，涂抹了一层抹不去的温情。

老　　戏

漠漠岁月，能为人生添一剂锦绣清凉的，想想，是古色古香的老戏。

老戏的老，不是风烛残年那个老，它该是腌物的五味，老蒜、老姜、老咸菜、老辣椒之类，生活的苦辣酸甜咸，都腌渍其中了。人生如戏，戏，反过来，也如人生；戏比天大，但终究大不过真实的生活。戏里有人情，戏外有说不完的世相。

穿囚衣戴枷锁的苏三略偏了头，凄凄哀哀又爽利地唱下去“过往的君子听我言”，民间的心理，有恩图报，你当日济我，我终归为你雪冤，纳你做妾，缭乱后事，又有谁去争说一二呢？

世事无常，人生难料。贫富死生，阴阳转换。富家女薛湘灵哀婉感叹：我只道铁富贵一生注定，又谁知人生数顷刻分明。想当年我也曾撒娇使性，到今朝只落得旧衣破裙。这也是老天爷一番教训，他叫我收余恨，免娇嗔，且自新，改性情，休恋逝水，苦海回生、早悟兰因。

这一番说教，借了程派婉约天成的唱，叫人肺腑生香。

年幼时，哪顾得细听这些。喜的是舞台上的花红柳绿，盼的是漫长波折之后，最终的惊喜。下午放学来不及吃饭，扛上板凳就去占地方。因此，童年记忆里总有一支清越如筝的嗓子。想来，是梅兰芳的《贵妃醉酒》吧，那声音，又高又亮，又清又醇。触不到它的远，摸不到它的高。云在上，风在远风之外，那高音便搭乘一缕远风，绕在心上。三十多年了，一直绕在心上。

长大了，听戏是生活中的一种乐趣，剧中情浓情淡，总叫人怅惘伤感；剧情快到快时马踏飞燕，慢也慢得荡气回肠。戏中才子，常是梦中最贴心的那个——潜伏在心里，调节枯燥的烟火。

中年听戏，似乎看淡了许多，“为救郎君离家园，谁料皇榜中状元”。那遥远的尘世风景，只是生活的旁观与消遣。咀嚼着看，品味着看，心底添了闲情，味道似寡犹鲜，戏与现实便也辨得真切。戏中大千，到终了，也不免展现一场幻象：忽而书香世代，忽而潦倒败家；忽而寒窗苦读，忽而东床驸马；忽而金缕玉衣，忽而布衫破麻；忽而歌舞喧天，忽而金戈铁马；忽而笑料迭出，忽而斯文优雅。刚刚还落草为寇，转眼间，已头罩乌纱。五花灿烂大富大贵撇去，凝一点儿小念想，供你咀嚼千年。

戏不分剧种，都好，入耳那一点儿温柔情调，便足以抚慰肝肠。京戏好，昆曲好，豫剧或者越剧、黄梅戏，各有各的好，曲调迥异，温柔相仿，丝竹悠悠，锣鼓铿锵。

想起我娘常说的一句老话：戏里有的，世上都有。很多年以后，我才品出味来：戏上有的，在真实生活中，都存在或发生过；但戏里面更集中，更尖锐，更凸显。生活，不过是那一折折戏情在日子里的溶解和散落。

集中的往往势单力薄，散落的往往声势浩大。很多时候，现实中的我们，走着走着，就被岁月风尘淹埋，忘记了那一点儿做人的良善精髓。那么，钻进戏院里消磨一两个时辰吧，看看，一切不过幕起幕落。

辑五 ╱ 山有山的意思，水有水的心思

万物有情，山有山的意思，水有水的心思，庄稼，有它们生死契阔的故事。自然万物，看似不动声色，其实奥妙万千。花开怦然，一重天地被打开，不是参禅，恰是参禅。

樱　桃　媚

如果你多注意一下，就会发现，各式水果，都是有个性的呢：梨子妖冶，苹果端庄，杏子腹诽多于甜美，桃子越老越没规矩。

樱桃呢？媚。

我所在的小城，樱桃栽种不多。但一入五月，就有外地人推着平板车来卖，一木盘一木盘的樱桃，亮亮地安静着，很魅惑人。它在眼前晃，在脑子里晃，晃啊晃的，就晃出好多联想：比如，印度美女眉心的红色吉祥痣，比如，明晃晃、光润润、娇艳如花的性感小嘴巴，还有那个樱桃小丸子一样刁蛮的清新系小女生。

清水洗净的樱桃，盛在晶亮玻璃碗里，这样看那样看，都叫人心动；摩挲片刻，忍不住口舌之欲，捻一个，再捻一个，吃不够咧。他呢，在一边看着你吃，微微笑，而且满足，默默的温存和纵容，比任何甜腻的表白，都要有力量。

樱桃，这爱情的果，水晶心琉璃核，叫人想起年少和青春。德国作家君特·格拉斯，在诗中写：甜而且更甜，甜得闷透。穿红衣的即如画眉鸟梦见，谁在亲吻谁？当爱情，踏着高跷走到树巅。

他写的就是《樱桃》，男人眼里的樱桃跟自己所爱的女人一样吧，都是诗。

年少时迷宋词，最喜蒋捷那句“红了樱桃，绿了芭蕉”，一红一绿，被这个细心的男人捉来，做流年暗转的物象，真好。如今我仍感觉，“樱桃”这句，是古诗词之美的极致，“绿”也肥，“红”也媚，调和圆融、地老天荒的静美。

生在明末的才女叶小鸾，十七岁早夭，然文字不灭。她的传世遗物，有一方“眉子砚”，上面有她镌刻的铭文，“开奁一砚樱桃雨，润到清瑟第几弦”。“樱桃雨”，吟的是砚台的颜色，润嫩有加。好端石，常有“火捺文、蕉鱼白、鱼脑冻、翡翠斑、鹂鸪眼”等特征；樱桃雨，便是火捺纹一种，极为细润的上等坑口的端溪石。

叶小鸾一个“樱桃雨”，端得巧妙，天下好砚的极致，被樱桃轻轻点醒。

我见过一幅中国画，画面上方，几颗樱桃，红艳得似要跳出纸页；樱桃下，一素衣女子，仰首而望，唇上一点红，似与樱桃轻吻。樱桃、少女、鲜果、红颜，一组合，便是爱情的印迹，多微妙的感觉。

樱桃之媚，媚如诗。有的人，写诗一辈子，不见得有诗意；而有诗意的人，本身就是一首诗。樱桃即如此，一种诗意的尤物。

初夏，我喜欢在凉拌黄瓜里，缀上樱桃两三颗，不仅为味觉，也为视觉。它像一联律诗里的动词，把一碟翠绿盘成了一阕平平仄仄。

跟我一样有玩心的大有人在呢。去蛋糕店买蛋糕，甜美大蛋糕完工之际，师傅轻悄悄于奶油上点了一颗红樱桃。这一笔，真点睛，那俗世暖甜的蛋糕，忽然成了一幅清新小写意。

如今，青春逃遁，不知去向，什么闲愁啊、怅惘啊，早已下落不明；再不会做见花落泪，对月伤怀的傻事了。奇怪的是，一玻璃碗红樱桃，却能引人想起好多。

到底是它，媚媚的樱桃，承载着女人烟火生涯的流光一闪。

玉色核桃花

走过去的春天，可以返回来，重新小聚在一棵核桃树上，我以前真的没有注意过。

我那时甚至不知道，那些在风里滴溜溜的“核桃絮絮”，竟是核桃花。那也算花？开玩笑！没瓣、没蕊、没萼，一朵花该有的美，它统统都没！它就是那么绿色的一穗一穗又一穗，像翡翠流苏？这流苏也太粗犷了吧。

那时春天，我总被一种甜甜的寂寞困住：核桃絮絮，粗重地掉落在三月的夕阳里，扑踏扑踏，溅起回声；嫩蝴蝶，侧着单边翅膀飞过凉荫；七星瓢虫，嗡嗡划破空气，欲追随，看看却无踪迹；恐龙样的小蜥蜴，突突突爬过，又傻傻停下，像是爬过一亿年的萌萌过客。

时光那么慢，我在世上已过了一千年、一万年，其实只是自己的童年和少年。

核桃树上，流苏轻摇。核桃花掉完，核桃叶便张开大巴掌，风来，像老友扣一掌。再没有比这叶子更豪爽的了，大多的树叶子，如小鸟羽毛，风一过，就要飞起来。核桃叶，粗手粗脚，是一翻一翻，像风在乱翻书，浓而幽凉。

小核桃子，拱出来，一脸的毛毛。它们藏在叶子后面，偷偷张望，一边望，一边长。在对世界的张望中长大，很幸福吧！它们不作声。长到半大了，还顶着一层绿绒毛，憨态可掬；甚至到老，毛也不褪，老顽童啊，裹着一身厚青皮！

它是一种人，长到老，也不会被世故人情的酱色染上一点。黄永玉、朱建新、汪曾祺，就是他们那样的；童心不褪，有蛮意、有趣、有味儿，活得很带劲。

这些书生！做事、为人、为文、写字、画画，好像都跟核桃没有一点儿关系；其实，他们是暗通的，灵魂里有幽幽的香。

这世上的每种树木，纹理里都居住着一种香。臭椿，香，不过有点儿浓，哄哄的暖，像四月越来越暖的阳光；香椿的香，悠远、恒久、芳烈，香人齿颊，是一首好诗的韵致；枣木的香，有青枣子淡淡的涩甜；老槐树的味道，让人眉头一皱，有槐花蕊薄薄的微苦。

核桃树，是通体都香。叶子的香，羞涩清苦；果仁的香，秾丽繁密；木头揭开，是一种委婉的、细细的木香，有女词人婉约词的委婉；核桃花没有平常花香的浮，它沉沉的，幽幽的，捧起来闻，心间会多一份牢靠，像父母长辈质朴的祝福：好好的，都要好好的。

是啊，都要好好的。山野里，那十几棵属于我家的核桃树，曾供养着我们姊妹完成学业，那时算一份不菲的收入。如今，它们还长在山地边角上，吹风沐雨，秋来，结一树霸蛮的青核桃。成熟的核桃，被我们举着木杆敲上去，在叶子间，一闪一闪着凉意的微光，疾疾坠下。它们打着叶子，厉声做着告别，沉而稳，一头撞地。

褪掉核桃青皮，敲开果壳，你看到果壳的构造和果仁的形体，配合得如此完美：一进一退，一凸一凹，一充一盈；它在教我们，在这个辽阔而又逼仄的空间，要智慧地栖身：有才华，也要低调。暂时的蜷缩，算不得委屈。在枝头，就时时瞭望天空和流云；在地面，就安安静静，等待时机。即便是犹在红尘，还在六道，也应微笑着，一声不吭。

秋末，核桃叶子哗啦啦飘落，鼓足了劲儿，要把全世界的树叶都摇落到我们村儿；寒风呼啸的冬天，核桃树洁白光滑的枝干，在月下乱舞，惊心动魄地撞击。

世事如棋局，充满变化，核桃树却亘古不变地立回到春天里。

老家临城，如今是核桃之乡。小县城，二十万人，每人合一亩多核桃树。我的父亲也在山地里种了三四亩。上水、施肥、修剪打掐，都很简单，用的劳力和工夫有限。在艰辛劳作的生涯里，我父亲领悟到核桃的省工和便利，毫不犹豫地将土地腾出几块给它们。

父亲大面积地种核桃，也是绿岭公司的带动。苗儿，是他们的苗儿，技术，是他们教的技术。核桃树苗有好几种：香玲、绿早、元丰、原香、鲁光……连起来，像旧时乡间大户人家的母亲，在早晨喊一群性格不一、形貌不一的儿女起床；乡气，也喜气。

农历三月中旬，故乡二十万亩核桃林迎来盛放。满山遍野树摇轻风；核桃花，静静垂穗。春风荡漾，暗香浮动，隐隐是绿色的风云之气。绿岭的万亩核桃林里，小树挺拔，老树古媚，济济一堂的树们，横生竖长，伸胳膊踢腿。那种生长的力量，真是让人深感妥帖而充满安慰。

禅意丝瓜

夏日乡下，常见一棵老树，一架竹竿，一堵泥石断墙，或一根软软绳索，将碧绿丝瓜蔓子横竖一拉，就撑起了一方青绿自然。瓜蔓与相扶诸君，一静一动，有张有弛，成为最入画的一景。俏生生丝瓜蔓，行走时是多么机敏！张爱玲曾有个夙愿：在老去的时候，要一个人静看丝瓜爬蔓。

也不知她在那钢筋水泥的异乡洛杉矶，被心灵中的“虱子”追着跑完晚年，还有没有记起过早年这个清新的愿望?

想来，看丝瓜爬蔓，在她，跟吃盐水花生、享受微风中的藤椅、看七月巧云、欣赏雨夜霓虹，还有从双层公共汽车上伸出手，摘树上的绿叶都一样，是生命的欢悦。

这欢悦中，丝瓜多了点儿禅意。这瓜中的小仙家，有着奇异本领。它柔软的黄花，娇弱的小瓜蒂，将大夏天太阳的烈或暖，毫不挑剔地接纳来，一一雪藏在肚子里，慢慢化为自家的一味深邃，其平和心气，本就是禅的意境。

所以，画丝瓜该用一颗禅心。泼去点点墨，几笔大写意下来，算作丝瓜枝叶，横贯一笔，就是蔓子妖娆，爬藤的架也顺势渲染出来了。灰黑间，点三两黄花怒放，垂一两丝瓜滴翠。好了。这是多么适合独坐怀想令人思幽的清雅小画啊。不过，数清雅，还是将它放在山野之间最好，“寂寥篱户入泉声，不见山容亦自清。数日雨晴青草长，丝瓜沿上瓦墙生”。有一种现世安稳的情怀在里面。

齐白石大师那幅《丝瓜蜜蜂图》，多了一层毛茸茸、甜簌簌的俗世温暖；画上题书：瓜蔬中此予最喜得，香而甜结瓜易大。读罢，是会让人清咽涎水一小口的。的确香哦，采摘过的人都领教过丝瓜的奇香吧，不知它哪儿散出的一股子芬芳，会把人迅疾引入“明月千里花月夜”的幻觉里面去。

丝瓜入画，也入烟火。它的汁液，号称美人水，有保护皮肤、消除色斑、抗皱嫩肤的功效。佛祖释迦牟尼就曾用它制成“天罗水”，为众生治病，至今还为佛门沿用。“天罗水”也是丝瓜藤的汁液。霜降后，选粗丝瓜藤，近根处剪断，插入瓶中，使其不断沥出水液，此清稠之水便是“天罗水”了。《本草纲目拾遗》则记载了丝瓜水对“肺痈（即现代医学的肺脓肿）”和神经痛等许多病症有特殊疗效。

听人说，南方寺庙素食里，有一道丝瓜汤肴，名曰“紫竹莲池”。汤色雅净素淡，滋味清鲜醇美，自是油炸烟熏所不能及。一碗佛家丝瓜汤，缓缓饮下，会淡忘膏粱厚味；更为重要的是，尘世里百般忙乱焦躁的心思，会渐渐平和下来，见山是山，看水是水。

草根家饮食，多半不太讲究。我就做不来禅理深奥的丝瓜汤，却也能领略丝瓜的甘味。煸几颗花椒，拍一大把肥白蒜瓣，和三两根细细刮好的丝瓜，一起下锅脆嫩爆炒。三两分钟，上桌一尝，自然原味飘逸清俊，有探触清水如镜、绿柳拂月的宁静境界。

暑意渐浓，丝瓜陆续出场，一片冰心在瓜瓤。它柔润空灵的意蕴，让一方味觉世界，清雅得动人心魄，欣喜无比。

夏天的清蒸

一到夏天，我总被那些清美的时鲜，撩拨得馋意勃发：嫩瓜瓤、青豆角、嫩玉米、野梨子、囫囵个儿的土豆……

食材是普通的，没一点儿丰盛华美的意思；做法是普通的，没任何花俏。娘用大铁锅蒸馒头的时候，篦子上顺便留个空儿，蒸上那么一味。这随意一蒸，却制造了我们完美的味觉乡愁。

初夏，菜园里的各样蔬菜，绿葱葱的叫人欣喜。一天，娘摘回几个半嫩南瓜，还没完全长开的样子，瓜皮嫩得能挤出水儿。我们一看，知道是要做瓜瓤羹了。娘把南瓜对半儿剖开，挖出瓜瓤，再把瓜瓤儿盛在碗里，上篦子蒸。锅里的馒头熟了，瓜瓤也被取出来，撒一撮盐，淋一点醋和香油，略略搅拌一下。好，一碗瓜瓤羹就做成了。

这碗瓜瓤羹，娘每年都会做给我们吃，在我们家，简直成了一种迎接夏天的仪式。村子里，很多人家也都做这道菜，贫寒日子里，粮食不够吃，母亲们就这样竭尽心思，用一切边边角角的食材，抹亮孩子的饮食记忆。记忆里那碗瓜瓤羹，亮汪汪，水嫩嫩，俊美细润，让人想起刚敲开壳的鸭蛋黄，清、鲜、嫩、滑。现在想来，很有点儿烟雨江南的韵味。

瓜瓤羹做出来，娘把它放在小木桌上，唤过仨孩儿，自己又转头做汤。我们一人一把小勺子，围坐一起，你一口，我一口，一会儿工夫，就吃完了。舔舔嘴唇，那味道还在唇边缭绕：又滑溜又清爽，淡淡的甜，微微的酸。还想吃，娘说："那就是尝个鲜，哪能吃饱哩。"南瓜老这样吃，糟蹋年景哩。

我娘没多少文化，但很有点儿浪漫诗意。每一季生长出来的新东西，总是让她喜欢。夏天，田园里的作物，一茬一茬下来，总有新鲜的好东西，被她的巧手变成美味。

青豆角煮面汤的晚餐，常常陪伴我们半个夏天。那汤盛在碗里，颜色都是青色的，汤都是微甜的。农历五月初，一种叫作"四月鲜"的豆角，已走向衰落，拔掉棵子，种别的菜。棵子上未长好的半熟豆角，一一摘下，洗一洗，上篦子蒸。

蒸出来的豆角，绿是绿的，只是一个个都瘫掉在那里。娘用筷子一个个夹到小巧的荆筐里，放小桌上，又忙着做汤去了。我们嘻嘻哈哈着剥开一只只烫烫的绿豆角，豆粒子，嫩嫩的，圆润软糯，豆香清芬。弟弟吸一下鼻子，说"香"。再吸一下鼻子，再说一声"香"。

豆香，那么甘醇；从南山吹进门扉的风，那么轻扬；轻笼的暮色里，是那么的熟悉和日常。如今，每吃豆角，我都要沉浸在那一种幸福的回忆里，不愿醒来。

在我娘夏天的食谱里，好像一直都有新的东西可蒸。土豆囫囵带皮蒸，蒸出来土豆皮已满身开裂，露出亮雪雪、面沙沙的土豆肉，当面包吃，完全是有过之而无不及的；嫩玉米，蒸出来，一粒粒色如嫩玉，晶莹剔透，有一股清甜之气；野梨子蒸出来，倒成了绵软的“娇无力”了。

每次吃清蒸，姊妹仨都要抢着送到正在忙碌的娘的嘴边，娘低头咬一点点，把每人的尝一口，赞道：“嗯，真甜！”

有天，朋友们说到清蒸，我在一旁张口就答：“爱吃呀。”又被问道：“爱吃哪一种呀？是鱼，还是肉？”我急急答道：“瓜瓤儿、豆角、土豆、嫩玉米。”周围人听了，长长一声“喔”。

我知道，朋友不屑于那些食材的清淡平常，却不理解缠绕其间的亲情味道。离家二十年，每到夏日，我就念起母亲手做清蒸的情景。那样长日永昼的童年里，呼哒呼哒拉风箱、烟熏火燎、满面汗水做饭给我吃的人，心思甜美跟我一道吃饭的人，一一成为难以忘怀的人生记忆。那人、那饭、那夏日，便叠印成了我永远的、深入骨髓的乡愁。

鸟语闲如水

我们的这座简陋小房子，建在村外山脚下；一到春天，格外秀雅，小家碧玉似的，被绿色和鸟鸣簇拥着，簪环佩饰，璎珞叮当，有声，有色，还有野花香。

小房子里，可赏绿，可观霞，最惬意的，是听鸟鸣。

曦光刚露，就有鸟声叩窗。几只鸟在这边清脆开场，好似嚷着“起床了、起床了”，那边慵懒回应“不理他、不理他”。在你来我往的争论里，我依旧安卧。

不大会儿，各林子的鸟，就惊艳地、夸张地、前赴后继地，陆续开口加入了大合唱。我仍是见惯不惊地、鸟鸣声中又一觉。

睡好了起来，换一身软旧衣服，做早饭。野外的日子，跟城里比，是另一时空，天地大了，时间缓了，凡事都容得你细细去做。我有始有终地磨一壶豆浆，有板有眼地择香菜，摊菜饼。一边做饭，一边跟户外四散的鸟鸣一样，悠悠地唱。唱完一句，想一想，刚才唱的是“我本是卧龙岗散淡的人”。

吃完饭，喂饱鸡鸭鹅狗，摊开架势做一幅十字绣。这时辰阳光初上，鸟鸣汹涌。我安安静静穿针引线，尽着心思去猜它们那长歌短调，一听，再听，听出许多趣味来，心下乐呵呵，就抿嘴笑了。想着有钱不行，还须有闲。静下心听鸟儿，嗯，有意思。

南山鸟儿，总有千八百号，所唱的音节倒不复杂，无非嘀、嘟、咯、咕、叽、喳、啾几个象声词儿，可搁到不同的鸟嘴里唱出来，却是流派纷呈，变幻多姿。

幽深山坳里，几只戴胜，一直在慢条斯理、阴柔悱恻地催：姑姑——走！姑姑——走！嗲兮兮娇滴滴，完全不像它名字，一股子古拙之气好似《清明上河图》里挑担引浆的男人名字。它一直在催促，自己却一丁点儿也不急，内心极有定力，外表却不显露。

一串：恰，恰恰，恰恰恰，中气十足，气壮无比。它大约知道，乡村是喜欢它、骄纵它的，它把自己的叫声看作报喜请柬，像男人见了人，大大咧咧扔过去一根香烟，这就算朋友了。喜鹊，是所有人的朋友，它再怎么聒噪，人听着，都是喜气的。

斑鸠那家伙，就不太合群了，它从早到晚地絮叨“怪孤独、怪孤独”；可是，孤独怪谁呢？这个社会，寂寞的不止你一个，千万人的人堆里，大家其实都挺寂寞呢。

杜鹃鸟格调有点儿高，它天生拥有那种叫作悲情的物事，唱起来浓情缥缈，回味无穷，咕咕——咕咕，像极了四声一度的旧体诗。诗人听来，它说的是：不如归去，不如归去。这就有点儿像陶渊明，他在《归去来兮辞》里，也唱着“不如归去”的调调，这一句慨叹，抚慰过多少沧桑的心灵啊。所以宋朝文人，曲径通幽地，将陶公和杜鹃牵来做了亲戚。赵子栎在《杜鹃》诗里说："杜鹃不是蜀天子，前身定是陶渊明。"方岳在《沁园春·赋子规》里说："归来也！问渊明以后，谁是知音？"人鸟眷属，堪称传奇。

不过这杜鹃，唱的确是朦胧诗，对于这天然诗歌，谁都可以生发自己的理解。譬如，我爹种地，听它说的是：割麦种谷！割麦种谷！我此时离开城市，身在田园，听它对我说的是：我也爱你！你也爱我！

大家欢唱的缝里，一个怯怯的懒懒的鸟儿，有一搭无一搭地扔过来一串感叹说"吆，吆，吆"。它好像只挑别人停顿的关口补个缺，喊个口号鼓个劲儿，好让这歌唱比赛，继续进行下去。

树莺的警告让人惊愕，它一开口就是"天不容，天不容"。鹧鸪苦口婆心地劝阻"行不得也哥哥"。青鸡张嘴就夸人，一串串的"顶呱呱"，毫不吝惜。

有个朋友来，说这南山上，是有鹩哥的，可这里的鹩哥叫不出甚名堂来，大约得训教吧。

先天的好，后天的也好，一个好鸟儿，总须有一件安身的才艺。啄食，这很烟火的技能且不说；歌唱，这种精神生活也是很重要的。一把年岁了，还光秃秃没主见，跟在人屁股后面可怜巴巴讨口吃的，说话做事，至多是添油加醋，推波助澜，到底有些寒酸。

参禅的荞麦

荞麦开花，凉凉的明媚，有几分少女气质；轻轻喊她，连名带姓，像喊女伴儿；那边好似就有回应，欠欠身，轻轻悄悄应一声：哎……

荞麦长高，分出许多枝节来，婆娑有姿；茎秆儿幽红色，具纵棱，温润如玉；花又白，叶又绿，根是土黄的。

南宋诗人朱弁在《曲洧旧闻》中说“叶绿、花白、茎赤、子黑、根黄，亦具五方之色”，一株荞麦，如此和谐地将五方之色集于一身，定是受到了苍茫大化的点拨吧。这大地上最后一种庄稼，总是叫人珍惜。

荞麦花，五瓣，白似雪，花蕊处一层淡淡的红；花药上也抹了一点儿，是略浓的淡红。这一抹、一层淡淡的红，像胭脂；胭脂煮一煮，烘一烘，就暖了吧。可是，没。更清凉了。风吹白茅起鳞纹，也吹拂一坡的荞麦；胭脂红的腮，一晃，就别过脸去，轻轻地，蝶落。一坡荞麦，摇曳出一场空灵散漫的雪事。

想起周云蓬的歌词：鱼忘记了沧海，虫忘记了尘埃。我觉得，荞麦是忘记了季节。

可是，一颗凡心怎么能读透庄稼的事；也许，荞麦喜欢的，就是在凉凉的秋风里，打开自己。

想节令如戏，开场锣鼓一响，庄稼次第出场。一种庄稼，一种角色，演绎不重样的人生。荞麦，似末世里一折繁华，才不管渐渐凉去的季节呢，月下翩跹，轻咬秋风。

“独出前门望野田，月明荞麦花如雪。”这是白居易的诗，山空人静：一坡静闲的月光，半山散漫的荞麦，是相宜的。它们辉映出一种禅意的味道。荞麦，痴恋月色，嗜得不是一般般。北宋陈师道在《后山丛谈》中说：“中秋阴暗，天下如一。荞麦得月而秀。中秋无月，则荞麦不实。”她拗起来，如任性女子，你不来，我就不开花，不秀穗，不结籽。

我想，陈师道其实是告诉世人，荞麦与气候物候的关系罢。

人一世，庄稼一秋，这光阴，这季候，不仔细点儿、讲究点儿怎么行？

此时，旺盛在季节里的，还有菊。菊和荞麦，有相似处：凉。秋风里，都在眺望，不过，一个望的是尘世，一个望的是世外。菊坚持得不能再坚持的时候，收拾起复杂的心情，隐去了；而荞麦修炼到老，一头扎进了尘世的烟火。它不会书生意气地抱香枝头死，而是孕下沉沉的籽粒，含蕴一味清凉，去度化尘世的炽热之心。

参禅修行，原是不避世的；隐者，也是。大隐在市。

荞麦种子是三角形，被一个硬壳包括，去壳后食用。元王祯《王祯农书·谷谱二》里道：“治去皮壳，磨而为面，摊作煎饼，配蒜而食。”也可碾出荞仁，熬粥。荞麦味甘，性凉，寒，无毒；还可全草入药，治高血压、视网膜出血。

荞麦，是一种有神谕的作物。

在北方，正月十五晚上，要点全灯，菜灯也行，面灯也行，亮堂堂，照一年的好运。面灯的灯盏，专用荞麦面捏。老人家都说，荞麦是灯命；因为荞麦原是观音菩萨的一个女弟子，漂亮、聪明，只可惜，是个瞎子。一个晚上，荞麦从观音菩萨那里回去，观音送她一盏灯笼让她提上。荞麦说，像我这样的人，打灯笼有啥用呢。观音说，你看不见，但别人看见灯笼可以让开你啊！荞麦觉得有理，就打了灯笼。不想，半路还是跟一个人撞上了。荞麦摸摸撞疼的头，说："你没看见我的灯笼吗？"那人说："你的灯笼早灭了。"那一刻，荞麦忽觉眼前一片光明，她开悟了：任何外面的光明都是靠不住的，一个人得有自己的光明。后来荞麦投生为一种庄稼作物，到世上，做众生的明心灯。

明心灯在，上路就不会迷失。

你看，万物有情，山有山的意思，水有水的心思，庄稼，有它们生死契阔的故事。

而荞麦，显然是菩萨心肠：以我慈悲，解你饥饿；以我药性，救你病痛；以我禅意，点化你清凉禅心。

多年的烟火磨砺，终于悟得荞麦的禅心。自然万物，看似不动声色，其实奥妙万千。花开怦然，一重天地被打开，不是参禅，恰是参禅。

菊花插满头

九月，菊花开。

如若前移一个季节，菊花，推门进入的，是花开的江湖；但是，不。

九月霜风，更合它的萧散。

总有一朵先醒来，安安静静，撑圆一方寒凉空间，伸展开如锦如绣的花瓣，不问冷暖。

接下来，是一丛、一圃、一片；铺开去，如晚归的月光。

我总以为菊有古意。那些待放的，不急不躁，似停车借问；盛开的，不卑不亢，若临风远眺；欲谢的，安然道声珍重，径自睡去，自此抱香枝头了。

此时，山间崖畔的野菊，一朵一颗小星星，也扑棱棱开成了噼噼啪啪的野火。

我的老家，秋景爽秀，常见赏秋的城里女子，满头簪菊，香香地从山上归来。人是笑着的，不论年纪大小，跳跃、摇曳、蓬勃。发间的花，亮着，心头的花，该也亮着。是谁说的，一个女人，有心气从春头的梅花望向秋末的菊，是幸福的状态。此时，菊簪在鬓边，说一句话，一阵香气，内心浩瀚、温暖的故乡被打开，临风怀想，喜不自禁。

那么，且喜悦着，把喜悦之意传播开。这是对生活对他人的一种诚意。

大雁飞过，菊花插满头。

熙攘春日的花开，必是爱的；泼辣如火的夏花，也必是喜欢的；而大雁南去，万类霜天，脸上依旧是微笑，心头依然有热情，多么好的人生，多么好的生活态度。

《红楼梦》里那个贾母老太太，富贵尊荣，有；生活情趣，亦有。会吃、会穿，还懂茶道。喝老君眉养生，用梅花雪水浸泡；赏戏、听琴，讲究赏月之道，“如此好月，不可不闻笛”；听曲要“铺排在藕香榭的亭子上，借着水音更好听”；她指导惜春作画，教宝钗居室布置，告诉凤姐蝉翼纱和软烟罗的区别。这修养，固然有优越的家世撑着；但细节上的婉转心思，人与物之间微妙流转的韵，是家世所能赋予的吗？

那是一种修炼。

犹如菊开时，插花满头；自己与世界，无不美好。

想想，我们，有限的寿命跟时间的无涯、生命的浩瀚相比，真是微渺得摸不到。山河岁月能留住的东西太少，年华握不住，容颜留不住，一切繁华如水流，总是留不住。

但有一些东西，会留存下来。

有一部戏《白蛇传》，演了几百年。女主角白素贞，那个美丽的蛇女，那么深入人心，也不外是因为，她所追求的爱情、自由和私隐，是我们最起码的权利。法海老和尚，被人恨着也难免，他是教条、权威和旧道德观的化身，是桎梏。

一部戏，引起灵魂上的共鸣。

一个人呢，他的留存，沉淀到最后，也总跟心灵有关。走到最后，恍然四顾，唯有情感和灵魂，才是生命的意义。

“当现实啪啪打脸的时候，消沉应对也好，刻薄回击也罢，都不能让我们获得更好的人生”，真不如，调动自己，迎上前，表达对这个世界的激情。譬如，插满头菊花，自在于风中。

那一份无可复制的小我快乐，多么难得。

菊花开，菊花谢，疯狂刷屏的时间，去做些有趣的事。陶陶然的小手工，剪野花做插花，一根针，几截小布头，缝一个布艺小玩偶，有计划地读一本又一本书……缝缝缀缀、剪剪裁裁、圈圈画画，你寻到了一种精神摸索着行路的乐趣。

被趣味引导着前行，不会老。即便岁月老去，容颜却愈加纯美，杨绛如此，奥黛丽·赫本，亦如此。她们脸上的皱纹里，没有骄横、卑微、怯弱、自怜，没有烟火市井气。只有云淡风轻，素雅干净。

一种深沉的内力，支撑着她们，活一世，美丽一世。

东山一把青

破晓时分，东山像朵青莲花，从黑夜深处醒来。向光的那面，暖而亮，向村子的这面，郁而青。

那完整的一匹青，似乎一伸手，便可摸一把。

深深浅浅一把青。

山脚一溜笨杨柳，是碧玉妆成的青，万条垂下绿丝绦的青。它在风里一扬一飘，像长发美少年，时不时将长发一甩，有点儿春风浪荡。北方的柳，总带着铿锵的北地野气；若在南方，会是几丝柳青晕染一角茶楼，女子俯在窗口，生生一曲“今我来思，杨柳依依”，也雅致，也旖旎。

野枸杞，一丛一丛散漫的青。它们的根，以脚下为原点，在东山上，四处游走，逶迤而去；像京剧里的西皮慢板，那么散，那么摇。慢悠悠地讲理叙事，没人赏也不要紧。枝蔓上，点点爆青，是铿锵板眼，一咕嘟一咕嘟的春光，就凝在那儿。

枸杞头，采来焯水，拌小菜儿，鲜，娇滴滴的鲜。汪曾祺在《人间草木》里写：枸杞头是春天的野菜。采摘枸杞的嫩头，略焯过，切碎，与香干丁同拌，浇酱油醋香油，或入油锅爆炒，皆极清香。

可是我老家的人，春忙时，便无暇理睬东山上自顾自泼蛮的野枸杞，它们便更疯更泼蛮地跑满了东山。

野葡萄的旧藤，像绳索，参差披拂，蒙络摇缀，春风一到，又仰着头往上攀，又自负，又欢欣。真是一群小丫头，踮着脚尖儿，迈着小碎步，一蹿一蹿上楼梯。一捻捻的芽儿，先深红，后转青。早发的，青得一本正经，后发的，羞羞怯怯，但是都非常励志啊，春风中，真是鲜嫩的新开始。

好吧，山上的春光，借着这青，一天比一天厚。

蒲公英、天南星、苍耳、泥胡、荆芥、柴胡、知母、地黄……东山上，渐渐飘拂起醒人的药香。一种草、一味药；一抹青、一道福。你以为我们的中药多么玄吗？没有。它是我们走过东山时，向我们招摇起伏的那一把把青。

那时，我们一放学，就挎上篮子，上了东山，寻寻觅觅，刨药材，挣零钱。丹参的根，鲜红，我们叫它状元红；知母的根，白白胖胖，像小孩儿的胖脚丫；蒲公英，举着一杆笔直青翠的茎儿，上头一朵明黄的花。剜在篮子里，它还在喜悦生长，兴昂昂地开花。

就是不刨药材，我也喜欢腻在东山一坡青里。浅卧其中，如浮漾碎波，噙一杆草棍，钻进鼻翼的香，都是青绿色。

站在东山上，一扭头，忽见满山寂静的青。它们已不是早春点点水泡一样微小的青了。那时，干草棵子，石头蛋子，枯黄叶子，乱慌慌地这边捂，那边摁；可是，怎么盖得住。这一簇，那一簇，尖尖嫩嫩，浅浅深深，漫了一山，缭乱的青。

东山的青，把雪藏匿起来，把沟沟壑壑藏匿起来，把泥土变松，把我们的日子变青。它对眼睛的诱惑，像心底里一种执念，它一绿，我们的心就蓬松起来；视觉和情感连通，从内到外，暖个透，青个透。

东山一把青，有它的密度和表情。惊蛰的模样，雨水的模样，夏至、处暑、立秋、寒露、霜降，草在自己的路上走得扎实；青在东山上，随之变换浓淡浅深。即使白霜覆盖了，淹没了，一山的青，暂时隐退。不要紧，你知道，草知道，不远处，还有来春。

天空之蔬：香椿芽

女作家张晓风在《饮啄篇》里写自己品尝香椿炒鸡蛋时，大叹：“太完美了！让时间在这一瞬停止吧！”

张晓风睿智柔婉，笔下文字散发着璎珞敲冰的古典光芒，香椿芽的芳烈之味，让她如此直截地大叹；实在是，咀嚼一芽香椿，你能品味到整个春天，那些和风、那些细雨、那些深深浅浅的春滋味。

“春来即吐紫，不做自矜持。由来少花事，生香叶繁枝。可以佐陋餐，亦可当药使。可以登大雅，无需有兰姿。”没错，这小诗，说的是香椿。它有一个奇香的灵魂，却是端的平民女子的装扮，大红大紫，糙糙的，看上去，好似土气村姑。

雨前香椿嫩无丝，雨后香椿生木枝。香椿，最当季在谷雨前。这个节令的味觉，已经有荠菜、蕨菜、榆钱、柳芽做了铺垫；生活，被野菜点缀得花样翻新，趣味达到了极点。似乎，春天，已经走到了末梢。可是，不！香椿树把春天接过来，给你一个味觉乐章的小高潮。

高高大大的香椿树，枝干疏朗，光洁的枝丫挑在半空，枝尖挑了一小簇一小簇的芽芽，毛茸茸的，红得有些紫的意思，“仿佛可以看见一股血液喷上来，把每片嫩叶都充了血”。真的，它的色泽那么深沉，如忘不掉的旧年记忆。那紫红的芽芽，如一顶顶小帽，渐渐往绿处泛。一小团一小团的绿色，间隙里是蓝莹莹的天。几朵白云，闲散地游，几只黑鸟，石块一样投过，闲散间，漏下几滴鸟鸣。这真是天然的画儿啊。

这画儿，只有香椿树这用笔简约的画家，在蓝天的宣纸上，才描得出来。画外的音乐，是“吃”。在春天，吃野菜，吃香椿，是一种简单明朗、暖洋洋的幸福。香椿芽，那来自于天空的菜，原本一身的天然之气，吃进身体，自然淡化了浑浊的饕餮之气。正如安于蔬食的苏东坡，被贬海南岛时，写的那首《撷菜》诗。诗题中，他谈自己借了半亩土地来种菜。一整年内，和儿子的三餐菜肴都充足了。有时半夜喝醉，想解酒，就到菜园里，摘采蔬菜煮食。那菜带有泥土的芬芳，含着霜露水汽，即使上等滋味的肉品也比不了。东坡正色道：“秋来霜露满东园，芦菔生儿芥有孙。我与何曾同一饱，不知何苦食鸡豚？”他将自己住的庐舍，命名为“安蔬”。想安蔬之内，添了香椿，东坡更是怎样满足？

香椿，即使与专业的蔬菜相比，也显得卓尔不群。这卓尔不群的地方，便是它的香，幽远、恒久、芳烈，充满了传奇色彩。香椿，因此被视为蔬菜之珍品，列为“小八珍”之一，与荔枝一起作为南北两大贡品。清代才子李渔在《闲情偶寄》中，对香椿推崇备至：“菜能芬人齿颊者，香椿头是也。”

香椿芽，是画家齐白石自幼喜食的野菜，画家成名之后，仍然对此念念不忘。逢春天，他除了喜欢烹食香椿炒鸡蛋外，还喜欢把香椿切成细末，拌豆腐吃；或将香椿做得与炸酱面、麻酱面或打卤面一起吃。

可我们这些小人物，在春天，总是很忙，心总是很浮躁，似乎分不出闲心，去挖野菜、摘香椿，过那鸟飞水流一样的悠闲日子。我们从不去想，香椿、野菜和春天，都是一瞬间的事，错过，这一年便永久错过了。

邢　白　瓷

眼前这些瓷，玉环底碗、玉璧底碗、瓷马残件、执壶……土掩泥埋、跟头咕噜的，在光阴里走了千年；掸一掸灰尘，进了玻璃橱柜，竟然圣洁如白莲花。

我一件件端详过去，想由此张望千年以前；我想象不出，那些双手沾满泥巴的老先人，在抟土为泥、制胎拉坯的缝隙里，能不能分出一点儿闲暇，像我张望他们一样，张望一下遥远的未来？他们手下的毛坯，出自泥土，最终却脱尽土气，以雅洁光亮的形态呈现。他们想没想过，漫长的时光过去，这些东西，会成为一个朝代的影子？

土生万物，取自临城磁窑沟、岗西、祁村一带岗坡的瓷土，柔润细腻，正宜造瓷；泜河的清水，木桶牛车，一车车拉来。土和水，由先民之手堆塑成一枚枚器皿，形自心出，无参照，无复制。那是自己的另一颗心，另一种话语，另一个灵魂。古拙也罢，灵秀也罢，朗阔也罢，纤巧也罢，都是独一无二的自己。

它们的相同之处，是颜色。对的，白。邢瓷的白，茶圣陆羽曾做譬喻：类银类雪。有点儿敷衍和粗疏了。那白，何似沉重、敦实的银？雪的轻灵之意，倒有那么一点儿神似。

邢瓷之白，是一种什么样的白？牙白、米白、乳白、云一样白、纸一般白？嗯，都有点儿，又都失之单薄。那么是白中泛灰泛黄泛青或者泛蓝吗？哦，那白，是朦胧、神秘、复杂、模模糊糊不确切的那么一种白。

那白，是白莲花的白，月亮的白，神性的白，白得让人收摄了心意，不敢喧嚷，不敢伸出手去触摸，怕惊扰了它的一世清梦。

一个扁扁的碗，一个荷叶边的花口钵，格局朗阔，厚朴敦实，是粗瓷，富具田野精神，俨然是渔樵气质。看了一会儿，慢慢地，像靠近了父兄般粗朴的灵魂，愿意做他的小友，看他泥水劳作，理解他、懂得他、心疼他。

那个腹略鼓、口儿稍收、底儿微缩、收口一圈鼓钉的瓷，就叫个鼓钉洗？该是古人的洗漱器皿吧？做瓷的人，心境该如何富丽饱满，才能做出这么温润生动、虎虎有生气的东西？

侍女般体态妖娆修长的——那把壶，执壶，盈盈不足一握。清美之姿，像不绝如缕的人丛里飘来一阕楚歌，颜色里有清辉般的肃穆。看着，人不觉惊悸，如此细致、精美之物，真如一截岁月，稍一疏忽，当啷碎了；而珍藏之意，亦如邢瓷，穿透浮世烟尘，呈现给人的，仍是迷人的光洁。

一个双耳尊，长颈，鼓腹，有高挑的足；腹以下，紧收一下，妖娆劲儿，一下子凸出来，空灵清媚，异常可爱。看过它，就好像听到“哟”的一声，欲说还休；可是，它分明在一旁静着呢，静得不着痕迹，乱花飞渡。

也喜欢那个大肚儿、微口儿的缶。饱满华润，一气呵成。用它作花瓶，春天插柳，夏天插荷，秋天插菊，冬天插蜡梅。多么美。

博物馆里，还有邢瓷的当代仿制品，那个名曰“睡莲”的，是一种水盂还是茶洗？造型也没多复杂，只是饱满，有元气，气韵出格出离；想来，这便触摸到了邢瓷的一二精髓。

做瓷的人，心静下来，便能跟古意打通，做出的器皿，也呈现出了一分高古淡丽。临城文保所的张志忠先生，便是这样一位一气做了三十年邢瓷的人。远去的邢瓷，在他手下，一件件复出；对邢瓷的研究，成为他的一种宗教，一种人生。

漠漠岁月，我们与瓷，不过彼此的过客；他却与邢瓷，成友，成知己，互相成全，互相扶植。

在史上，“邢客与越人，皆能造瓷器。圆似月魂堕，轻如云魄起”，唐人皮日休这诗，说的便是越州青瓷和邢州白瓷；而分布在古邢州内丘、临城一带的邢窑，是生产白瓷最早的窑场。自北朝开始，历经隋、唐、五代及宋、金、元，达千年。

千余年，邢瓷的素朴之美，一以贯之，不繁华，不纹饰，一门心思，坚定不移，追求的，不外“质地”和“神韵”。

如此素静，如此干净，如此不慕喧哗，不问浮沉，唯邢白瓷，而已。

薄暮槐花深一寸

唐元和六年，是白居易一生中，最黯淡愁苦的时刻。他那些讽喻诗歌，为他招来了好多“拍砖”；他一边挨着莫须有的“砸”，一边扶母灵柩，回到老家陕西下邽村。那时节，山村小路，槐花处处，宛如初夏里一场盛大的落雪。

闲下来，他写道：幽闲竟日卧，衰病无人问。薄暮宅门前，槐花深一寸。

暮春的午后，我读到这首诗，心里堆满了白居易的满地槐花。

槐花，那么清芬细甜有营养的花朵，古人为何不采来吃，却任它自开自落，在地上堆积了那么厚呢？“朝饮木兰之坠露，夕餐秋菊之落英”呀，多美！后来我才知道，他说的是那种国槐，也叫笨槐，花朵不像洋槐那般香甜，是没人吃的，因此风中花落，土地就有福了，有那么多美丽的魂魄簇拥着。

古人却是吃笨槐的叶子的。杜甫诗《槐叶冷淘》：青青高槐叶，采掇付中厨。新面来近市，汁滓宛相俱……万里露寒殿，开冰清玉壶。君王纳凉晚，此味亦时须。说的是，捋来青槐嫩叶捣汁，和面粉，做面条，煮熟后放入冰水中浸泡，色鲜碧，捞起以熟油浇拌，放入井中或冰窖中冷藏，食用时再加作料调味，是爽心适口的消暑佳食。《唐六典》记载：太官令夏供槐叶冷淘，凡朝会燕飨，九品以上并供其膳食。平常百姓还没资格吃。

其实笨槐也好，洋槐也好，花朵并不讨巧，还缺点儿灵气；而春天是喜欢婉约轻灵的调调的。粗朴的槐花，跟不上春天轻捷的脚步。至于它的第一朵花，是怎么样抓住暮春的一角衣袂？它经过了怎样的努力，却终被撇下？我们并不清楚。当我们走在城市上班的路上，闻见一股若有若无槐花香时，春天的身影，已隐隐远去，留了一个初夏的热辣舞台，给槐花释放和宣泄。

槐花也不气馁，一挥雪白衣袖，将夏天接迎了过来。

一般，开在夏天的花，都是有些脾气的，笨的、愣的、火爆的、倔强的，一开就没了矜持得意忘形的。她们是一些烈性女子，玩世不恭，轰轰烈烈地做这个干那个，尤其是爱情，她们总是将情事传播得满城风雨。

槐花，有些小小不同。它是安静的，安静得热烈。她确实没大家气象，小小眉眼，是小家碧玉的玲珑，那么白，比奶液还白，越往心里去，越是白，白得泛青，是一缕没有洇染开的碧青淡黄；再浓烈的情思，甜蜜的心事，都放这儿了。

她的细细眉眼，永远注视着脚下，是现实里又低调又闷骚的那种人。她不需要喋喋不休、夸夸其谈，她是行动者，只需开放、开放，就够了。

可是安静的槐花凑伙儿开全了，那阵势会叫人惊叹。没人发号令，是她们自己约好的。枝上所有的白，都冒出来，香甜地应一声，汇入巨大的雪浪头，一波一波，弥漫扑卷。月色里，清凌凌的；阳光下，秾酽酽的。让你迎头进入一种酒醉的境地里去。哦，还有什么比这叫人陶醉的呢？就化做一朵美人眉一样的小花儿吧，随着她们的队列，在田野里奔跑一回，追求一回。这样奔跑的机会，对于我们来说，多么难得。

其实有时，被我们匆匆错过的花开，就在我们的身边。如果你从一块槐花煎饼里，品出一朵一朵槐花的青气和羞涩；或者从一杯槐花蜜里，闻到了花朵青春的畅想；你还看到，山上农场里的鸡们，一蹦一蹦地啄食槐花，喙上染了一缕香；从田野回家的小羊，嘴角里，还露着几朵白。你也许还会忆起，槐花的清芬，曾穿透了钢筋水泥的森严壁垒，渗进了你的小资生涯。“压力山大”、身心晦暗那一刻，半杯水，半杯奶，一包红茶，放微波炉高火一分半钟，出来，放一大勺子槐花蜜，乳香花香加茶香，灌进肚子里，百病全除，万念俱消，只想叹一声：活着真好啊，生活真好啊。

也许槐花的触动，并不能使你真正理解她。但是，没关系，我们不用把自己精神的印章给槐花乱戳乱盖，那其实是对大自然的一种不尊重。我们读诗，读草木清香的《本草纲目》，会找到槐花的妙用：凉血止血，清肝明目，主肠风便血，痔疮下血；血痢、尿血、血淋、崩漏、吐血、衄血、肝热头痛、目赤肿痛、痈肿疮疡。这是槐花的真实。

一朵一朵槐花，便是一个个小小的济世观音，有着美丽的慈悲情怀。

我呢，只觉出她的甜、她的静、她的素朴。或者是因为，在此刻初夏的槐花树下，那个发辫上落满槐花、嘴角衔一枝槐花、嘟嘴向着槐花满天的那个小女孩儿，也曾经是往昔的我吧。

槐花于我，实在有过清贫岁月里最实在、最芬芳的恩惠啊。

菖　蒲

闲了，在灯下翻一卷《植物图谱》，看到了菖蒲。

这种生在老家沟塘池溪的水生植物，竟与案上兰花、水仙、菊，并称四雅，这让我在心里起了一个小惊叹。那三者，都是有些仙姿的，而菖蒲，却平实、低俗，入得烟火。这么想着的时候，一排碧绿明净的菖蒲，缓缓推送过来，以至于满纸绿影婆娑。菖蒲“沙沙沙”的剑叶挤擦，都似乎听见了，菖蒲那种柔腻的水腥气，也似乎闻见了。

小姑娘时常常背了篓子携了水盆，去村南的河边洗衣。坐一块大石，踏两块小石，匍匐搓洗，简直就是陷入了菖蒲的包围里。身边浅水处、沙滩湿地上甚至洗衣石的缝隙里，都摇曳着丛丛菖蒲，风来嗞嗞嗞，跟水声交织，跟人耳语。其实，我倒没有多喜欢它，我喜的是野荷，香而且美！哪里像这菖蒲，叶子直立狭长，尖头薄刃，有一种霸蛮的兵气。

说它霸道，也不是妄说的，它们挤满了近处水域，仍意犹未尽，一直挤向上游、下游和我的身后。河风吹动，遍地菖蒲泛着水淋淋的绿，起伏不定，作势扑人。

我后来学到屈原的《天问》《九歌》，总会联想起河边密密排开去的菖蒲。菖蒲，跟行文颇有密度、让人读得喘不上气的长章，浑然成了一个意象。

菖蒲的叶和茎，看起来阳刚凛然，其实挺柔韧。老家的人们，除了拿它作剑镇宅，还会剪来做绳索，绑粽子。语文课上，读到《孔雀东南飞》中刘兰芝铿锵自比：君当作磐石，妾当作蒲苇，蒲苇韧如丝，磐石无转移。我点头，刘姑娘是个踏实端正的女子；菖蒲，果如她所言，柔韧如丝。拿来和磐石匹配，自是情比金坚。

也是因这个柔韧，菖蒲可编席、编篮、编扇、编草帘、编僧侣信徒打坐的蒲团。

南方人还用来编蒲鞋和蓑衣。头戴斗笠，身披蓑衣，浑身散发着植物的清气，跟雨味交融；缓缓从雨中走过，雨点打在身上又滑落下去。这穿蓑戴笠的情趣，有一种湿润的大野气息，很让人喜欢。

我想，菖蒲如此烟火，却被认作四雅之一，定是有渊源的。看，《吕氏春秋》就记载：冬至后五旬七日，菖始生。菖者，百草之先生者也。读书人谁不崇拜先生哩？

又加上它“不假日色，不资寸土，不计春秋，愈久则愈密、愈瘠则愈细，可以适情，可以养性，书斋左右一有此君，便觉清趣潇洒”。清趣，这又是雅品之一，怪不道它雅呢。至于苏轼欣赏菖蒲，是因其“苍然于几案间”，且能“忍寒苦，安淡泊，与清泉白石为伍，不待泥土而生”。为养好菖蒲，苏轼会趁闲跑去拣碎石，“取数百枚以养石菖蒲”。

我不是雅致人，却也渐欲借菖蒲的清气，洗洗俗了。未来几年，若能在山间筑一小院，定要绕墙开道小渠，渠底满铺碎石子；渠上架一弯小桥，尽头立一轮水车，水边植几丛菖蒲，动静映衬，养眼养心；再临水修畦，种几窝葫芦和丝瓜，勤做打点，摘瓜做菜，养一个清美好身体。

那丛菖蒲，是一弯流水的绿腮阔眉。

清趣幽幽的菖蒲，像流落在民间的文人，踽踽独行在光阴里，风雨飘摇一生一世。你有你的庙堂，我有我的江湖。任你堂皇贤达，我只隐在民间，持心头利剑，守候文脉和民心。入得诗书，恰似神仙，闭起木门，便是深山。

虫　　趣

夏天，虫儿多。它们会飞、会跑、会掐架，还有点儿小智慧、小狡猾、小奸小赖、小调皮，是孩子们最好的玩伴。

家门口，有棵椿树，光溜溜的树干上，常蠕蠕走着些“椿牛”，我们叫她“臭妮子”。这“牛”，深灰色，微胖脸，短触角，瓜子壳般的身体，还镶了红边。它们随飞随走，走得不耐烦，便嗡的一下，飞一段。一飞，“瓜子壳”绽开，水红内翅露出来，像老戏里的女将，铁青战袍下遮着红裙子。

有次，我用一枝小棍子，对一只椿牛百般堵截，还用一片梧桐叶子罩住它，阻挠它起飞。前后受阻，椿牛想飞又飞不走，骤然放出一种难闻的气味。我捂鼻正欲放弃，忽见两根细长的触须，从树干那边探出来，接着是倒三角形的脑袋，一双翠绿色的大眼睛，呵！一只小螳螂呀。它目光如炬，挥舞着“大刀”，气势汹汹地朝着椿牛攻过来。

大战在即，我静静地看。

吃惊的是，椿牛毫不惧怕，毅然决然冲向螳螂，六肢抱住它的“大”刀，荡秋千一般悠起；螳螂空有利器，无处下手。那臭“牛”，又排出一股更浓的臭气。螳螂大概臭晕了，收起“大刀”，掉头而逃。

椿牛以得胜者不与计较的姿态，撇下呆呆的我，辄走辄飞，扬长而去。

大雨过后，天牛出没。天牛，被我们叫作旱牛。深赭色的身体，黑色斑纹，两肩耸起，像武士的盔甲，突起的额头上，有两只长长的触角，触角根部有节，能转动，那触角就像美猴王头顶上的雉鸡翎一般神气。它一飞，翅膀张开，像深赭色的透明披风。

我喜欢跟着哥哥姐姐们，跑到村外西岭上捉旱牛。大人们将旱牛用草棍儿串成一串；带回家，撕去翅膀、脑袋，只剩鼓鼓的肚腹，用火烤着吃。

我不吃虫子，小鸡才吃虫子呢。吃虫子的大人们，让我感觉好笑。

旱牛，跟众多的虫儿一样，只是我的玩伴。我找一根细线，一头系住旱牛的颈部，一头手里牵着，骄傲地走来走去，像遛宠物。旱牛一飞，细线倏忽飘起，它便成了一个有生命的微型风筝。我仰望着它，也仰望它嘤咛而去的天空，感觉自己也要飞起来了。

旱牛时时停在一处，角质的口器，嘎吱嘎吱，咬牙切齿似的。大约，它无论如何逃不过掌控，愤怒了吧。

村外池塘的清水上，常常划动着水马，六条细腿，一个瘦骨架，没一点儿肉星，伶仃可怜，然而精神得很。它在水面上轻松来去，划起一圈圈细碎的波纹。它有时速度很快，但却走不远；总是在跑，却总是踟蹰在那么个方寸天地。我细看它，走三步，停一停；一动不动，伏在水波上，任水波粼粼远去。忽然又似若有所悟，赶紧往前跃几步。然后又伏下来，进入冥想状态。

我看不明白它这是做什么呢？心事重重地忙个不停。为什么这么忙，你比大城市白领还要忙呀。

南河滩的细沙里，藏着“沙普陀”。我充满疑惑：在沙子里，它怎么呼吸呢？它吃什么呢？

没人告诉我。

“沙普陀”面对着我，也只会把小脑袋，左摇一下，右摇一下，一副摇头否认断然拒绝的表情。它浅灰色的扁圆身体，没有四肢或更多的肢。它大约像蚯蚓一样，靠蠕动钻进沙子里去的吧。如果，你在沙滩上发现微微一个旋儿；那么旋儿中心，定准藏着一个沙普陀。挖出来捏在手中，它便开始摇头，好像在对你说“不！不！不”。

我不知道它真正的名字，沙普陀这个称呼，让我想到《西游记》里的“沙和尚”。我常恶作剧地把嘴贴近它，骤然大吼一声“沙普陀”！它刹那间不摇头了，怔怔地，好似被我给震晕了！

小女孩儿家，最喜欢的是蝴蝶和蜻蜓。蝴蝶，软绵绵有点儿娇气，蜻蜓呢，仙气十足，更让人喜欢。

若以美女比蜻蜓，它是那种清新干练型，不像蝴蝶那般小姐腔。蜻蜓身躯细长，一对大而鼓凸的眼睛，莹润如绿宝石。这双眼真大呀，占了头部的三分之二，让人感觉，它头上全是眼睛，那么脑子呢，有脑子吗？它的两对翅膀，如网状轻纱，飞起来，像扎着两朵小雾。蜻蜓的尾巴长又细，青绿色，乍看，像一截麦秆儿。它身上任何一个部位，都有一种精致的美。

尤其一种红蜻蜓，浑身鲜红，翅膀也洇着一层水红，飞在阳光下，有一种迷离奇幻的感觉。

大雨过后，空气凉润，蜻蜓，成群地从田野深处飞来。我们折一根柳枝，以一足为中心转圈一甩，就能击落几只。有时，也到菜园里去捉。看准一只，就放轻了脚步，屏吸，弓腰，蹑手蹑脚，悄悄接近；然后，猛然出手，捏住了它竖起来的翅膀。它扑啦啦地欲飞，翅膀扇动着指腹，凉凉的，麻麻的，感觉真奇特。

也去小树林子里捕蝉。蝉，在虫儿里，身量不算小的。它也有一双鼓凸着漆黑眼珠的眼，羽翼透明，如梦如幻。蝉，有足，却爬得不快，有翅，却飞得不高。有时，从柳枝间，一个滑翔，啪的一下，落在一处，重重的，也不知道疼。小孩儿家捉蝉，总不会放空，大约，这虫儿身躯过于肥硕吧。

有时候，会遇到，树干上缓缓爬一个新蝉，翅膀还嫩着呢。上前，捉住，捧在手心，它的四足奋力地划动，弄得手心里一道一道，酥酥麻麻；一松手，“吱”的一声，看看，已是远了；手间和心间，刹那间空空如也。

顶不喜欢有一双肥大腿的蚂蚱，尖嘴猴腮的样子，像老戏上留着山羊胡的半老坏男人。而小时候，野地里的虫虫总是很多：屎壳郎，锲而不舍地在小径上滚着它的宝贝粪球；七星瓢虫，穿着夸张的大红袍子，辄飞辄落；有着黑黄花纹的马陆，骇人地蜿蜒穿行……用镰刀扑一下草丛，无数的褐色蚂蚱、绿色蚂蚱拖家带口，蹦蹦跶跶，四散而去。

逮蚂蚱，掐它脖颈部位的厚甲，它的后足，会弯过来挠你；捉它的后腿，它会将身体朝向对面一弹一弹地，像作揖，嘴里却浸着褐色唾液，像吐口水。

一边作揖，一边吐口水，诋毁，它真是个阳奉阴违无节操的家伙。

一种小小的黑虫，叫作磕头虫，我没有玩过。但是据汪曾祺在《昆虫备忘录》里说“磕头虫的脖子不知道怎么有那么大的劲，把它的肩背按在桌面上，它就滴答滴答地不停地磕头。把它仰面朝天放着，它运一会儿气，脖子一挺，就反弹得老高，空中转体，正面落地。”

这种喜欢磕头的虫子，老让我联想到宫廷剧，里面好多人没膝盖，动不动就曲下高贵的双膝。

喜欢玩儿虫，只是出于一颗喜欢大自然的心，没玩出过什么名堂，却乐此不疲。我后来看到明代文人袁枚记载的一驯蚁艺人斗蚁的实况：其人身佩布袋，内藏两个竹筒，分贮红、白两种蚂蚁，每种千余只。当将两种蚂蚁倾倒在桌面乱成一团时，只见那人先后挥红白二旗，喊“归队”，两种蚂蚁竟各自排成一行。当两旗互挥，下达“穿阵走”口令时，两种蚂蚁竟又能穿杂而行，步伐不乱，演阵数遍后能列队各入其筒。

玩虫儿，玩出如此境界，我感觉有点儿神奇有点儿夸张，还有点儿不相信。不过，我相信，用一双好奇和善的眼睛去看虫儿、看世界，总会邂逅到令你惊喜的情节和故事。

苦瓜肝肠

炎炎夏日，苦瓜出场，好像专门为我们布施一味清凉来了。

当你心情糟糕、口角发苦，在空调屋里坐着都不安稳，就弄几根苦瓜吧；简单凉拌一下，脆生生吃几个，眼见得火气就慢慢消下去了。

苦瓜这种菜，脾性深沉淡泊，像古人说的良药。苦。苦口，苦心，苦肠胃。一路苦下去，五脏六腑里的污浊，就会被涤荡干净；身体角角落落里那些迷离的虚火，也一点点被熄灭了。

书上有个成语，“口蜜腹剑”，这个词在民间，去了一层尖锐之气，叫“嘴甜心苦”，不论什么说法，这样的人格很可怕；到了苦瓜这里，格调来了个大翻转。它是真正的“嘴苦心甜”，就像一个人，说话耿直，不计后果，却怀揣一腔甜美，心地极为良善。

前几日，老家小住，在太阳还未暴热的早晨，去菜园摘菜。进园子，一眼见到葱葱瓜架上，那几只静静悬吊的苦瓜，心里一时浅笑不已。我笑它奇异的青春风貌：那样青碧透亮的容颜，却布满了那样坑洼不平的“痘痘”，它若是个女孩儿，该有一点点自卑的吧。

我爱惜地扫它一眼。它却不急不躁，安宁清静，一副清凉神态，很有点儿幽馥暑中寒的意思。我想起一句与苦瓜毫无关联的诗：升堂坐阶新雨足，芭蕉叶大栀子肥。芭蕉凝翠，栀子饱满，这是南方暑天的美丽，北方没有；但我感觉，北方的苦瓜与它们肝肠相似，都有那么一种清淡简静。这些嘉宁的事物一来，火烧火燎的夏日，便有了广而深的安稳。

架上整株的妙龄苦瓜，却有着小女孩儿的清婉和灵动呢。清人叶申芗有词，《减字木兰花·锦荔枝》：黄蕤翠叶，篱畔风来香引蝶，结实离离，小字新偷锦荔枝。但求形肖，未必当他妃子笑。藤蔓瓜瓤，岂是闽南十八娘。词中的“锦荔枝”便是苦瓜，看看，蛮形似的，因为荔枝也是痘痘满脸呢。不过呢，它们并没因此失其美，反添了一抹年华正好的青涩味儿。

草木瓜果，在一双中国化的眼睛里，总是有情有义，有神性的。苦瓜，被称赞高格调，有君子之德，因它只一味苦着自己，不传于他物。譬如做菜，苦瓜炒蛋、苦瓜炒肉、鱼香苦瓜、尖椒苦瓜、五味苦瓜、冬菜苦瓜等，所有苦瓜参与的菜里，它都不会将自己的苦味传递、渗透，哪怕一点点。沉静、内敛的苦瓜，总是静静含蕴，默默积蓄，在需要的时候，将一己之苦，训喻人心。

苦瓜的苦肝肠，放到医学上，也是大有用处的。清代王孟英《随息居饮食谱》载：“苦瓜清则苦寒；涤热，明目，清心。可酱可腌，味甘性平，养血滋肝，润脾补肾。”苦瓜还能降血糖，高血糖病人，吃苦瓜多多益善；不但克糖，还去脂，苦瓜里有种成分叫高能清脂素，减肥有特效。

苦瓜成熟了，掰开一看，瓜瓤红艳艳，一腔锦绣；尝一尝，味道是纯正的甜。这可真叫人意外。稍纵即逝的讶然里，你终于品尝到了苦瓜的甜美肝肠。人世间大小道理，原就是这么甘苦交织、难分难解地水乳交融着的。

坐在老南瓜上，垂钓繁星

春风来不远，就在屋东头。春风一来，土地就被松绑了，细细漾出纵横的笑纹来；拿手指一捅，酥软酥软的，像一种名字叫“道口酥”的糕点。

这时候，家家都寻出昨年留好的瓜籽，温水里浸个囫囵日夜。看看，种子张开了嘴，发了芽，就拿起锄头，走进春风里。田头地脚、房前屋后，种瓜去。

南瓜、冬瓜，种在坡地里。背点儿阴，向点儿阳，都不打紧，它们生性皮实，是瓜里的好汉，鲁智深、武二郎之类。你看，它们的种子都傻呵呵愣头愣脑的，瓜藤粗得像绿蛇，顶着绿叶、黄花，四处跑，一跑跑出十几米；遇到挡路的，也不后退，一扭一扭顺杆儿往上攀。结出的瓜呢，更憨，两三岁的娃娃一般大。顺地跑的藤，把结出的瓜撂在地上，不远一个，不远一个，吩咐绿叶子守着；攀上树的藤，吃力地拖着瓜往上爬。瓜在半空里悬吊着，沉沉的，风一晃，几乎将藤扯断了。看上去，实在惊心。

甜瓜、西瓜，种在沙土地里，干壤壤的最好。它俩水性大，几乎就是水做的。可是呢，却最怕水浸，一泡烂秧哩。花一灭，小瓜立时挣出来，绿色小纽扣在温热的风里，见天胖一圈：杏子大、核桃大、拳头大，直到篮球大。沙土地，被压出一个微微的坑。西瓜绿得发蓝，扑一层灰粉，咕噜噜跑得满地是。

沙瓤西瓜是神品，清朝金圣叹说："夏日于朱红盘中，自拔快刀，切绿沉西瓜，不亦快哉？"真是快乐啊，从井里拔出来的西瓜，凉甜凉甜的。甜瓜呢，迷人的是味！幼时，卖瓜人荷担卖瓜走街串巷，细细的瓜香逶迤一路，惹得孩子们撵着跑。

黄瓜，是瓜族的青衣，跟林妹妹一般身形，纤巧玲珑，盈手可握，一身沉绿，又宁静又妖艳。它清新、爽口，淡淡的甜，凉凉的香，像背阴里一汪泉。入口，清凌凌、绿蒙蒙的青气；弥漫开，薄得像蝉翼，清得像月光。

黄瓜籽细长纤弱，下土萌芽，要有伴儿。我娘惯常的做法是，搭上两颗黄豆，豆瓣撑开松了土层，黄瓜籽借机拱出头来。出苗以后，要搭架。不然，它拖着长长的茎蔓四下里跑，跑疯了，结的瓜不成个样子，歪瓜裂枣，真不好看，口感也不行。如果在旁边竖几根架梢，它们看准了似的，细细的须，一歪就缠过来了，紧紧抓住，顺架往上爬。爬一截，滋个杈，开几朵花；再爬一截，又滋个杈，再开几朵花，像农家，过日子很有章法、很有打算的样子。有时候，那一步开的花，都结了瓜，长条条的，悬着，很乱，很文艺。这样的情景，入了画，养眼养心，画家喜欢；赏画的人看了，觉得很田园。

"童孙未解供耕织，也傍桑阴学种瓜"，种瓜，这种活，轻省，文艺，还有点儿游戏性质。小时候的春天，娘常带着我们姊妹仨，去菜园，去房后屋角，去一溜一溜的小片坡地，种南瓜、倭瓜、瓠瓜、葫芦、苦瓜、冬瓜、西瓜、甜瓜……还有专门用来欣赏的看瓜。巴掌大一块地，都被种上了这瓜那瓜。

常常是我娘背着我弟，走在前；妹妹和我，尾巴似的，跟在后。我妹，总是负责掂那个装瓜子的塑料袋；我背着荆条编织的挎篮，里面是大锄头、小锄头。

种瓜的过程，有点儿神秘，有点儿冒险，是自己跟自己制谜语，然后等时间给你揭谜底；是自己跟自己赌个小咒，然后等时间来判输赢。谁都不确定，指间洒落的这一粒，来日会长成怎样的——篷瓜。

瓜地，毋论大小，都已经被平整得又软又平，像毯子。娘说：“来，老大挖坑，老二撒籽，老三埋种。”弟弟不干，要撒种，我也不乐意挖坑。娘就自己挖，用锄头拍碎小土坷垃，轻轻一剜，一个小土窝，很温暖的样子。我们围在一起，争着撒种，觉得那是很有意义的事儿。

有年，我在一棵南瓜旁边，做下个记号。那棵南瓜出了苗，我偷偷给它吃偏饭、掐尖儿、松土，还多施了一点儿鸡粪。结果它为我结了一个大鼓状、黄央央的老南瓜，我和妹妹两人抬都抬不动。爹把它扛回家，小弟撅着屁股，跪地推瓜的场面，很有喜感。

记得瓦尔登湖畔的梭罗说：“我宁愿坐在一个南瓜上头，垂钓一池晶莹剔透的繁星……”你信不，老南瓜真的可以当板凳哩。

老　闺　蜜

那年春天，我请了假，将生病的娘接到我们在南山上的场区小住。

风和日丽，我和娘坐在阳光底下，一块儿远看近眺，说闲闲的家常话。远近的树，有的在发芽，有的在开花，春深如海。

娘指着一树杏花，讲她的幼年。那时，她要看弟弟，背妹妹，做饭，喂猪，做家务。春天了，她一手托着背上的小孩儿，一手攀着石缝，爬上墙头，去折杏花。她说，她淘气，一棵通天小树，只消两手一抱，两脚一缠，一纵一纵就爬上了树梢。

我姥姥一忽儿出来，喊吃饭。听得答应，不见人影。抬头，云端的绿影子里，有脆脆的笑声跌落。

我赞叹说："娘啊，您太好玩儿了，如果咱俩同龄，我肯定跟您做闺蜜。"

我娘说："啊，咱俩交往，少说也快四十年了，还称不上闺蜜吗？

还用同龄哩？”

是哪，朝夕相伴的母女生活里，我们的灵魂上是有那么一点儿灵犀相通的意思。都爱花草、爱读书，也爱看老戏。

听我娘说，我在襁褓里的时候，就被她抱着一起去看戏了。娘从年轻时就嗜戏有名，寒冬腊月，有戏班子进村，我常被她小褥子一裹，抱着去往四壁漏风的戏院。看戏回来，忍受奶奶的揶揄和指责，一声不响，但下次还是要去。

想来，寒冷如铁的戏院，她要分一半心神，呜呜拍着哭闹的幼儿，而另一半神思则逸出去，在那单调华美的戏台上，寄托她年轻的想象。老戏，对于她，是新鲜的窗外，是狭窄视野里的五彩，是单调人生里的别样经历。

爹外出做工的冬天，每晚，娘早早栓了大门，封了炉火，打发我们姊妹三个钻了被窝，她则坐在炕头做针线。这时，我们往往会听到各种各样的戏段，老戏有，样板戏也有，豫剧有，京剧有，昆曲、黄梅戏也有；“为救李郎离家园，谁料皇榜中状元”“劝爹娘莫难过村头站稳”“北风那个吹，雪花那个飘”……我喊“娘唱个小仓娃吧”，娘就把《卷席筒》中“小仓娃我离了登封小县”，咿咿啊啊地唱给我们。

我自然知道，我的种种嗜好，是娘熏染引导的结果。娘不在身边的日子，遇到好看的戏，有意味的书，我的心里总是缺了一块，惋惜我那位慈爱的同好，不能在一块儿共享。

不间断的戏外岁月里，我们长大了。娘，老去了。我常想起她说的一句老话：戏里有的，世上都有。若干年以后，我才明白，生活，不过是一折折戏情在日子里的溶解和散落。

而对于一个没有读过中学的农妇，能有这样的感悟，真是叫人惊奇她的悟性。

我娘一辈子很少出村儿，最远的行程，也不过方圆十几里，但读的书不少；骨子里有那么一种天生的镇定，不需人教。那年，我考上县城初中，为了不让爹脱工影响工分，我娘决定一人送我到离家百十里的县城上学。前一天，她专门跑到在县城工作的拐子叔家，打问了路径、车次、学校的位置。回来，成竹在胸地对我爹说："你不用脱工，我去送妮儿！"

一进城，我娘也有点儿蒙，我们的世界里，从没有过那么宽的马路，那么多的车。但我娘马上就回过味了。她的脚步，果敢、明朗，一点儿也不拖泥带水，又目光敏锐、思路煞清。她指点我，在一个陌生地儿，别吝惜话，凡事多问；穿马路时，要相信灯。

可是，穿马路时，我却惊慌得不行，怎能不紧张呢？绿灯一亮起，便拽起她的衣襟慌不迭地一路小跑。我娘说：看看，看看，这绿灯是假的？你这慌慌张张的样子，真是不好看。女孩儿家家的，不是闺秀，也是碧玉哩，讲个沉稳、从容哩！

逢春节，娘会发给我们压岁钱，从一人一角一直涨到姐弟三个结婚成家后每人三百。她每年乐此不疲，用写对联裁下的红纸，包个红包，交给我们，郑重其事地念叨一下："一毛两毛，压住风浪。长命百岁，健健康康。"

别人家孩子的压岁钱，发到18岁，可是我娘说，再大，娘跟前都是孩儿，娘不替你们压岁，谁替你们压嘞？不要计较多少，一分钱也是一份祝福。

大小子、大闺女的了，还年年受娘的压岁钱？我们姐弟三个想了个辙。于是，最近几年，我们便和娘互发压岁钱，我们学她的话说："儿不替娘压岁，谁替娘压岁哩？"

我娘扭扭捏捏地不接受，嘟囔说："理儿不能反，哪有儿女给老子压岁的？”

我们都笑着说：“娘忘啦，娘不是我们的闺蜜吗？大龄老闺蜜呀。”

姥姥史诗

姥姥刚学说话时，没了爹妈，十二岁被亲戚转送给人家做童养媳。那时，作为长子的姥爷，才十岁，下面一溜挨肩六个弟妹。姥姥就像空降来的大姐，天天抱小的，带大的。

一个“小大人”，一个娃娃班。

夏夜房顶乘凉，半夜降露水，熟睡的“小大人”会被叫醒，揉着睡眼，把孩子们一个个鼓捣到房底下；姥爷大了，背不动，喊不醒，姥姥就捏他鼻子，等他“啊”的一声憋醒，姥姥看护着他爬下梯子。

有年正月，两人奉命去串亲戚。回来时，大雪弥漫遮没了山路。雪窝里跋涉了多半天，又回到了那棵停脚的老枣树下，这才发觉迷了路；姥爷累得一屁股坐在雪里，说啥也不起身了。姥姥弄根树枝，抽打着姥爷起来往前走。衣服抽破了，棉絮一块一缕往外掉。

那雪，真稀罕啊！一天一夜人来深。唉，你说我怎么那么狠噢？把你姥爷抽得哇哇叫。

多年以后，姥姥回忆时充满内疚。

姥姥和姥爷成亲以后，两人被分出来独过。日子虽苦巴巴的，但有可以依靠的人，姥姥那段时光清贫又富足。

然而，五十岁那年，姥爷病逝。下葬那天，哭声一屋子一院子，姥姥却蔫蔫地屋里屋外走来走去。她揭开锅盖，看看大锅菜；她到神龛前，哆哆嗦嗦续上香火；她打开柜门，一件一件理好姥爷的东西。最后的时辰，她终于绷不住，走来掀开姥爷的蒙脸布，细看一霎，哭声像压抑好久的激流，喷涌而出。她向老天爷倾诉委屈："老天爷，你睁睁眼看看我的煎熬吧！往后，我寡妇只人两个儿女没成家，连商量的人，都没有呀！"

在她孤独忧伤的时候，我不在她身边，无以知道她的挫折，她的泪。她一个人，帮舅舅结婚成家，打发小姨出嫁。人生大事，件件有枝有叶地完成，心里的苦，掩埋得一丝也不见。

姥姥五十七岁时，我盛年的舅舅去世。姥姥那头被人称为传奇的黑发，一个月里，白了一半，然后一天天白完。

幼年丧母，中年丧夫，老来丧子，姥姥经历了一个女人所有的不幸。苦水浸泡着她的一生；然而，她骨子里有一种仿如金刚石的东西，支撑着她往前趟。苦，也不说，所有的苦似乎都被咀嚼掉、吸收掉，转化成了温暖。

我表姊妹十五个，每个孩子都拥有截然不同的"姥姥"记忆，但关键词无一不是"慈爱"。小时候，我们争着住姥姥家。晚上睡觉，还要争姥姥的被窝。姥姥被窝里，总会挤着两个孩儿，这边一个那边一个，我们缠着她讲故事，抓痒。她一边娓娓地讲，一边拿毛刺儿手抚弄我们的背。多少个夜晚，我们在她的老故事里，甜甜入睡。

小姨讲，我幼时很赖，跟着姥姥去马厩里牵马，见马吃黑豆，回来吵着要吃。姥姥把缸底的一小撮黑豆，起出来，支起小锅为我炒豆子。而我吃豆子，还要到马棚里看着大马吃。姥姥就背着我，又去了马棚里。

“你一边看马嚼黑豆，一边‘咯嘣、咯嘣’嘟囔，嘴还一张一合地学。”

我们撒娇耍赖，姥姥从不烦，也不怕耽搁活儿；相反，她总是笑眯眯的，就是拒绝，也是笑眯眯的。

暮年的姥姥，辗转在几个外孙、外孙女家，她把所有外孙、外孙女的孩子，轮番带大，送进学校。最后一个上幼儿园时，她已八十岁。

姥姥最后的岁月，喜欢晒在太阳地里；初夏太阳很毒了，也不例外；她穿得厚厚的，坐在那里，安然，平静，无嗔无喜，像一尊木佛。

人说，人生于世，是来受苦的，姥姥的苦难，厚重而又突兀。苦难的浪头，一次次将她扑倒，她拼力站起；刚强不减，温暖不减，用一股子坚硬底气，抒写出了一个女人的温暖史诗。

菜　灯

正月十五，是灯节。

小时候，在村子里，各家都会赶在晚饭之前，做出许多菜灯。月亮升起之际，一盏盏菜灯点起来，整个村子成了幽幽的灯海。天上一轮月，地上万盏灯，真是美。月亮跟灯之间总有一种默契似的，怎么说呢，好像是月亮一家一家、一盏一盏喊亮了那些灯。

做灯的过程，也很有趣。

我家的菜灯，多是白菜疙瘩、白萝卜、窖红薯做成的，白菜疙瘩是素日吃白菜时砍下的白菜根。就为正月十五做灯，娘攒了整整一个冬季。红薯有红薯窖，萝卜有萝卜窖，从窖里掏出来时，它们还沾附着一层潮润润的土气，水灵灵地新鲜着，做灯，又脆生又爽利。

看看天色快要黄昏了，娘便招呼我们一起来做灯。她像一位指挥者，吩咐我去倒一碗菜籽油，吩咐妹妹去柴房里抓一把白茅草，然后我跟妹妹一块儿剥去白茅草的草叶，只剩光滑的茅秆儿；弟弟则跟娘一块儿清洗白菜疙瘩、萝卜和红薯。材料齐备了，娘带着我们开始手工制作。她用菜刀削出模子，切去棱角，旋出基本形状，略微琢磨一下，便在蔬菜的中间部位挖下一个扁圆的窝窝儿。

那些愣愣的家伙，很快变成了桃子样、苹果样、柿子样，一个个模样小巧周正。中间那个扁圆的窝儿，使菜灯几乎成了空心，有一种玲珑剔透的感觉。

娘的菜灯雏形制出来后，我们姊妹仨开始一条龙深加工：妹妹往白茅秆儿上缠棉花；弟弟，接过妹妹缠好的白茅秆儿，蘸一下油，插在灯盏的凹陷处；我呢，往灯盏的窝窝儿里倒上七分满的菜籽油。

一个灯盏，就这样做成了。

做好的灯盏，一个个排在小木桌上，最多时达到三四十盏。看起来很是壮观。这几十盏灯，家里每人一盏，每个牲口一盏，猪、猫、狗、鸡，各有一盏。家里供奉的各路天地神仙，不用说，先为他们供灯，祖宗案前为过世的先人供上两盏，井台上井神一盏，门墩上门神一盏，院子里梨树、葡萄树，诸树神一位一盏，粮仓里仓官一盏。石碾子、石磨，厕所角，村头路边、菜园子里，都亮起了蔬菜灯的点点微光，菜籽油的味道随风飘逸。

我娘还寻来三个阔口的罐头瓶，瓶口拴上铁丝，瓶里放一个灯盏，用棍子挑着，可以东走西走。那是娘专门为我们出门游戏做的。灯做好，我们满心盼着十五的夜幕。那真是幸福而急切的等待啊。

晚饭吃毕，单等着娘说“散灯啦”，我们呼啦一齐跑来，争着散灯，点灯，几十盏菜灯按照娘的分派，被安置在各自的位置；然后，每人点燃一盏，去点亮沉默在朦胧月色里的众灯盏。

娘嘱咐我们，点灯、散灯时，口里不要对着灯哈气，不要说不中听的话，不要想不好的事。那么，想些什么事呢？娘说，想些在新年里要做的事，对自己好也对别人好的那些事。你看着灯花，它突突地跳了，那就是说，你想的事就会做到哩。

带着这份心愿，我们去点灯，当我们手里的灯花与另一个灯捻一对碰，那暗着的灯盏，睡醒了似的，忽然睁开眼睛，突突突，火苗儿像飞跃的眼波。它是不是告诉我，我刚刚许下的心愿，会变成现实呢？

我去牛棚给老牛点灯，它温润的大眼睛，温柔地看了我一眼，又去搜寻木槽里的黑豆了。它像是用眼睛告诉我："谢谢你给我点灯。"这给我一个启示，我也该祝福它们一下呢。再去点灯时，我在心里对它们说："你们要好好的呀。明年十五，我还给你们送灯。"

家里院里，门外村外，都亮起闪闪烁烁、摇摇曳曳的菜灯时，我忽然感觉自己也变成了其中的一盏。夜风袭来，一朵朵灯花，就像光亮的小孩儿，在月光里舒展臂膊，挺起腰身。夜，都显得活起来了。

这真是充满梦幻的一个夜。

多年以后，灯节还在，手制的菜灯，已被五彩炫目的通电华灯取代。我却觉得，晃花人眼的电灯，只能做节日的陪衬。那微渺的菜灯，却激活了节日的生命。那些菜灯，本身就是活的，闪闪烁烁，活在记忆里。

亲情腊八蒜

小时候，家境不好，但过年的饺子是少不了的，而且吃饺子必少不了腊八蒜。

一只陈旧黑亮的小木碗，盛着盈盈的醋，绿绿的蒜，置于热香袅袅的大碗饺子中间，构成新年餐桌特有的席面。

腊月初八，腌蒜，开启了炮制新年美食的程序。每到腊八这天，娘有两样事来忙，早起熬腊八粥，晚间腌腊八蒜。

她早早刷净到处搜罗凑来的几个罐头瓶，口朝下支在桌子上控水，再让我爹从西屋墙上摘下一辫子紫皮蒜，又打发我拿个酒瓶子打来一角钱一斤的散醋，最后把她用自已头发换来的一纸包白糖，从柜门里拿出来，这就凑齐了腌制腊八蒜的原材料。

吃罢晚饭，爹先把炉火拾掇一下，直到它旺旺的，跳跃起蓝色火苗，就过来跟娘一起剥蒜。平日，这些女人家家的活计，他是万万看不上眼，不动一手指头的。可是，从腊八这天，忙年的气氛，似乎调动起了每个人内心的激情，他脾气也好了，手头也勤了，对我娘的每一项建议，很是尊重；而我娘，从这天起，也真正晋升为忙年的统帅。

我和妹妹趴在方桌上，做作业，刚学走路的小弟弟，在屋子里来来回回地跑，爹和娘一边剥蒜，一边声音低低地商量着哪天杀年猪，哪天碾糕米，哪天做豆腐；而我们，在写字的间隙，总要往他们那边瞥一眼，也不知为什么，瞥一眼，再写字，就踏实得很。

作业做完，我们加入剥蒜的行列，小弟弟也挤过来凑热闹，真正像一群小狗儿，干不了活倒你挤了我了，我碰了你了地乱叫唤。爹娘对我们的"窝里炸"特别能忍耐，他们仍旧不紧不慢地剥蒜。剥好了蒜，开始腌制，爹把瓶子再甩甩，觉得万无一失地干燥了，娘就把蒜放进去，醋倒进去，加一点点糖，用筷子搅搅；搅一下，把筷子尖儿蘸蘸，挨个儿喂到我们嘴里，说："甜甜俺家的小狗儿。"我们被酸得挤眉弄眼，打喷嚏，娘却问我们："甜不甜？"弟弟说不清话，只嚷："喧、喧（酸）。"娘看着我们的怪样，呵呵地笑弯了腰。

一周时间，蒜绿了，娘送这家一瓶，那家一瓶，姑姑家，姨姨家，都送了，最后两瓶是自家的。等我们成家后，多少年过去了，也一直在吃爹娘腌制的腊八蒜。腊月里，有腊八蒜在厨房某个角落，悄悄地绿；而乡下的母亲，有心气有热情去忙年，去腌制腊八蒜，这样的腊月，多么安稳和温馨。

有年腊月，娘生病住院，腊八是在医院度过的。那晚，我守在娘的床边，突然感觉，爹娘与我们之间照顾和被照顾的位置该互换一下了。从那时起，我开始自己动手，像娘那样，腌制腊八蒜，也像娘那样，去烹制年节的各种美食，蒸年糕，炸豆腐，做腊肠。以前举头望月，俯身嗅花，颇觉惬意；而如今，蹲下身来腌制一瓶瓶腊八蒜，同样兴味盎然。

快乐生活，真的不在乎形式和内容。凡事，因为热爱的加入，会产生浓浓的趣味，就好比，那洁白肥嫩的蒜瓣，因老陈醋的渗透，最终变成了通体碧绿的翡翠，并散发出特有的混合型香味。

蓝花大海碗

在我老家，一个新家庭的组建，少什么也少不了锅和碗。早些年代，分家另过的小媳妇不知分寸，惹婆婆不高兴了，老人家会声气粗壮地叨叨："我给你雇的花轿，我给你添置的锅碗。"碗，在那时，不仅仅是用来吃饭的，还用来担当上辈人对下辈人殷厚的祝福和期待呢。

我家最初的那一批碗，五个，是那种粗瓷蓝花碗，口儿张得特别大，墩在饭桌上，像一蓬小小的斗笠，微灰的瓷质里，似有点点沙粒的影子。而父亲那只大海碗，要精美些，碗肚上几笔茎叶，托出一朵粗糙的兰花。盛饭的时候，大海碗排在最前面，像一个位居显要的大人物，率领着一溜几个小兵。

那时，最好吃的饭，是油葱泼面。母亲做的手擀面，匀溜整齐，一筷头挑起来，能堆满一碗，但并不是所有的碗都有满满一碗面的。一开饭，母亲就念叨："先尽着你爹吃，他在地里，苦。"因此，第一碗饭，总会盛在那只大海碗里。冒尖的一大碗，上头覆着油亮碧绿的葱花，放在父亲的席位上。我们也都眼巴巴跟着饭，一起等。父亲收工回来，洗了手脸，端起大海碗，照例用目光扫视一遍，那些小蓝花碗里多的是汤，少的是面。他不说话，一筷子一筷子，挨个儿夹一些面条到小碗里。

三十年过去了，油葱泼面，已经称不上好饭，父亲的蓝花大海碗也已经退役。日子的磕磕碰碰，仅在它的边沿上，留下了一个小小的豁口，但是，如同第一碗饭总要盛给父亲的习俗一样，它还被母亲保留着。每次洗了碗，一开碗橱门，看到它，总有一种沧桑感迎面而来。浸透在岁月深处的酸甜苦辣，我们未必体会得到。但是，蓝花碗，它知道。

蓝花碗退役，不退休。早春时节，母亲总用它泡种子，育秧儿。在北屋窗台阳光地儿，蓝花碗盛了清水，清水里养着正在醒来的种子，茄子、丝瓜、南瓜，一番一番轮流出发。母亲闲下来，总要到窗台边看一眼，一日看三遍，日日不间断。当白花花的小芽，闹哄哄地跑出蓝花碗，母亲便捧了碗，把它们一齐安置在向阳的菜畦里，一层润润的黑土撒上，母亲满心的希望，便由蓝花碗转到菜园子里去了。

这样的蓝花大海碗，我还见到过一只。一个春天，我跟着单位的同事们，到很深的大山里游玩，一座小山，爬上去又爬下来，已是日高人渴漫思茶的光景。一个同事在山脚处发现一泓山泉，泉边，竟也有一只蓝花碗，跟我父亲那只模样差不多的蓝花碗。是谁放在这里的？放在这里多久了？泉水静静地淌，不答言。几个人也不多想什么，轮流用碗舀起泉水喝，好甘甜好畅快呀。

有个同事说，深山沟人家淳厚，见了山外来的生客，亲热得自家亲戚似的。如果到人家家里讨水，一大勺子野蜂蜜，会不由分说给调到水里，给你喝个够。这泉水边，放一只替人解忧的蓝花碗，自然是不稀奇的。

看看，大爱，小爱，所有的爱，看上去都很平淡，平淡得犹如一只家常的碗。盛在碗里的，多是粗茶淡饭解渴的茶，没有任何表面的华丽，却贵重于玫瑰和钻石。它那绵长朴实的力量，却穿透久远的岁月，一直温暖在肺腑之间。